2013 年辽宁省教育厅人文社科基地项目（项目编号：ZJ2013030）研究成果

2012 年国家社会科学基金重大项目（项目编号：12&ZD173）研究成果

2011 年辽宁省教育厅项目（项目编号：W2011082）研究成果

曲丽玮◎著

「元刊杂剧三十种」复字词汇研究

元刊杂剧三十种

中国社会科学出版社

元曲杂剧

图书在版编目（CIP）数据

《元刊杂剧三十种》复字词汇研究 / 曲丽玮著 . —北京：中国社会科学出版社，2017. 2

ISBN 978 - 7 - 5161 - 9166 - 8

Ⅰ . ①元…　Ⅱ . ①曲…　Ⅲ . ①杂剧 – 戏剧文学 – 词汇 – 研究 – 中国 – 元代

Ⅳ . ①I207. 37

中国版本图书馆 CIP 数据核字（2016）第 261090 号

出 版 人	赵剑英
责任编辑	任　明
特约编辑	李　鸣
责任校对	朱妍洁
责任印制	李寡寡

出　　版	中国社会科学出版社
社　　址	北京鼓楼西大街甲 158 号
邮　　编	100720
网　　址	http：//www. csspw. cn
发 行 部	010 - 84083685
门 市 部	010 - 84029450
经　　销	新华书店及其他书店

印刷装订	北京市兴怀印刷厂
版　　次	2017 年 2 月第 1 版
印　　次	2017 年 2 月第 1 次印刷

开　　本	710×1000　1/16
印　　张	12. 25
插　　页	2
字　　数	205 千字
定　　价	58. 00 元

摘　　要

　　本书属于汉语史的断代、专书词汇研究。在汉语词汇发展史上，近代是一个重要的时期，它上承上古和中古，下启现代，因此近代汉语是连接古代汉语和现代汉语的重要环节。语言是一个延绵不断的发展过程，"近代汉语"虽然作为一个语言历史时期独立出来，但对于它的上下限问题仍旧没有统一的界定。元代完全处于近代的主干时期，作为近代汉语研究的对象，元代语言无疑比唐宋以及清代都更具有代表性和典型性。同时，元代社会多元化的特质，也使其语言价值和地位明显优越于同属近代汉语主干部分的明代。

　　杂剧是最能反映元代语言面貌和特点的白话文献资料，我们选择了现存最早的也是唯一一部元代刊刻的杂剧剧本《元刊杂剧三十种》作为研究对象。《元刊杂剧三十种》全书共计 30 篇杂剧，11 万余字，虽然题材广泛，语言内容丰富，口语色彩较强，作为研究元代的"同时语料"，基本真实可信，但该书在刻工、文字和语言上仍旧存在一定的不足之处。本书依据的底本是元本《元刊杂剧三十种》，同时参考大陆和台湾三家的校勘本，尽量克服文字上的障碍，从中选取了 8459 个复字词语作为考察对象，并借助电脑建立了一个《元刊杂剧三十种》复字词汇的封闭语料库，采用科学的研究方法对语料进行描写、分析和阐释。

　　绪论部分介绍选题的缘起、目的和研究现状，同时还介绍了本书的研究方案、方法。第一章介绍研究依据的底本《元刊杂剧三十种》的版本、校勘以及语料特点和研究价值。第二章是对全书复字词汇的宏观考察。首先从计量研究入手，在意义标准为先导，语法、语音和频率标准做检验的主导思想下，将切分出的 8459 个复字词语作为研究对象。其次，从历时和共时的角度对全书的复字词汇系统进行描写。历时平面上，复字词汇系统包括两大部分：承古词语和新造词语；共时平面上，《元刊杂剧三十种》一书的口语词汇、宗教词汇以及外来词汇都是极具特色的词汇类聚，体现出与前代和后代不同的特点。第三章与第四章从微观上考察复字词汇的结构类型及结构关系。近代新造词语最能体现近代汉语的特点，另外，《元刊杂剧三十种》中双字格新词语数量最多，因此第三章是本书的研究重点，该章考察了双字新词语 10 种基本结构类型以及相应的结构关系。第四章在前一章的基础上考察了三字新词语和四字新词语的结构。随着元朝社会商品经济的发展、对外交流的增加以及人们思维水平的提高，人们在交际中需要表义更加精确的形式来表达丰富的概念。三字词语和四字词语正是在双字词的基础上，拓展了词的形式，将新的复杂概念表达得更加准确，适应了人类交际交流对语言发展的要求。较之于中古时期，《元刊杂剧三十种》中的三字新词语、四字新词语在数量上都有显著增加，内容也更加丰富。其中，三字新词语与普通民众的生活更加接近；四字新词语中的骈俪化四字词语数量尤为突出，在其影响下，《元刊杂剧三十种》的语言中出现了能产力较强的待嵌格式，具有同义类聚成员丰富的特点。第五章讨论《元刊杂剧三十种》新词义的发展演变问题，包括从古代汉语中演变而来和在现代汉语中继续发展两个部分，该章也是本书研究的重点之一。古代汉语中的词义通过引申、转化以及虚化的途径进入近代汉语词汇系统，成为近代汉语中的新意义。词义是不断变化发展的系统，随着社会的发展变化，近代的词义发展至今天，一些具有时代特色的意义随着人们认识的深入发展和所反映客观事物的消失而消亡，一部分意义与新的词语形式结合发生易位，相对于原来的词语，我们都称之为义位消失；另外一部分意义或者直接沿用到现代汉语中，或者发生了扩大、缩小和转移的变化，我们都称之为义位保留。通过考察《元刊杂剧三十种》中的近代双字新词语的词义在历时中的演变情况可知：近代新词语具有典型的时代特征，与古代、现代汉语词汇之间存在明显差异，它们各自保持了独立的语言特征；同时近代新词新义具有旺盛的生命力，近代词汇在形式和内容上的特点一定程度上影响了现代汉语的造词、构词以及口语化风格。第六章描写了《元刊杂剧三十种》中的特殊词汇，从词义风格色彩的角度将《元刊杂剧三十种》中与词的功能、地位相当的固定短语分为雅语和俗语两大类。"雅语"中的主要成员是成语，也包括一些语意不俗的名言、格言和警句等单位。俗语包括谚语、惯用语和歇后语三种类型，其典型形式是多字构成的句子。俗语的数量远远超过雅语，这也是元刊杂剧语言通俗的原因之一。作为专书中的特殊词汇，元刊杂剧中的雅语和俗语具有类型单一集中、结构灵活、修辞方式多样的特点。

　　通过对《元刊杂剧三十种》一书复字词汇的梳理和考察，结语部分得出如下结论：一、词汇聚合丰富。从历时平面上看，元刊杂剧中有承古词语，也有近代新生词语，从共时平面上看，除常用的普通词语外，还有个性鲜明的口语词、宗教词语和外来词语。二、元代时，为广大普通百姓接受的外来词语主体仍是伴随佛教文化进入汉语词汇系统的梵语外来词。在汉族中下层人民的日常生活中，作为统治者语言的蒙古语所占比重微乎其微。这一点与明刊杂剧所反映出的明代语言有显著差异。三、词语生成能力增强，结构类型和关系丰富，构词法发展完备，双字格作为强势构词格式的倾向明显。四、词汇系统承古纳新，富有活力。五、口语色彩浓厚。《元刊杂剧三十种》是能够体现元代语言特点的近代白话材料。

Abstract

This dissertation focuses on the dating of Chinese language history as well as on the study of a specialized type of vocabulary in documents. In the developmental history of Chinese vocabulary, the most important period is modern period, which connects upper – ancient Chinese language and mid – ancient Chinese language with present – day Chinese language. Language development undergoes a continuous process. Even though "modern Chinese language" stands out as an independent period in history, yet there is no definite standard to classify its upper and lower limits. Yuan Dynasty falls into the central period of modern history, and as a research subject of modern Chinese language, the Chinese language in Yuan Dynasty is more suitable to be studied than the Chinese language in Tang Dynasty, Song Dynasty and Qing Dynasty. Meanwhile, the multiple social properties make the Chinese language in Yuan Dynasty better in linguistic value and social status than it in Ming Dynasty.

The document best showing the language features of Yuan Dynasty is the miscellaneous drama, and the earliest and the only miscellaneous drama is "30 Types of Yuan Dynasty's Engraved Miscellaneous Drama", which is chosen as the research subject. As a kind of "instantaneous corpus", it is a reliable book for the research with 30 types of miscellaneous drama, 110000 Chinese characters, extensive subject matter, rich linguistic content and strong tendency to oral Chinese expressions even though there exist some shortcomings in the engraving skills and the usage of linguistic expressions. From the original version of the book and the other three proof – read versions of the same book in Taiwan and the Mainland, 8459 multi – word phrases are selected for the research, a closed corpus of multi – word phrases in Yuan Dynasty's engraved miscellaneous dramas is set up with the aid of computer, and a scientific method has been adopted to describe, analyze and illustrate the corpus.

Chapter 1 concerns itself with the introduction, introducing the cause, purpose, value and status quo, outline and method for the research by focusing on the role of "30 Types of Yuan Dynasty's Engraved Miscellaneous Drama" in modern Chinese language and the research value of it in the history of Chinese language. Chapter 2 concerns itself with a macro – examination of multi – word vocabulary in the book. On the basis of meaning, grammar, phonetics and appearance frequency, 8, 344 multi – word Chinese characters are selected as the research subject. Then, from diachronic and synchronic perspectives, the whole book's multi – word vocabulary is surveyed. From the diachronic perspective, multi – word vocabulary is made up of two parts: ancient words/phrases and newly – coined words/phrases. From the synchronic perspective, the oral Chinese vocabulary, religious vocabulary and foreign vocabulary are the accumulation of words/phrases reflecting different characteristics in the former and later dynasties. Chapter 3 and Chapter 4 concern themselves with a micro – examination of multi – word vocabulary's structural type and structural relationship. The newly – coined words in modern times can best show the feature of modern Chinese language. In "30 Types of Yuan Dynasty's Engraved Miscellaneous Drama", the largest part of vocabulary lies in the two – word new phrases. Thus, Chapter 3 is the key chapter for the research, in which 10 types of basic structure for two – word new phrases and their corresponding structural relationship. Based on Chapter 3, Chapter 4 examines the structure of three – word new phrases and four – word phrases. With the development of Yuan Dynasty's commodity economy, the increase of foreign exchange and the improvement of people's way of thinking, more accurate forms of expression are needed to deliver various ideas. As a result, three – word and four – word phrases, which are suitable for accurate expression of complicated ideas, satisfy people's needs in communication. Compared with the similar phrases in mid – ancient times, there is a remarkable increase in the number of three – word and four – word new phrases from Yuan Dynasty's engraved miscellaneous dramas. In particular, three – word new phrases are more closely connected with the life of common people, whereas four – word phrases are rich in parallel structures. Therefore, some language forms with strong productivity come into being, and they are characteristic of synonymic accumulation. Chapter 5, one of the key chapters in this dissertation, concerns itself with the developmental history of new meanings of words/phrases in Yuan Dynasty's engraved miscellaneous dramas. One part of the new meaning is developed from ancient Chinese language, while the other part of it continues to exist in present – day Chinese language. Words/phrases in ancient Chinese language enter into modern Chinese language with new meanings by means of extension, transference and abstracting. With the development of society, the meaning of words/phrases tends to change in two directions: One direction is to the disappearing of the meanings with strong social characteristics or to the transferring of the meanings by combining with new words/phrases; the other direction is to the continuation of the meanings into present – day Chinese language, or to the expansion and contraction of the original meanings.

By exploring the developmental history of meanings of the two – word new phrases in the book, it is concluded that the new words/phrases in modern Chinese language bear the distinctive feature of the society, which is remarkably different fromthe vocabulary in ancient Chinese language and present – day Chinese language. Meanwhile, the new words/phrases with new meanings in modern Chinese language are of great vitality, so that they exert a certain influence on present – day Chinese language's word – coining, word – building and the colloquial style of words no matter whether the influence is in formation or in content. Chapter 6 concerns itself with the examination of certain special vocabulary. From the perspective of semantic style, the set phrases in the book are divided into two types in accordance with their function and status: elegant language and popular language. "Elegant language" is mainly made up of idiomatic expressions, including certain famous sayings, maxims and epigrams, with elegant meanings, while "popular language" is composed of proverbs, established usage and allegorical sayings, which is largely formed by sentences made up of multiple words. The number of popular language is far more than that of elegant language, which is one of the reasons why the language in Yuan Dynasty's engraved miscellaneous drams is popular. As a special type of vocabulary, the elegant language and popular language in Yuan Dynasty's engraved miscellaneous dramas are simple in types, flexible in structure and variable in rhetorical devices.

The last chapter serves asthe conclusion. By organizing and examining the multi – word vocabulary in the book, it is concluded that: (1) The vocabulary is rich in variety. From the diachronic perspective, in this book there exist ancient Chinese words/phrase and new words/phrase in modern Chinese language, whereas from synchronic perspective, apart from commonly – used words/phrases there exist colloquial words/phrases with distinctive features, religious words/phrases and foreign words/phrases; (2) In Yuan Dynasty, the foreign words/phrases universally accepted by the public are those from Buddhism, while Mongolian language used by the rulers only plays a minor role in the daily life of common people, which is clearly different from the status of the language in Ming Dynasty's engraved miscellaneous drams; (3) There are various structural types and relationships, a complete word – building system and a strong tendency to two – word words/phrases; (4) Some words/phrases are carried down from ancient Chinese language, some are newly coined, some are active, and some are of great vitality; (5) The vocabulary is of strong colloquial style. In brief, "30 Types of Yuan Dynasty's Engraved Miscellaneous Drama" is a modern vernacular material that manifests Yuan Dynasty language feature.

Key words: Yuan Dynasty's engraved miscellaneous dramas, Modern Chinese language, Study on Vocabulary, Calculation and measurement, Development

目　录

序

　　中国语言学界一般将汉语史分为上古、中古、近代、现代四个时期。有人更是从上古分出个远古，从现代分出个当代来。汉语词汇史，近代是极为重要的一个时期，因为它上承中古下启现代，是现代的直接源头。汉语词汇学史，近代这一段无疑也是非常重要的一段，在很长一个时期里，这一段都未能得到应有的重视，直到 20 世纪下半叶情况才有所改观。近代汉语，指的是中古汉语与现代汉语之间以早期白话文献为代表的汉语的一个历史时段。近代汉语究竟从何时算起，学界观点不一，最早的定在 5 世纪（六朝），最晚的定为 13 世纪（宋末元初）。这一差，前后就是 800 余年。近代汉语，作为一个完整的语言体式，代表着一个时代的语言面貌，它不应前后混杂，差别过大，而应该是基本上一以贯之的。正因此故，我们认为近代汉语应主要是以元大都、明南京、北京等首善之区的官方用语——官话为代表的，它的上限宜定在宋末元初，下限则与《红楼梦》尤其是《儿女英雄传》问世为标志的现代汉语的起点相对接。元代与其他朝代相比，历史算不上悠久：若从铁木真 1206 年建国算起，不过 162 年时间；若从忽必烈 1279 年灭南宋算起，更只有 89 年短暂的时光。但就是这短短的皇朝，它所留下的语料却成就了近代汉语的主干期。这是因为作为近代汉语研究的对象，元代的汉语无疑比唐宋以及清代都更具有代表性和典型性——唐宋的汉语带有太多中古汉语的痕迹，清代的汉语则是现代汉语的肇端。同时，元代社会多元的特质，也使其语言价值和地位明显优越于同属近代汉语主干部分的明代。

　　《元刊杂剧三十种》，系后人定名的元代戏曲作品集。这部为时人衰辑而成的集子，共收元杂剧 30 种，是元代语言的代表性作品。原书无名，清藏书家黄丕烈初题。近人王国维考定作者，重新排列次序，并撰《元刊杂剧三十种序录》，乃有今名，世所通用。《元刊杂剧三十种》是现存最早的元杂剧作品集，能使人们看到元杂剧的本来面貌。与明代其他刊本相比较，《元刊杂剧三十种》更具浓郁的生活气息和时代气氛，更真切地表现出当时各阶层人民的生活状态。在结构、情节，特别是语言方面，与同一剧目的明代诸刊本比较，《元刊杂剧三十种》也颇具特色。它是研究元杂剧，尤其是元代语言的珍贵文献。

"二十四史"，几乎每朝史书都有"艺文志"。然《元史》却不立"艺文志"，这或可说明有元一代武功远胜文治，也能从另一个角度说明修元史者对元代的总体印象和评价是"质胜于文"，而非"文胜于质"。正因此故，清小学家钱大昕才补撰《元史艺文志》，希冀填补元史的这一空白和缺憾。后人对元文化的典型代表之一——元杂剧的研究，明清两朝各有其人，各擅胜场，但真正进入实质性研究阶段的还是 20 世纪以来的事。戏曲学学科的奠基者国学大师王国维，百年前即有一系列戏曲研究著作推出，揭开了元杂剧研究崭新的一页。那之后，吴梅、郑振铎、王季烈、胡适等众多学者都对元杂剧，从文学体式、艺术风格、作家作品、人物塑造等多个方面做出研究，贡献良多，著述丛出。但对元杂剧语言的研究，坊间出版的著作多是稍有涉猎，浅尝辄止，读者读来，终嫌太少，不能解渴。罗斯宁《元杂剧和元代民俗文化》（广东高等教育出版社 2011年版），单辟一章，论述元杂剧的语言受市民思想、民俗的影响，形成了一套市民的语言体系；论述元杂剧与元代少数民族语言、南北方言的关系等。然而，对元杂剧语言的研究，罗著毕竟只有一章，对于有文化宝库之誉的元杂剧而言，实在是远远不够的。

曲丽玮《〈元刊杂剧三十种〉复字词汇研究》，依据的底本是元本《元刊杂剧三十种》，同时参考大陆和台湾三家的校勘本，从中选取了8459 个复字词语作为考察对象，并借助电脑建立了一个《元刊杂剧三十种》复字词汇的封闭语料库，采用科学的研究方法对语料进行描写、分析和阐释。全书共分六章，第一章介绍研究依据的底本《元刊杂剧三十种》的版本、校勘以及语料特点和研究价值；第二章是对全书复字词汇的宏观考察；第三章和第四章从微观上考察复字词汇的结构类型及结构关系；第五章谈新词义的演变和发展；第六章研究的是词语的雅俗和特殊词汇问题。丽玮自己认为第三章是全书的研究重点。我与她的看法稍稍不同，我认为第三章固然十分重要，第二章分量也不轻，它将所研究的对象全景式地展现出来，对下面的分析研究，做了极好的铺垫；第四、五、六诸章，各擅精彩之笔，俱有点睛之妙。丽玮是书的贡献是多方面的，信手翻阅，可圈可点之处比比皆是。各时代都有新造词语，各时代新造词语最能体现各自时代的特点。近代汉语新造词语，最能体现近代汉语的特点。《元刊杂剧三十种》中双字格新词语数量之多，令人咋舌。丽玮采用穷尽式的词汇计量方法，不但考察了双字新词语10种基本结构类型以及相应的结构关系，而且在双字格的基础上进一步考察了三字、四字新词语的结构，指出三字词语和四字词语正是在双字词的基础上，拓展了词的形式，将新的复杂概念表达得更加准确，适应了人类交际交流对语言发展的要求；指出：较之中古时期，《元刊杂剧三十种》中的三字、四字新词语在数量上续有增加，内容更为丰富；还指出：三字新词语与普通民众的生活更加接近，四字新词语中的骈俪化词语数量尤为突出，在其影响下，《元刊杂剧三十种》的词汇中出现了能产力较强的待嵌格式，具有同义类聚成员丰富的特点。这些精彩之论，是作者对元杂剧新词语精细研究之后得出的扎实结论，也是丽玮是书的第一个重要贡献。本书第五章，专论新词义问题。《元刊杂剧三十种》新词义的发展演变问题，作者分从古代汉语中演变而来，在现代汉语中继续发展这两个部分来谈，条分缕析，清楚深透，既溯清了源，又讲清了流。通过考察《元刊杂剧三十种》中近代双字新词语的词义在历时中的演变情况可知：近代新词语具有典型的时代特征，与古代、现代汉语词汇之间存在明显差异，它们各自保持了独立的语言特征；同时近代新词新义具有旺盛的生命力，近代词汇在形式和内容上的特点一定程度上影响了现代汉语的造词、构词以及口语化风格。这样细致入微地探讨近代汉语新词语的意义，并将其与上下时代相比较，从而指出其时代特征，丽玮之前似还从未有人做过。这是此书的第二大贡献。最后一章，作者描写了《元刊杂剧三十种》中的特殊词汇，从词义风格色彩的角度将《元刊杂剧三十种》中与词的功能、地位相当的固定短语分为雅、俗两大类。"雅语"中的主要成员是成语，也包括一些语意不俗的名言、格言和警句等单位。俗语包括谚语、惯用语和歇后语三种类型，其典型形式是多字构成的句子。俗语的数量远超雅语，这也是元刊杂剧语言通俗的原因之一。作为专书中的特殊词汇，元刊杂剧中的雅语和俗语具有类型单一集中、结构灵活、修辞方式多样的特点。将词语雅俗的理论导入近代汉语词汇的分析中，不仅可以更加直观地看清市井文化影响下的俗词语的产生、演变和发展，而且对雅词语数量之少，也做出了令人信服的交代。这是丽玮是书的第三大贡献。通过对《元刊杂剧三十种》复字词汇的梳理和考察，作者还得出一些重要的结论性的认识。不烦赘述，细心的读者不难从书中看到。本书是丽玮在 2010 年答辩通过的博士学位论文的基础上稍加修改而成的。它以描写语言学和历史比较语言学理论为指导，将现代词汇学的最新理论和方法用于对元杂剧语言穷尽式的研究中，收获多多。这是定量统计和描写分析相结合的一次成功的实践，也是元刊杂剧语言研究的一项重要成果。答辩当初，本文即受到答辩委员会的高度评价；如今正式付梓，它终于迎来了发挥更大社会效用的一天。

丽玮是我在南开指导毕业的第四位博士。当年，她刚与我联系表示要跟我攻读博士学位时，说老实话，我并未十分看好她，因为她看上去比较"木讷"。但是到她临近毕业时我才意识到我对她的这一看法是有严重偏差的。丽玮的确不善言辞，但她讷于言而敏于行；她从不言过其实地夸夸其谈，而总是谋定后动，一旦措手务臻至善。这样的"木讷"，是我们这个社会当下的年轻人很欠缺的，也是一个青年学者应该具备的，只嫌其少，不嫌其多。认识到丽玮的这一可贵的品质后，恰巧有个学术会议要我撰写论文出席，很少主动请学生合作的我，主动邀丽玮合作撰写了《词语"新鲜度"与新词语辞书的收条》一文。该文很快在澳门一家学报上发表，旋为《中国社会科学文摘报》转载。进入丙申年不久，丽玮来信，高兴地告诉我说她的博士学位论文即将出版，请我为她这部著作写序。我为学生取得的成绩感到由衷的高兴，自然也很乐意把她和她的著作向读者予以推介。除上述对她这部著作的评价意见外，我欣赏她一贯的行事风格，并且坚信，用不了多久，勤奋而务实的丽玮定会有新的成绩奉献给社会的。

是为序。

周荐

2016 年 3 月 16 日

绪　论

第一节　选题缘起及目的

本书属于汉语史的断代、专书兼专类文献词汇研究。

在汉语史的研究中，近代汉语词汇的研究工作显得尤为重要。因为研究任何一种语言都要从词汇开始，只有通晓词义才能读懂研究对象，近代汉语又是连接古代汉语和现代汉语的重要环节，因此，近代汉语词汇研究既是汉语词汇研究的一个重要组成部分，也是近代汉语其他领域研究的前提。然而就目前的研究状况来看，近代汉语词汇研究一则起步较晚，二则又相对落后于同期的语音和语法研究。据《近代汉语研究概要》（蒋绍愚，2005）介绍，自20世纪80年代以来，学界对近代语音的研究比较全面，从金元时期的《五音集韵》《中古韵会举要》直到清末威妥玛《语言自迩集》中的北京话音系都有比较深入的研究，对《中原音韵》的研究成绩尤为显著。关于近代汉语语法的研究和讨论也比较活跃，不但对语法现象的描写更加细致清晰，对语法现象的解释也更加深入，注重探讨语法演变的动因和机制以及语法与语义等外部要素之间的联系。这一时期对近代词汇的研究，则主要集中在词语考释工作上，研究内容和方法都还比较单一。江蓝生曾说过，"断代研究是整个汉语研究史的基础"[1]。王力也说过，要写好一部汉语史，必须首先做专书的研究，这是基础，然后才可能做断代的研究。[2] 因此，我们决定从专书词汇研究入手，以求窥见近代汉语面貌之一斑。

---

[1]　汪维辉：《东汉—隋常用词演变研究·前言》，南京大学出版社2000年版，第1页。

[2]　张双棣：《〈吕氏春秋〉词汇研究》，山东教育出版社1989年版，第4页。

关于汉语史的分期及上下限问题，学术界历来有分歧，经过多年来的分析和探讨，目前已经在三个方面达成共识①：一是大家都同意使用"近代汉语"这一统一的术语；二是大家都承认近代汉语是与古代汉语、现代汉语并列的独立发展阶段；三是南宋、元代、明代、清代前期是大家都能接受的近代汉语时期。语言是一个延绵不断的发展过程，从中抽取一个相对完整的历史阶段做封闭的语言研究，是整个语言史研究工作的基础，细致的词汇研究工作更得如此。限于本书的篇幅，我们将研究的范围缩小到近代汉语时期的一个朝代。如前文所述，"近代汉语"虽然作为一个语言历史时期独立出来，但是，对于它的上下限问题仍旧没有统一的界定。关于近代汉语的上限，最早可至公元四五世纪，以汉译佛经、带有一定口语成分的白话文作为近代汉语的滥觞（刘坚，1985），关于近代汉语的下限，最晚可推到清末、五四运动以前（杨耐思，1987、向熹，1993）。袁宾根据语言渐变的特性提出划分汉语史分期的两条原则②：（1）确定主干部分原则；（2）前后阶段可部分重叠原则。处于分期两头的语料往往夹杂了较多不易判断的语言现象，主干时期的语料不但丰富，而且典型，而元代恰好就是这样一个处于近代汉语主干部分的历史时期。如果从本书揭示近代汉语词汇特点的研究目的出发，处于成熟期的元代社会的语言无疑比唐宋或者清代更具有代表性和典型性。同时，元代社会多元化的特质，也使其语言价值和地位明显优越于同属近代汉语主干部分的明代。

汉语史的研究，主要依靠各个时代流传下来的文献资料，这种资料必然是最能够反映那个时代实际语言面貌的典型文献。研究元代的语言，必然要从反映元代语言面貌的白话文献资料入手。除杂剧之外，元代的其他类文献资料还有：散曲、南戏、话本、直讲和直译、公文典章、碑文、会话课本。本书的研究之所以没有选用这些类资料，原因有四：（1）作品创作时间有争议；（2）同类文献流传至今的篇目较少；（3）在"纯汉语"文献中，口语化程度相对弱于杂剧；（4）笔者能力有限，未能搜全有关材料。元杂剧作为元代新兴的一种艺术，包含唱、白、演等内容，主要是在一定的场合下表演给普通观众看，因此剧本中

---

① 魏达纯：《近代汉语简论》，广东高等教育出版社 2004 年版，第 4 页。

② 同上。

的语言更加贴近当时普通百姓的口头语言，这一点既不同于沦为文人案牍文学的散曲，也不同于官府公文中使用的"汉人口语"。元代杂剧的题材广泛，内容有涉及历史传说、宗教信仰的，也有关涉当时的百姓生活、典章制度、风土人情的；语言多样，方音土语、江湖行话、隐语俗谚等，无所不包。

　　元代社会的杂剧创作非常兴盛，根据元锺嗣成《录鬼簿》、元末明初贾仲明《录鬼簿续编》、明朱权《太和正音谱》等资料，在元代社会160多年的历史中，杂剧作家有200多人，这200多人共创作了600本左右的剧本。但是，保存至今的元杂剧仅存160种左右，且这些元杂剧大部分经过了明代文人或戏剧演员的再加工，只有极少数能够保持元代剧作家创作时的原始面貌。对比元刊本和明刊本，不难发现有些作品的情节内容有异，如郑廷玉《楚昭王疏者下船》、张国宾《薛仁贵衣锦还乡》、范康《陈季卿悟道竹叶舟》等，明刊本中对元刊本宾白、曲文的删改更是处处可见。也就是说，我们今天看到的诸多"元杂剧"实际上是"明杂剧"，很可能在一定程度上反映的是明代的而非元代的语言面貌。从文学的角度看，经过明代修改的杂剧或许在情节和内容上更胜一筹，但是，作为断代语言研究的材料，真实反映当时的语言面貌才是至关重要的。关于做断代语言研究如何选择适当的专书的问题，朱庆之（1992）、蒋绍愚（1994）、汪维辉（2000）、徐时仪（2001）、程湘清（2003）等都提出过具体的标准。总的来说，判断专书是否"适当"，需要具备三个条件：①文本可靠性，即作者时代和作品时代是否在所要研究的历史时期中；②反映口语的程度，程湘清认为这是最重要的一条标准；③专书的篇幅大小，即是否具备相当的语言容量。同时，汪维辉①还提出所选文本要能够深刻、全面反映社会。综合以上标准和元代文献的实际情况，我们认为《元刊杂剧三十种》（以下简称《元刊》）完全符合作为元代语言词汇研究专书的要求。我们期望通过对本书中词汇的研究，描写元代杂剧词汇的真实面貌，进而揭示近代汉语词汇的特点和发展规律。

---

　　① 汪维辉：《〈周氏冥通记〉词汇研究》，见汪维辉《汉语词汇史新探》，上海人民出版社2007年版，第98—121页。

第二节　研究现状

一　近代汉语专书词汇研究现状

所谓专书词汇研究，广义上可以理解为对某一部书的全部词汇进行研究，这种研究应当包括在个别词语考释基础上编写的专书词典，在系统观的指导下对专书中全部词汇的静态描写、动态的词聚分析以及历史比较研究，还可以包括基于书中全部词汇的某种词汇现象构成的专题研究。总之，专书研究的性质是全面和系统的。20 世纪 80 年代以前，近代汉语词汇的研究工作主要集中在词语考释方面，关于近代文献中词语的例释、集释、汇释性文章大量涌现，词语考释在本质上还是语文学而非现代意义上的词汇学范畴，但是这一阶段扎实而必要的工作为后期的辞书词典编撰工作打下坚实的基础。80 年代后期至 90 年代以来，大量专书词典出版发行，如：《红楼梦词典》（周汝昌，1987）、《金瓶梅辞典》（王利器，1988）、《水浒词典》（胡竹安，1989）、《水浒语词词典》（李法白、刘镜芙，1989）、《金瓶梅方言俗语汇释》（李申，1990）、《金瓶梅词典》（白维国，1991）、《聊斋志异辞典》（朱一玄，1991）、《金瓶梅俚俗难释词训释》（张惠英，1992）、《西游记词典》（曾上炎，1994）、《红楼梦语言词典》（周定一，1995）等。这些辞书可以视为前期关于专书词语考释工作的总结。词汇考释的深入研究为全面、系统地研究近代汉语专书词汇提供了必要条件，20 世纪 80 年代，随着"词汇系统观"的逐步确立，以及王力、吕叔湘、朱德熙、程湘清等学者的倡导，专书词汇研究逐渐丰富起来，已经发表的文章和专著有：《〈朱子语类辑略〉中复音词的构词法》（闵祥顺，1987）、《〈朱子语类〉中成语与结构的关系》（祝敏彻，1990）、《〈天工开物〉词汇研究》（王绍新，1992）、《〈景德传灯录〉的三种复音词研究》（祖生利，1996）、《〈金瓶梅词话〉和明代口语词汇语法研究》（章一鸣，1997）、《〈红楼梦〉姨类称谓的语义类型研究》（刘丹青，1997）、《〈儿女英雄传〉复音虚词研究》（陈卫兰，1998）、《〈旧唐书〉词汇研究》（张能甫，2002）等。在学界这种研究倾向的影响下，近十年来出现了一些近代汉语专书词汇研究方面的硕、博士论文，极大地丰富了近代汉语词汇研究这一领域，如：《〈酉阳杂俎〉新词新义研究》

（郭爽，2002）、《〈酉阳杂俎〉词汇研究》（刘传鸿，2003）、《〈夷坚志〉复音词研究》（武建宇，2004）、《〈老乞大〉四种版本词汇比较研究》（夏凤梅，2005）、《〈东京梦华录〉词汇研究》（郜彦杰，2006）、《〈二程语录〉词汇研究》（张婷，2006）、《〈老学庵笔记〉词汇研究》（吴敏，2006）、《〈祖堂集〉词语研究》（詹绪左，2006）、《〈大金吊伐录〉口语词语考》（阚小红，2006）、《〈醒世姻缘传〉方言词研究》（晁瑞，2006）、《〈全相平话五种〉语词研究》（周文，2007）、《〈朱子语类〉新词新语初探》（赵金丹，2007）、《〈北梦琐言〉双音新词新义研究》（徐曼曼，2007）、《〈唐语林〉复音词研究》（郑丽萍，2007）、《〈型世言〉亲属称谓研究》（张锦文，2007）、《〈容斋随笔〉常用反义词考察》（许明，2007）等。

二　《元刊杂剧三十种》研究现状

作为近代汉语言面貌的代表，元杂剧中保留了大量当时活跃在人们口头上鲜活的词语，《元刊》作为元代杂剧流传至今唯一的刊本，以其独特的语料价值吸引越来越多的研究者们投身其中。

《元刊》发现和普及的时间比较迟，晚近以来，王国维首次在他的《宋元戏曲史》中提及《元刊》一书，郑振铎称《元刊》是晚近戏剧研究历史上"最大的发现"[1]，王国维"发见"之功功不可没。1915 年王国维为上海石印本《元刊》所作序录，被认为是介绍该书的首篇文章。王氏在这篇《序录》中首先介绍了该书流传渊源以及剧目面貌，说明元刊杂剧尤其是该书中的孤本对于今人研究的意义。同时"厘定时代，考订撰人"，将书中曲目按照内容的历史时间排列，该书原名《元刻古今杂剧》也经王国维改为《元刊杂剧三十种》，并被学界广泛接受和采用。但是由于客观条件的局限，王国维在这篇《序录》中的观点也有不足和错误的地方：（1）考证孤本数量为 17 本，根据后来的研究和发现，实际为 14 本；（2）考订作者不尽全面和详尽；（3）根据原书题"乙编"而揣测此书有甲编，郑振铎（1938 年）、郑骞（1950 年）先后指出所谓甲编、乙编是黄丕烈对自己藏书的分类，宋版为甲，元版为乙。（4）我们认为

---

[1]　郑振铎：《脉望馆钞校本古今杂剧·跋》，见郑振铎《郑振铎古典文学论文集》，上海古籍出版社 1984 年版。

根据戏剧内容编排剧目顺序，这并非是一种科学的编次方法，实际意义不大。

王国维的《序录》一文，介绍多于研究，但是引起了学界对《元刊》广泛的研究兴趣，随着该书各种印本的问世，学界对《元刊》的研究也逐日增加，目前的研究成果主要集中在以下四个方面：

1. 版本考订。继 1915 年王国维为上海石印本《元刊》所作序录中的简单追溯，其后文章和论著中关于《元刊》流传渊源多有提及，但往往失之简省。其中 1953 年，上杂出版社出版的孙楷第《也是园古今杂剧考》关于这一问题有所涉及，且前后原委叙述较为清楚，我们今天关于《元刊》的版本研究多从其说。近年来关于《元刊》版本研究的文章有：《戏剧文献整理与词语研究的百年回顾》（徐时仪，2001 年）、《二十世纪〈元刊杂剧三十种〉的发现、整理与研究》（苗怀明，2004 年）、《关于元杂剧版本探究》（邓绍基，2006 年）、《〈元刊杂剧三十种〉与李开先旧藏之关系》（甄炜旎，2008 年）等。

2. 文字校勘。《元刊》在历代流传过程中曾经得到一些收藏者的整理和校勘，自 1913 年被发现之后，不断有研究者为编选戏曲集或元剧作家专人研究做零星的校订和整理工作。1935 年，卢前为上海杂志公司编印《元人杂剧全集》，曾收录 11 种《元刊》有而他本所无的剧本，并对这 11 种剧本进行了校订。新中国成立后，隋树森编印《元曲选外编》，将该书所辑的孤本悉数收录，同时订正了前人的一些错误。吴晓铃主编的《关汉卿戏曲集》（1958 年）、北京大学中文系主编的《关汉卿戏剧集》（1976 年）也都对其中关汉卿的剧作部分：《关张双赴西蜀梦》《闺怨佳人拜月亭》《关大王独赴单刀会》《诈妮子调风月》进行了校订。王季思曾对《诈妮子调风月》做过详细整理，著有《〈诈妮子调风月〉写定本》。另有一些戏曲选集，如邵曾祺《元人杂剧》中选录《元刊》部分剧本的单折，并进行过一些校订。随着条件的成熟，20 世纪先后有三位学者对该书做过系统的校勘工作：（1）台湾戏曲史学家郑骞，著作《校订元刊杂剧三十种》1962 年由台湾世界书局印行；（2）大陆学者徐沁君，著作《新校元刊杂剧三十种》1980 年由中华书局出版；（3）大陆学者宁希元，著作《元刊杂剧三十种新校》1988 年由兰州大学出版社出版。第一位对《元刊》进行校订的台湾著名戏曲史家郑骞，他于 1932 年开始着手这项工作，最初由于"初治戏曲小说之学"，受通俗文学的语汇、北曲格律以及元代坊间通俗字体的限制，"数年之间，收获甚少"。搁置若干年后，1941年作者又重新对该书进行逐字逐句的校订，直到1960年才最终完成全书的校订工作，其成果《校订元刊杂剧三十种》于1962年由台湾世界书局印行。其间，历经30年，前后3次整理、校勘，因此该书态度严谨，条例完备。《校订元刊杂剧三十种》共校元刊杂剧30种，每种之后有校勘记一卷，书前附王国维1915年为石印本作《序录》1篇，书末附何煌据李开先藏抄本校《王粲登楼》1卷，书中剧目基本按照王国维在《序录》中考订的次序。作者在自序中总结了全书的校订成果：（1）关于文字正误、补缺、删衍共3500多条，不包括简字改为正体字。（2）关于格律方面的曲牌格律和曲文格律修改140余条。（3）根据他本增补全曲16支。另有附于各剧本后的校勘记一千五百余条。1966年，大陆学者徐沁君点校《元刊杂剧三十种》完稿，1980年以《新校元刊杂剧三十种》为名由中华书局出版。该书是在没有看到郑骞《校订元刊杂剧三十种》的情况下完成的，因此对于后来的研究者和阅读者而言，可以和郑校相互参照阅读，比较研究。该书以《古本戏曲丛刊》第四集所收影印本为校本和参校本，进行文字校订，标明楔子、折数、宫调等工作，在每折后写出校记，更正了前人不少错误。王学奇评价徐校本主要成就有三：（1）补足角色，理顺情节，使之符合人物身份。（2）分辨是非，多方取证，令人折服。（3）校注结合，优势互补，发掘深透。与郑校本相比，徐校本校记更为翔实，多有创新之处，但同时也指出徐校本也存在着一些问题：首先是以今代古，改动了通假字，如将"见"改为"现"、"那"改为"哪"、"耶"改为"爷"、"陪"改为"赔"。这些通假字正是元代语言文字的特点，有些字在当时是习惯通用，有些后起字在元代是没有的，如"赔偿"之"赔"。根据校勘"尊重原刻"的基本思想，这些字是不应当改的。另外，还有漏校、误校和误解等问题。稍后出版的大陆学者宁希元的《元刊杂剧三十种新校》，作者在校语中增加了一些注释字句和疏通文义的话以说明校勘时取舍的理由，有助于读者和研究者更透彻地了解全剧的内容。吴小如评价此书："虽不称为'校注'，而实际却兼有注释之用和疏义之功。……就比一般只罗列各种版本文字异同的校本有了更大的使用价值。"① 经过三位

---

① 吴小如：《宁希元著〈元刊杂剧三十种新校〉题记》，见宁希元《元刊杂剧三十种新校》，兰州大学出版社1988年版，第1页。

学者详细地校勘，《元刊》基本上克服了原本刻工粗劣，文字错讹、脱落、增衍，字形简俗，宾白不全，曲文不分等问题带来的阅读障碍，一定程度上达到了郑骞在其自序中提出的校订目的——"期能成为一般学者可以阅读之读本"。1998 年河北教育出版社发行的徐征等主编的《全元曲》就是参考了郑、徐、宁三家的校本予以校订，并在此基础上进行注释。

3. 词语考释与辞书编撰。学界关于元杂剧词语考释研究已经非常成熟，关于元杂剧词语考释的文章和专著可谓多不胜数，内容涉及疑难词语、俗语、方言、市语、外族语等各个方面。在此基础上编纂的辞书也有相当数量，较有代表性的有：《金元戏曲方言考》（徐嘉瑞，1948）、《诗词曲语词汇释》（张相，1953）、《元剧方言俗语例释》（朱居易，1956）、《诗词曲语辞例释》（王锳，1980）、《戏曲词语汇释》（陆澹安，1981）、《元曲释词》（顾学颉、王学奇，1983—1990）、《元明戏曲中的蒙古语》（方龄贵，1991）、《元语言词典》（刘坚、江蓝生，1998）等。这些辞书的词语考释和例句引用在不同程度上参照了《元刊》，故可视为对《元刊》词语研究的成果之一。另外，前述三位学者（郑、徐、宁）在对《元刊》进行校勘时，虽未进行专门的注释，但其校勘工作是建立在疏通文义的基础之上的，为说明取舍原因，校语中必然要加进一些注释字义和疏通文字的话，因此这也可视为对《元刊》词语的一种初步考释。除此之外，国外方面有日本学者高桥繁树、井上泰山合著的《〈元刊杂剧三十种〉语释集成》一书。

4. 语音和语法方面的研究。21 世纪以来，当代学者逐渐认识到元刊杂剧在语料上的价值，并开始用现代语言学方法对《元刊》进行积极的挖掘和探索。单篇文章有：《元刊杂剧中的语气词"呵"、"也"》（吴波，2001）、《元刊杂剧"AABB"式词》（张家合，2005）、《元刊杂剧说白语言即是清入作上、次入作去》（黎新第，2007）等。另外研究生学位论文有：《〈元刊杂剧三十种〉的述补结构》（何忠东，2004）、《〈元刊杂剧三十种〉与〈中原音韵〉用韵之比较》（张帅，2005）、《〈元刊古今杂剧三十种〉助词研究》（尚虹，2006）、《〈元刊杂剧三十种〉助词研究》（董志光，2006）等。

综上所述，元刊杂剧词汇及其相关研究比较丰富，从考释到整理，到词典编纂，涉及各个方面。但是，一方面，这些研究偏重于单个词语的研究，尤其是对疑难词语和特殊词语的考释，理论研究相对薄弱，忽略对词汇系统性的探讨，缺少对词语演变规律的动态考察，表现在通论性的近代汉语研究专著中，词汇研究的篇幅往往不多。另一方面，受客观条件的限制，关于元杂剧词汇的研究往往以明抄本、明刊本语料为对象，或者与明代杂剧杂糅一处，元杂剧语言面貌不十分清楚。经过一个多世纪以来的研究，元杂剧难以通晓和阅读的局面得到了改善，但是仍有部分疑难词语的释义和原文脱衍的地方未有定论。因此，我们有必要将《元刊杂剧三十种》词汇研究纳入汉语史研究的范畴，将传统的训诂学和现代语言学理论结合起来，从系统的角度出发，横向研究该书所反映出的元代语言面貌，厘清共时平面上词语间的关联，纵向研究词语的更替和演变规律，不但要弄清楚哪些词语是从古代汉语中继承下来的，哪些是当时产生的新词语，还要知道哪些词语又发展下去，考察它们与现代汉语词汇的关系。与此同时，在前人研究的基础上，通过比较、考证，为疑难词语的解释和脱衍之处的增补提供一种可信度较高的选择也是本书尝试解决的问题。

第三节　研究思路及方法

一　研究思路

本书的研究和写作将秉承尊重底本、继承传统、古今融合、兼收并蓄的指导思想，坚持系统观和历史观，充分利用古今中外的研究成果和语言学理论。

1. 文字校勘，确定相对准确、可用的电子文本。将找到的电子文本与影印本进行对照，参考郑骞、徐沁君、宁希元三种校本进行校对。古代的传世文献不乏文字讹误和卷册残缺的问题，这其中有传写误抄的原因，也有朝代更迭中文献散佚的原因。《元刊》的独特性在于原本刻工就"草率拙劣，错字、漏字严重，字迹漫漶不清"，加上个别版页残缺，所以即便还原成本来面目，也并非是可用于研究的最佳版本，还需要根据其他研究资料进行判断和确定。因此，校勘工作是整个研究的前提。

2. 建立封闭式的语料库。参考前人关于词语切分的研究成果，确定切分标准，对三十篇电子文本进行逐字逐句地分析，切分出可用于研究的词和固定短语，作为整个研究工作的基础。

3. 基于以上前提和基础，进行词汇的专题研究。横向描写《元刊》词汇系统的构成、词的结构分类、由词义形成的类聚；纵向分析词义演变的过程、新词新义产生的动因和机制等。

二 研究方法

1. 以描写语言学和历史比较语言学理论为指导。一方面注重共时平面上的语言面貌和现象的描写，通过与同期语料的对比，透视词汇的语义特征；另一方面也注重词语在历时状态下的发展和演变，不但向古代溯源，而且也向现代延伸，通过考察《元刊》中词汇的传承和发展，揭示词义演变和词语词汇化的过程。

2. 传统训诂学和现代语义学研究相结合。首先吸收了我国语文学时期训诂学的研究成果，对《元刊》中的词义进行整体、概括式的描写；其次吸收了现代语义学的研究成果，对词义的研究深入到其内部。

3. 定量统计与描写相结合。"近 10 多年来，在汉语史的研究中人们开始重视专书专人的研究，但对断代词汇的计量研究，特别是基于断代词汇计量研究之上的词汇研究，却迟迟难以进入状态。"[①] 本书在掌握第一手资料的基础上，结合计算机数据库技术，对《元刊》的词汇进行定量统计，建立了一个封闭的《元刊》词汇语料库，同时对得到的数据进行全面、多方位描写和分析。

4. 宏观系统研究和微观个词研究相结合。本书是在词汇系统观的指导下进行的研究，在宏观上是对词汇系统理论的一次积极实践。同时，在微观上也注重对个别词语形、音、义和发展脉络的考察，坚持理论和例证的有机结合。

---

① 苏新春：《汉语词汇计量研究》，厦门大学出版社 2001 年版，第 16 页。

第一章

《元刊杂剧三十种》版本流传及语料价值

第一节　版本流传

　　《元刊杂剧三十种》是现存最早的也是唯一的一部元代刊刻的杂剧剧本。从书的版式和字体来看，《元刊》实为元代书坊间杂凑而成的剧本辑，原书也并无定名。关于该书的版本渊源，最早对该书进行介绍和研究的王国维在《序录》①中记载："元刊杂剧三十种，今藏上虞罗氏，旧在吴县黄荛圃丕烈家"，"上虞罗氏"即著名的收藏家、甲骨文研究家罗振玉，"黄荛圃丕烈"即清代中期苏州著名藏书家黄丕烈。自元代至清代，中间历经二三百年的历史，这段时间《元刊》又流于何处呢？台湾戏剧研究家郑骞认为，"黄氏以前书藏同郡何氏，何氏以前则为明朝大文人兼藏书家李开先的旧藏"②。李氏是明代中期人，去元末仍有一百多年的时间，《元刊》在这段时间藏于何处今天已经不得而知，或许这一百多年里还有同批次印行的刊本在民间流传，而该书也并非善本，所以并未引起收藏者们的注意。李氏之后，该书辗转至清代人何煌手中。何煌曾根据元刊本校明代赵琦美的抄藏曲，在他的校勘记中有这样的记载③：

　　　　抄本单刀会跋　雍正乙巳（三年）八月十日　用元刊本校
　　　新安徐氏刊本魔合罗跋　用李中麓藏元刊物本校讫了。

---

①　郑骞：《校订元刊杂剧三十种·校订本序》，世界书局 1962 年版。

②　同上。

③　孙楷第：《也是园古今杂剧考》，上杂出版社 1953 年版，第 168 页。

新安徐氏刊本王粲登楼跋　雍正三年乙巳八月十八日，用李中麓抄本校，改正数百字……

从何氏的校记中可以印证《元刊》曾是李中麓的藏书的事实，同时何氏还得到了曾为李中麓藏书的该书的抄本，抄本中录有《王粲登楼》一剧，但今天抄本已不可见，现存的元刊本也不见此剧目。

根据郑序中的记载，《元刊》一书似直接转由黄丕烈收藏，其实未必。今本《古今杂剧》第一册有黄丕烈跋云："余不喜词曲，而所蓄词极富。曲本略有一二种，未可云富。今年始从试饮堂购得元刊明刊旧刊名校等种……甲子冬十一月二十有八日，读未见书斋主人黄丕烈识于百宋一廛之北窗。"① 甲子年即嘉庆九年（1804年）。上文所记乃这一年黄氏从顾氏试饮堂购书之事，据丁祖荫撰《黄荛圃题跋续记》中录有黄氏嘉庆九年购书总目②：

元刊本《古今杂剧》三十种

《琵琶记》一种

明刊本《古名家杂剧》

《元人杂剧选》

清常抄补，小山手校《古今杂剧》也是园藏明刊本

由此可知，今所谓《元刊杂剧三十种》在何煌之后又曾藏于顾氏试饮堂，1804年（嘉庆九年）才为黄丕烈所购得。黄氏"在乾嘉间，藏书之富为东南巨擘"③，《元刊》即为其藏书之一种，然而书经顾氏之后，抄本已无，刊本也没有曾为明代李开先藏书的标志，黄氏将其题名为《元刻古今杂剧》，另配一书匣，匣上刻有楷书十二个字："元刻古今杂剧，乙编，士礼居藏"，另有隶书两个字："集部"。正因为如此，王国维在《序录》中只谈及上虞罗氏和吴县黄丕烈。黄氏晚年因火灾家力贫乏，嘉庆道光年间，藏书多已散去。"此元刊杂剧丕烈目载其剧三十种，不知以

---

① 孙楷第：《也是园古今杂剧考》，上杂出版社 1953 年版，第 28 页。

② 同上书，第 64 页。

③ 同上书，第 31 页。

何时散出，亦不知归何人。唯光绪中里人顾麟士曾得其书。今所传《顾鹤逸藏书目》宋元旧刊类有《古今杂剧》。注云：'士礼居旧藏，一楠木匣。已去。'知所藏即丕烈书。此书旋归罗振玉。"① 民国元年即1911年，武昌起义爆发，罗振玉为避时事与王国维、刘大绅三家东渡日本。罗将多年收藏的古董和书籍几乎全部带上，因为日本的居处狭小，暂时把书籍寄存在日本京都大学图书馆，也正是在此期间，王国维完成了《宋元戏曲考》，书中首次采用了罗振玉收藏的元刊本杂剧作为研究资料。1914年，日本京都帝国大学从罗振玉手中借得此书，请著名湖北刻书人陶子麟加以覆刻，即以《覆元椠本古今杂剧三十种》之名出版。1919年罗振玉归国后，此书也一同返回中国并被国立北平图书馆购得，今原书藏于北京的中国国家图书馆。

综上所述，《元刊杂剧三十种》的几种主要刊行版本如下：

1. 士礼居藏本：即清代黄丕烈所藏《元刊杂剧三十种》的原本——《元刻古今杂剧》，因书匣上刻有"士礼居藏"而得名。

2. 覆刻本：1914年，日本京都帝国大学请陶子麟覆刻的少量版本，题名为《覆元椠本古今杂剧三十种》。刻工陶子麟将原书的笔画模仿得惟妙惟肖，具有一定程度的艺术价值。但是刻本存在着一些不可避免的缺陷：或是仿刻过程中出现一些误刻、脱漏，或是原本残缺模糊导致无法仿刻，这些都必然对研究造成一定程度的影响。另外，由于此次发行的数量很少，这本书仍然不为大多数人所知晓。

3. 石印本：1924年，上海中国书店将日本的覆刻本照相石印，以《元刻古今杂剧三十种》之名出版。由于石印本发行量比较大，这本书才为多数国人所了解、知道，成为通行读物。但是，日本的覆刻本在刻书时候有错误，石印本也就不可避免地跟着错误。

4. 影印本：新中国成立后（1958年），郑振铎在主编《古本戏曲丛刊》过程中，根据原书进行影印，并以《元刊杂剧三十种》为名编入《丛刊》的第4辑中，此即该书的影印本，台湾称为珂罗版。

比较而言，影印本全面、真实地反映了原书的面貌，学术研究价值最大，本书也以此为底本。虽然其他一些版本字体更清晰、内容更完整，但是遵照"文本可靠性"原则，我们尽力克服识辨上的困难，宁缺毋滥，

---

① 孙楷第：《也是园古今杂剧考》，上杂出版社1953年版，第169页。

研究语料直接来源于郑振铎主编的《古本戏曲丛刊》（第4辑）。

第二节　语料特点

　　元代虽然处在蒙古贵族的统治下，但在独特的城市生活背景和学术氛围下，元代杂剧呈现出独特的时代风貌。作为元代语言研究的文献材料，《元刊》存在着这样一些特点：

　　1. 作为研究元代语言的"同时语料"，真实可信。《元刊》的作者中，除3位无名氏作者，其中有姓名可考的作者19位，这19位作家大都生活在元代的初期或中期。根据王国维《序录》中的统计：《元刊》中，"题'大都新编'者三，'大都新刊'者一，'古杭新刊'者七；又小字二十六种，大字四种"，即：《元刊》中版式与字体均不相同，又"其纸墨与板式大小，大略相同"，虽然我们不能确定《元刊》是由元代坊间书商杂凑各种单行本进行汇印的还是原来每种单行，由藏书者把它们装订在一起，但有一点是可以肯定的：《元刊》中的三十种杂剧是在元代创作并且刊刻。另外，《元刊》的一个很大特点是在若干年的流传中，虽先后辗转于明代李开先，清代何煌、顾氏、黄丕烈、顾麟士，民国罗振玉等多位藏书家之手，但基本完好地保持了元代作家创作时的语言面貌，未受到后人的任意篡改。

　　元代创作的杂剧保存至今的大约有160种，但这些杂剧的科白和曲文在流传中都经过了明代文人或戏剧演员的再加工，以至于明版乃至后代版本的杂剧在故事情节、剧本结构、人物语言等方面与元代杂剧都有诸多不同。就语言层面而言，元刊本杂剧经过明代文人和演员的修改，绝大部分掺杂了明代的语言成分，不能够真实地反映元代语言的面貌和特点，尤其是口语和俗语成分，作为语言中最鲜活的要素，后代很难刻意地模仿，而后代口语中常用的词汇也很难不进入演员们经常说唱的科白或曲文中。试以《元刊》（元刊本）和《元曲选》（明刊本）共有的剧目作比较，例如：

　　　　（外末、旦上，云了）。（元刊本《马丹阳三度任疯子》第三折）
　　　　（旦上，云）妾身任屠浑家是也。自从那日任屠吃了几杯酒，被

他众人撺掇着打赌赛，杀那先生去了。（明刊本《马丹阳三度任疯子》第三折）

上述两例皆为杂剧《马丹阳三度任疯子》第三折相同部分的内容，明刊本比元刊本增加了旦角的科白，其中"妾身"一词尤其值得注意。《汉语大词典》："妾身，旧时女子自称。三国·魏·曹植《杂诗》之三：妾身守空闺，良人行从军。"我们考察了元刊本中所有的杂剧，未有女子自称"妾身"的用例，而在明刊本杂剧中，女子自称"妾身"的现象非常普遍。以关汉卿作品为例，我们考察了 14 种明刊本作品，"妾身"共出现 60 次，而在元刊本的 4 种杂剧中出现次数为 0。在元刊本中，旦的自称通常有：（1）人称代词，如"俺""我""咱"；（2）名词，如："燕燕""姊妹""媳妇"（女仆自称）。同一作家的作品语言在不同刊本中出现如此整齐的差别，这说明"妾身"不出现在元刊杂剧中并不是一种偶然现象。或者至少可以说明，"妾身"时间久远，具有一定的书面语古雅色彩，在元代常用口语中很少出现。而在明代，这个词语或者因为文人对前代杂剧语言的修改，或者因为词语的"复苏"又重新活跃起来，因此得以出现在明刊本杂剧的科白和曲文中。又如：

　　〔挂金索〕我则道调理风寒，谁想他暗里藏毒药！到如今他致命图财，我正是养着家生哨。疑怪来时，不将着亲嫂嫂。万代人传，倒大来惹的关张笑。（元刊本《张鼎智勘魔合罗》第二折）
　　〔挂金索〕我则道调理风寒，谁想他暗里藏毒药。他如今致命图财，我正是自养着家生哨；疑怪来时，不将着亲嫂嫂。万代人传，倒惹的关张笑。（明刊本《张鼎智勘魔合罗》第二折）

这一段曲文的两种刊本大致相同，唯有最后一句中的副词，元刊本用了"倒大来"，而明刊本用了"倒"。"倒大来"是元代常用口语词，陆澹安《戏曲词语汇释》："'倒大来'即'到头来'。""'到头来'，结果。"顾学颉、王学奇《元曲释词》补云："一说：'倒大来'即'到头来'。"明刊本改"倒大来"为"倒"，意义上不如元刊本通顺，另外，"反倒，却"这个意义上的副词在元代通常写作"到"。可见，如果以明刊本作为反映元代语言面貌的语料，其结论必然是不准确的。再如：

　　［小梁州］那时节偏没这般腌症候，陡恁的纳谏如流，轻贤傲士慢诸侯，无勤厚，恼犯我如泼水怎生收！（元刊本《汉高皇濯足气英布》第三折）

　　［小梁州］这的是从小里染成腌症候，可不道服良药纳谏如流，谁似你这般轻贤傲士没谦柔，激的咱为仇寇，到如今都做了泼水怎生收。（明刊本《汉高皇濯足气英布》第三折）

　　元刊本曲文中的"时节（时候）、陡恁的（简直是）、勤厚（殷勤厚重）、恼犯（触怒，惹恼）"都是元代口语中常见的词语，但是在明刊本相同的曲子中都被删改。这一方面是语言发生变化的一个有力佐证：活跃在元代人口头上的词语到了明代已经不用或少用，所以演员们要改换词语来适应明代观众们的欣赏需求；另一方面也说明，明刊本的元杂剧语言面貌的确与元代存在差距。剧本是专为演员演出提示动作、唱词、说白等内容的文学形式，我们之所以特别强调《元刊》在研究元代语言中的重要性，是由于元剧本与明剧本的确存在很大不同：前者注重实用性，方便演员，后者更加注重文学性，供文人欣赏，前者"俗""简"，后者"雅""繁"，脱离了演员演出和普通人的欣赏活动，因此也被称为"案头文学"。

　　太田辰夫在《中国语历史文法》① 中将汉语史研究资料分为"同时资料"和"后时资料"两种，"同时资料"指某种资料的内容和外形（文字）是同一时期产生的，"后时资料"指外形的产生比内容的产生晚的那些东西，即经过转写转刊的资料。作为元代语言研究的资料，我们今天所能见到的明刊本元杂剧，正是太田辰夫所说的经过转写和转刊的"后时资料"，其中杂糅了诸多明代语言成分和现象。如果以此作为研究元代语言的资料，其真实性和可靠程度仍值得再探讨。相比之下，这也恰恰突出了《元刊》在汉语史研究上的重要价值。

　　2. 题材广泛，语言内容丰富。《元刊》中的三十个剧目，作者不一，来源不一，有大都刊本，有古杭刊本，社会地位和生活背景不同的作家们通过语言这面镜子，从不同层面、不同角度折射了南北方的社会生活和社

---

　　① ［日］太田辰夫：《中国语历史文法·跋》，蒋绍愚、徐昌华译，北京大学出版社2003年版，第374—375页。

会思潮。关于杂剧的题材，按照不同的标准有不同的划分方法和结果，多则如朱权《太和正音谱》将其分为12科，少则如日本青木正儿《元人杂剧概说》将其分为4类。题材涵盖面的广泛使得《元刊》语言十分丰富，通用基本词汇与宗教词汇、外来词语、市语、典故词语、熟语等共同勾勒出《元刊》多样的词汇面貌。源于道教和佛教的宗教词语，前者如：姹女婴儿、导引、丹药、真人、长生法、丹砂、玄、抱元守一、三清殿、化、玄机、寺宇；后者如：魔合罗、观音、超度、无常、地狱、阎罗王、六道轮回、报应、报、业。在民族接触的影响下，源于外民族的外来词语，如：阿马、阿者、兔鹘、撒敦、六儿、赛（卢医）、也么哥、兀的、歹。源于各行各业和市井小民口头上的市语，如：云阳、柳青、三思台、孛老、邦老。源于诸子百家典籍的典故词语，如：白虹贯日光、陋巷颜渊、箪瓢原宪、武王伐纣、祸起萧墙、骊姬乱晋、伊尹扶汤。活跃在人们口头上的俗谚、警句等统称为熟语的词语，如：女生外向；养子防备老；梦是心头想；武官粗鲁文官狡；先下手强，后下手殃；一人拼命，万夫难挡；从来乱国皆无道，自古庸君不重臣；饱谙世事慵开口，会尽人间只点头；二十有志人先爱，若是三十立身人都待，但到四十无子人不拜。

3. 雅俗同现的白话语体，口语色彩较强。王国维所列的"一代之文学"，几乎都是文言语体，宋词中出现了一定程度的口语色彩，但是很有限，只有元曲（元杂剧和散曲——作者注）不然。我们所要研究的《元刊》的语言，属于古白话系统：其中宾白部分是纯白话性质的，唱词部分则白话和文言兼而有之。元杂剧语言的一个很大特点是说唱并重，为方便演员在演出时说、唱，同时也是为了让观众听得懂，易于接受，所以即使是唱词部分，口语色彩也是相当浓厚，俚俗浅白、经常活跃在当时人们口头上的词语在剧中比比皆是。一方面，《元刊》中使用了大量普通百姓日常生活中常用的俗词。例如：大古里、不争、巴臂、巴馒、刁蹬、九伯、葫芦提、摆划、妆幺、兴心、端的、一会家、大嫂、作念、没乱、短古取、呆不腾、大冈来、能可。另一方面，《元刊》还吸收了大量活跃在时人口头上的惯用语、俗谚等。例如：先打后商量、随驴把马乔男女、梦是心头想、心急马行迟、人间私语，天闻若雷、家富小儿娇、十谒朱门九不开、养小防备老，栽树要阴凉、驴粪球儿外面光、远在儿孙近在身、有仇不报枉相逢，见义不为非为勇，言而无信成何用。元杂剧虽然使用白话语体写作，但并不因此影响其作为艺术的高雅性，文雅的词语和俗白的词语在杂剧中相间出现。例如，杂剧中的"雨泪、暮求、鳏寡、股肱、恭俭温良、割股焚身、更阑人静、祸起萧墙、孤陋寡闻、择善者从之、铜雀春深锁二乔"等，或者是带有诗意的词语，或是从古籍经典中化用而来，或是直接引用前人诗句，这些词语提升了杂剧语言的艺术性。

比较而言，杂剧中活泼生动、表义浅白的俗词常语要更胜一筹。以四字语为例，在现代汉语中，成语绝大多数是由四字构成，表意古雅。在《元刊》数量众多的四字语中，除了少数来自古籍经典而略带古雅的文言色彩，大多数表意多浅白直接，例如：全家老小、文武官员、寻根拔树、灭门绝户、娇儿幼女、古墓荒坟、诚意诚心、自生自受、难画难描、怯怯乔乔、烦烦恼恼、两两三三。

另外，杂剧的曲文受韵律、格式、艺术表现等因素的制约，固然不可以太直白，其中还有直接抄写史书或前代诗词成句的情况。但剧作家们又往往通过衬字、叠字、改写等方式弱化这种文言色彩，使其朗朗上口，更加口语化。例如：

> ［正官端正好］路难通，家何在。乾坤老山也头白。四野冻云垂，万里冰花盖。肯分我三口儿离乡外。（《看钱奴买冤家债主》第二折）

曲文中的一、二句，四、五句分别采用了对句的形式，整齐押韵，"何"是一个带有文言色彩的疑问词，而"乾坤""老山""冻云""冰花"则完全是诗意的词语，具有典雅的色彩。末句依律本为 5 字，作者使用了衬字的方法，增加了"肯分""我"和一个儿化音，从而化解了前几句形成的文言色彩。"肯分"是"正好，偏偏"的意思，为元代常用口语。

总之，元刊杂剧广泛吸收和使用活跃在人们口头上的俗词和常语，为揭示元代语言面貌以及现代汉语的形成提供了丰富和宝贵的语言资料。但是，《元刊》也存在着明显的不足之处：

1. 刻工粗劣，文字多漫漶错脱。诚如《元刊》的许多校订者们所言，该书在形式上存在着颇多不足之处，这些形式上的缺点甚至影响了对文本的阅读和欣赏。首先，《元刊》原本刻工粗劣草率，多数杂剧的字迹漫漶不清，难以辨认，由于是杂凑而成的集子而非统一刊刻，字体的形式和大小也不统一；另外，错字、漏字、串行现象严重，个别杂剧还存在脱页情况。从内在形式上来看，宾白和曲文牵连不分，文字形体既然一样，就必然导致两者混淆难辨。另外，受语言的客观因素和刊刻工人主观因素的影响，《元刊》中还存在着大量的通假字和俗字，而今人校订结果也不尽统一。

2. 科白过简。《元刊》中有 20 种剧目中注明"关目"。所谓"关目"即指（故事中）关键的紧要的部分，《元刊》中的"关目"指的是这些剧本只录了"重点"，而非巨细靡遗、曲白俱全的本子。①　正因为如此，《元刊》不录或少录剧中人物的科白，全集中有 3 种杂剧通篇无科白只有曲文，而通常录著的科白也非常简略，以《相国寺公孙汗衫记》第二折开场科白为例：

元刊本：

> （等外末上，云住）（等净上，说外末躲灾了。都下）（等卜儿叫住）（正末慌上）（等卜儿告了）（正末云）忤逆贼！俺子是个开店的者波，您去呵，也合交我知道，休道俺是亲爷亲娘！婆婆，嗏赶去！（等卜儿云了）（正末唱）

明刊本：

> （张孝友同兴儿上，云）欢喜未尽，烦恼到来。自从认了个兄弟。我心间甚是欢喜。不想我这浑家腹怀有孕。别的女人怀胎十个月分娩，我这大嫂十八个月不分娩，我好生烦恼。兄弟索钱去了，我且在这解典库中闷坐咱。（邦老上，云）行不更名，坐不改姓。自家陈虎的便是。……（正末云）婆婆，我当初说甚么来，咱赶孩儿每去者。（做赶科）
> （为简省故，原文此处从略）

元刊本"正末唱"前只有外末、卜儿、正末三个人物 6 次说白，且只录正末说白内容。明刊本涉及张孝友、兴儿、邦老、正末、卜儿 5 个人

---

① 许子汉:《戏曲"关目"义涵之探讨》,《东华人文学报》2000 年第 7 期。

物，其中有人物独白、有对话，交代了张孝友烦恼的原因、邦老陈虎的出身背景以及谋害张孝友的意图和原因等，为下文去东岳庙烧香情节做了充分的铺垫。由此，读明刊本时对全文故事情节就会有个总体把握。

郑骞认为："对于元剧素有修养的人，读此书有时也颇感吃力，更不必说初学。此书虽好虽重要但不太通行，就是这个缘故。"① 科白的简略以及上文中提到的刻工粗劣对《元刊》的研究造成诸多障碍，即便是在今天已经有多家校订本的背景下，仍有一些问题未能取得共识。

3. 部分曲文"程式化"。受杂剧体裁的影响，曲文在句法和词汇上都有不同程度的"程式化"表现，即规范化、固定化，"形成一种'曲的语言'"，以至于部分句法研究者放弃了元杂剧曲文这一块材料，认为元刊杂剧对于语法研究的价值仅限于虚词部分。与此相反，何乐士则认为曲文也可以作为句法研究的材料："唱曲也非常接近当时口语，不论是词汇或是句子，大都表现了质朴、通俗、口语化的特色。"② 在杂剧是元代词汇研究的宝库这个前提下，我们也必须认识到，《元刊》中的语言毕竟是文学作品中的语言，为求音调和谐，曲文中的语言也会自觉或不自觉呈现押韵、谐律、整齐等倾向，用词也较为古雅。具体表现如下：

（1）引用或化用诗词古文中的名句。例如：

［驻马听］人道我归去早，春花秋月何时了。（《马丹阳三度任风子》第四折）

其中"春花秋月何时了"句出自南唐·李煜《虞美人》。

［混江龙］皆因朝中肱股，托赖着股肱良哉，元首明哉。（《晋文公火烧介子推》第一折）

其中"股肱良哉，元首明哉"句出自《尚书·虞书·益稷谟》。

［普天乐］镇华夷呵便似挟太山以超北海，朝銮驾呵便索待漏院

---

① 郑骞：《校订元刊杂剧三十种·校订本序》，世界书局1962年版。

② 何乐士：《汉语语法史断代专书比较研究》，河南大学出版社2007年版，第209页。

久立东华。(《晋文公火烧介子推》第三折)

其中"挟太山以超北海"句出自《孟子·梁惠王上》。

下面两个例句则通过词语的增改,化用前代诗词中的名句:

[双调新水令]是清风连夜饮,几曾渔火对愁眠。(《李太白贬夜郎》第四折)

其中"渔火对愁眠"句化用唐代张继《枫桥夜泊》中的"月落乌啼霜满天,江枫渔火对愁眠"。

[醉春风]恩爱重如山,侯门深似海。《岳孔目》(第四折)

其中"侯门深似海"句化用唐代崔郊《赠婢》中的"侯门一入深如海,从此萧郎是路人"。

白话语料的价值体现在其鲜活生动上,无论是直接引用还是通过增减、换用词语来化用名句,都必然削弱语料的口语色彩。

(2)使用形式整齐、意义古雅的书面语。杂剧是由诸多散曲构成,每一种散曲的曲牌规定了曲文的形式,譬如押韵、对仗、平仄,等等。我们所说的元杂剧语言口语化较强是相对而言,在要求对仗的地方,形式的整齐必然会限制语言的灵活性,甚至要求曲文刻意地选择、修饰词语,不惜以辞藻的堆砌来实现形式的整齐完美、韵律的和谐统一。因此在这些地方,曲文的文言书面语色彩要远远大于白话口语色彩,例如:

[仙吕赏花时]卷地狂风吹塞沙,映日疏林啼暮鸦。(《闺怨佳人拜月亭》楔子)

[幺篇]止不过船横古渡垂杨岸,路逢俊岭滩头涧。(《楚昭王疏者下船》第二折)

[凭栏人]你道懒卷空垂玉控钩,风送兵尘满画楼。(《楚昭王疏者下船》第二折)

[正宫端正好]四野冻云垂,万里冰花盖。(《看钱奴买冤家债主》第二折)

　　[煞尾]俺那云间太华烟霞细，鼎内还丹日月迟，山上高眠梦寐稀，殿下朝元剑佩齐。（《泰华山陈抟高卧》第三折）

　　[收尾]流水高山是琴谱，古木苍松作画图。壶里乾坤不可拘，风内蓝袍自在舞。（《马丹阳三度任风子》第二折）

　　[梅花酒]忆上元，芍药圃，牡丹园，梧桐院，海棠轩，歌舞地，绮罗筵，衫袖湿，帽檐偏。（《李太白贬夜郎》第四折）

　　以上语料中包含的词语也是元杂剧词汇的组成部分，因此是专书词汇研究中必须描写的一部分。任何语料的性质恐怕都不能做到完全纯粹，《元刊》作为一部杂剧选集，作者、创作时间都不同，再加上题材各异，各篇杂剧口语程度也存在差异：反映生活、人情的杂剧的口语色彩通常要高于历史剧和道家剧，《拜月亭》《诈妮子》《看钱奴》《天赐老生儿》等作品的口语色彩要明显高于《疏者下船》《陈抟高卧》《任风子》《介子推》等。作为研究者，只有充分掌握语料的特点和性质，才能从总体上把握研究对象，对其进行系统的梳理。

第三节　研究价值

　　尽管元代是杂剧的"大时代"，但由于戏剧的"邪祟"（鲁迅语）性，剧本多数不入官方正式修订的典籍中，所以保留至今、未经明代人改动的"元"杂剧是屈指可数的。《元刊》虽然是坊间杂凑而成的剧本辑，但历经七百余年仍以原貌保存，真实呈现元代语言面貌，也是文化和语言研究中比较珍贵难得的文献资料。元杂剧在明代以前，尚未沦为案头文学，是鲜活有生命力的文学形式。它的生命力不仅体现在内容上，也体现在语言上。《元刊》中的词语，性质复杂，来源广泛，是元代社会不同群体、不同行业领域口语使用的一个个横断面，尽管存在一定程度的书面语词，但整体上仍是元代社会口语使用的真实状况的反映。深入挖掘、整理这些材料，对于元代词汇及整个汉语词汇史的研究，有着非常重要的意义：

　　1. 学科建设的价值。自上古至现代，汉语发生了巨大的变化。汉语几千年积累下来的大量词汇，为汉语词汇史的研究提供了丰富的材料。其中作为语言中最活跃的要素——词汇，经过漫长的历史演变，在词形、词义等方面发生的变化更是显著的：上古汉语以单音节为主，现代汉语以双音节为主；上古汉语多单义词，现代汉语单音节词语表义丰富；同一个词形，上古汉语中表示此义，而在现代汉语中却表示彼义等。我们不仅要关注词汇发展演变的开端和结果，也要关注处于中间时期的动态演变过程。比较而言，在语言学内部，词汇学要薄弱于语音学和语法学，而在词汇学内部，现代汉语词汇以及古代汉语词汇的研究又明显比近代汉语词汇研究充分深入。《元刊》中记录了大量的新词语、俗词语以及时谚，具有鲜明的时代色彩。搜集、整理以及系统地研究这些词汇，既为全面、深入开展近代汉语词汇研究以及汉语史研究做了一点必要的基础工作，也为近代汉语词汇学以及词汇学学科的建设尽一点绵薄之力。

2. 词汇学研究的价值。《元刊》的词汇学研究价值主要体现在两个方面：一为近代汉语词汇研究提供大量新鲜的语料。随着社会政治、经济、文化的发展，《元刊》的语言中也出现了一些反映时代特点的词语，如"千户""官定粉""羊羔儿利""都孔目""勾栏""解库"等。另外，随着时代的变迁，一些词语改变了它们在上古和中古常见的词义，开始出现新的用法，如：决定（一定）、安排（摆放、布置）、伶俐（正当）、勾当（本领、能耐；道理）、家长（丈夫）等。全面整理、深入挖掘《元刊》中蕴含着的新词、新义，可以为元代以及近代汉语的研究提供新鲜的语料。二为同时期白话文学作品词义的考释提供参照。《元刊》中的词语尤其是俗语词，也见于同时期的其他白话文学作品之中。俗语词作为口头的语言成分，造词理据往往比较隐晦，因而今人看起来很难弄懂词语的意思，加之字形多俗体，有时甚至百思不得其解。因而杂剧中俗语词研究又可以为同时期其他白话材料提供释义佐证。如："绿豆皮""妆幺""晚西""家生哨""兔鹘"等。

3. 辞书编纂的价值。《元刊》中的词汇材料还可以为一些大型辞书的编纂、修订提供重要依据，在辞书编写中具有重要的价值。以《汉语大词典》为例，它是目前最具权威的大型工具书，代表了当今汉语辞书编纂的最高水平，但是仍然存在词条漏收、义项失立、书证滞后等问题。如"不意"，《汉语大词典》有三个义项：①不在意，不放在心上。②谓空虚无防备。多用于军事攻守。③不料，意想不到。元刊杂剧《东窗事犯》楔子：二时斋粥无心恋，薄利虚名不意贪。其中的"不意"应是"无意"

的意思，大词典失立。"草店"，《元刊》中出现 3 处，都在《严子陵垂钓七里滩》一剧中：[倘秀才] 我则似那草店上相逢时那个身命，便和您，叙交情，做咱那伴等。（第三折）[殿前欢] 醉醺醺跳出龙门外，似草店上般东倒西歪，把我恼撺的抢将下来。（第四折）[水仙子] 比俺那使磁瓯好不自在，怎如咱草店上倒开怀。（第四折）在其他同时期文学作品中也多处可见，宋吴潜撰《履斋遗稿》之《沁园春·江西道中》：萧萧处，更柴门草店，竹外松边。明冯梦龙辑《太霞新奏》之《北折桂令》：兀良是，草店孤灯，晕影凝幽。"草店" 当为 "简陋的茅屋"，与 "草舍""草堂""草庵""草室""草庐" 意义相近，而《汉语大词典》失收。书证滞后的问题在《汉语大词典》中比较明显，此处略举一二。"豪气"，本义为 "桀骜蛮横的习气"，《汉语大词典》举宋刘克庄《沁园春·吴叔礼尚书和余旧作再答》词："公过矣，尝陈登豪气，杜牧粗才。" 晋陈寿《三国志》已有该词的用例："汜曰：'陈元龙湖海之士，豪气不除'。" 又如，"缠身"，意为纠缠住身子，形容不能解脱。《元刊》中出现 1 处：（正末唱）托赖着俺哥哥福荫，那里有半星儿疾病缠身。（《张千替杀妻》第二折）在元代之前，"缠身" 一词已经见于多种文献中，如：南北朝沈约撰《宋书》："宰值义嘉染罪，金木缠身，性命几绝。" 唐释道世撰《法苑珠林》：一入无间地，万苦竟缠身。《大词典》举 1981 年《诗刊》第 1 期中的句子："曹村本是钉螺窝，瘟病缠身枯骨瘦。" 用该例作为《大词典》的书证，可见在时间上是非常滞后的。针对某一专书的词汇研究不但可以为辞书的编纂提供丰富的第一手资料，还有助于现有工具书的修订。

4. 对文化文学研究方面的价值。语言是文化的重要载体，"一时代的客观社会生活，决定了那时代的语言内容；也可以说，语言的内容实在足以反映出某一时代社会生活的各面影。社会的现象，由经济生活到全部社会意识，都沉淀在语言里面"①。语言是社会生活发展的一面镜子，语言中的词汇要素更是与社会发展、人们的思想认识紧密相关。《元刊》词汇涵盖的社会面广泛，内容丰富，对研究元代社会的政治、经济、思想、文化、风俗等各个方面提供了语言学依据，因此具有重要的参考价值。《元刊》是元代语言研究重要的 "同时语料"，也是文学研究重要的文本。在

---

① 罗常培：《语言与文化》，语文出版社 1989 年版，第 88 页。

《元刊》保留的三十种剧目中，有十四种是孤本：《关张双赴西蜀梦》《闺怨佳人拜月亭》《诈妮子调风月》（以上关汉卿），《尉迟恭三夺槊》（尚仲贤），《诸宫调风月紫云亭》（石君宝），《李太白贬夜郎》（王伯成），《晋文公火烧介子推》（狄君厚），《地藏王证东窗事犯》（孔文卿），《承明殿霍光鬼谏》（杨梓），《严子陵垂钓七里滩》（宫天挺），《辅成王周公摄政》（郑光祖），《萧何月夜追韩信》（金仁杰），《鲠直张千替杀妻》《小张屠焚儿救母》（以上无名氏）。这十四种孤本中，有历史剧中著名的悲剧作品：《关张双赴西蜀梦》《晋文公火烧介子推》《地藏王证东窗事犯》和《承明殿霍光鬼谏》，也有杰出的爱情喜剧《闺怨佳人拜月亭》《诈妮子调风月》和《诸宫调风月紫云亭》。在彰显元代杂剧作家驾驭历史素材能力的同时，也为后人研究元代的悲喜剧提供了丰富的文本材料。如果没有《元刊》的收录，这些文学珍品将很可能湮没在历史的灰烬中。

第二章

《元刊杂剧三十种》复字词汇的计量研究及概貌

第一节　复字词汇的切分与计量

一　汉语词汇的单位及复字化倾向

　　语言是音义的结合体，现代语言学研究中关于语言单位的确定，自然是从音义这两个方面来进行。西方语法学中认为"语素"（morpheme）是语言中最小的音义结合体，作为向西方语法借鉴来的术语，"语素"在研究汉语尤其是汉语词汇问题时，并非十分地契合汉语的实际情况。汉语作为孤立型语言，与西方的屈折型语言截然不同，对于汉语中存在的有音无义的单位，显然并非"语素"能够概括，于是研究中又借用了音位学中的术语——"音节"。近些年来，一些学者尝试根据汉语自身的特点和实际情况来确定汉语的单位，周荐提出将"字"重新引入词汇研究中，作为"词汇最低的一个层级，也是为数众多的他类词汇单位的基础"①。我们认为，将"字"作为词汇的单位，既符合汉语实际情况又方便词汇研究，"有义汉字"和"无义汉字"很好地解决了词汇构件音、义、形的矛盾。"复音化"是汉语发展的历史趋势，这一点已被许多汉语学者注意到并成为语言学学界的共识，在词汇学中，这种变化直接地表现为词汇构件要素——字的增加。汉语"复音化"不仅仅是音节的变化，还有相当多的词语在增加音节的同时丰富了意义。既然我们把"字"作为词汇单位的基础，我们不妨把"复音化"称为"复字化"。单字词在上古汉语词汇系统中占绝大多数，西周早期，复字词的各种构词法开始萌芽，至春秋时

---

　　① 周荐：《论词汇单位及其长度》，《语言教学与研究》2006 年第 1 期。

发展完备，这一时期复字词的数量大幅度增加，自东汉以后，汉语词汇的面貌发生了很大的变化，到唐代，双字词为主的词汇系统已经建立。现代汉语中，复字词已经完全取代了单字词在词汇系统中的主体地位，甚至出现了三字词语大量增加的现象。元代处于近代汉语的历史中期，复字词尤其是双字词在这一段历史时间里迈着稳定的步伐朝着成熟的方向发展，词语的形、义都非常典型，其造词、构词以及词义的演变具有承上启下的历史地位。

二 复字词的切分

如何确定一个复字形式是词汇单位（词或固定短语）而不是其他句法单位（自由短语），这是本书首先要解决的问题，也是一个学界公认的难题。其原因有三：一是受汉语特点的影响。在西方屈折型语言中，凭借形态和重音等手段，复音词和短语比较容易区别，而汉语属于孤立语，缺乏形态标记，书写时词与词之间也没有空间界限作为标记，"很难用扩展法、转换法来鉴别，更无语音识别条件"[①]。二是复字词与自由短语处于界限模糊的连续统中。许多复字词是由自由短语词汇化而来，"很多双音词是从短语脱胎而来的"[②]，"汉语的复音词大多是从短语长期使用凝固发展而来，而这种'词化'的过程有快有慢，因而词与短语之间的界限并不十分清楚，词与短语之间存在着广阔的'中间地带'"[③]，所以汉语复字词与自由短语的判别更加棘手，处于动态演变中的复字形式其结合紧密度是不一样的，尤其是一些由意义相近、相反的字构成的词语，在历时平面上还同时存在着构词成分单用的状态，如"边厢"中的"边"与"厢"、"恩仇"中的"恩"与"仇"。三是受词汇词与语法词的影响。本书的研究对象是词汇词，是在同一性原则下概括抽象出来的能独立使用的最小的音义结合体。这里的"最小"与语法标准不同，应该服从于词义的完整性。例如："恩养"是词，"恩养钱"也是一个词。针对以上原因，学者们相继提出了符合汉语特点的解决方案。以赵元任、张双棣、马真为代表的学者强调以词汇意义的整体性作为判别复字词的主要标准。马真提出了

---

① 郭锡良：《汉语史论文集》，商务印书馆 1997 年版，第 144 页。

② 董秀芳：《词汇化：汉语双音词的衍生和发展》，四川民族出版社 2002 年版，第 21 页。

③ 邵敬敏等：《汉语语法专题研究（增订本）》，北京大学出版社 2009 年版，第 39 页。

五条具体的操作标准：（1）两个成分结合后，构成新义，各成分的原义融化在新的整体意义之中，这样的复音组合是词，不是词组。例如："先生"。（2）两个同义或近义成分结合，意义互补，凝结成一个更概括的意义，这样的复音组合是词，不是词组。例如："道路"。（3）两个成分结合后，其中一个的意义消失了，只保留一个成分的意义，这样的复音组合是词，不是词组。例如："市井"。（4）重叠的复音组合，如果重叠后不是原义的简单重复，而是在原义的基础上增加某种附加意义，这样的重叠式是词，不是词组。例如："冥冥"。（5）两个结合的成分，其中一个是没有具体词汇意义的附加成分，这样的复音组合是词，不是词组。例如："惠然"。同时，她还强调："划分先秦的复音词，主要应从词汇意义的角度来考虑问题，即考察复音词组合的结合程度是否紧密，它们是否已经成为具有完整意义的不可分割的整体。这是最可行的办法，其它方面的标志都只能作为参考。"① 以吕叔湘、周生亚、张永言等学者则坚持语法、语义以及语音、见次频率等多项标准作为综合判别的手段。周生亚就认为："就标准而言，以什么为主，这个提法不见得好，还是要把意义和形式的分析结合起来，既要看意义变化、结合松紧，还要看结构对比和结合关系。"② 但是，正如张双棣③所言，虽然同时坚持意义标准和结构标准从理论上说都是正确的，但对于先秦复音词用不能拆开或插入别的成分来检验它结合得是否紧密是行不通的。同样，对于任何一个历史时期的词语，用替换、扩展和插入法都无法确定其是否成词，从实际操作来看，语法标准只能是检验复字形式成词的一个辅助性手段。但语义标准也绝非放之四海而皆准，董秀芳认为："语义是主观的东西，不是一个容易把握的标准。"④ 我们认为：语言学研究是一门科学，而科学的研究思路应当是多方面考虑和把握，任何理论都有适用的范围和特殊情况，在判别汉语复字词和自由短语的问题上，"一刀切"的做法是不可取的。本书在判别元刊杂剧的复字词时，综合前人研究成果，结合元代戏剧词汇的发展变化特点，以意义标准为先导，继而以语法、语音和频率等标准做检验。

---

① 马真：《先秦复音词初探》，《北京大学学报》（哲学社会科学版）1980 年第 5 期、1981年第 1 期。

② 周生亚：《〈世说新语〉中的复音词》，《吉林大学社会科学学报》1982 年第 2 期。

③ 张双棣：《〈吕氏春秋〉词汇研究》，山东教育出版社 1989 年版，第 274 页。

④ 董秀芳：《词汇化：汉语双音词的衍生和发展》，四川民族出版社 2002 年版，第 25 页。

根据前文的判断标准，参照《汉语大词典》《唐语言词典》《宋语言词典》《元语言词典》《元曲释词》以及《现代汉语词典》等大中型工具书，又检索了《戏曲词语汇释》《诗词曲语辞汇释》《金元戏曲方言考》等相关著作，我们从《元刊》中切分出九千多个词汇单位。具体操作过程中，对词语的切分取舍遵循了以下原则：对于《元刊》中的古今字、俗字、错别字造成的一词的不同写法，我们遵照从严的原则，将意义和用法完全相同而仅仅是形体有别的词语归为一个词位，选择通用形体做代表；对于因原刊本误刻、漏刻或脱页的地方，谨遵原书，不依他本做增补；对于有争议的组合，我们尽量吸收最有权威和影响力的说法，疑难处存疑待考；对于处于过渡时期的组合，我们多采取从宽原则，将其视为词。根据本书需要，我们将那些不太能反映近代双音词语变化规律的人名、国名、地名、年号、干支、动植物名、数词以及难以把握时间线索和为适应杂剧体裁生造的词语舍弃，最后一共保留了 8459 个复字词作为研究对象，其中双字格词语 5858 个，三字格词语 922 个，四字格词语 1354 个，五字以上的特殊词语 325 个。

另外，在比较了各家关于近代汉语上下限这一问题的观点后，我们基本同意胡明扬划在隋末唐初的意见，同时这种划分十分有利于本书的操作，且蒋绍愚也认为："晚唐五代时出现的新词语，其中很多在初唐到中唐就出现了。而初唐到中唐时缺乏像敦煌变文那样典型的集中反映口语词汇的作品。"① 因此本书在对 8459 个复字词进行历时划分时，大体上是以唐初作为划分古代与近代、旧词语与新词语的时间界限。

三 常用复字词汇

词语切分出来后，通过对词语的统计，可以非常清楚地掌握专书中词语的总量、出现频次等使用情况，哪些词语在本书中出现次数多，是当时比较常用的词语，而哪些词语则相反，可以一目了然。较早提出"常用词"概念的是周祖谟和王力两位先生，此后关于"什么是常用词"学界一直有两种认识：一是从意义的角度，认为常用词是意义简单明了，一般人都能掌握的词语，训诂学中通常用作与"疑难词语"相对的概念，过

---

① 蒋绍愚：《唐诗语言研究》，中州古籍出版社 1990 年版，第 113 页。

去一般认为没有考释必要和价值。[①] 这样的常用词多数与人们日常生活密切相关，考察较有代表性的常用词研究专著及文章，如：《汉语常用词演变研究》（李宗江，1999）、《东汉—隋常用词演变研究》（汪维辉，2000）、《中古常用词研究漫谈》（王云路，2002），文中都是表示人体器官、房屋建筑、衣食住行、心理情绪的词语构成常用词的主体。二是从词频统计的角度，运用现代统计理论和手段，依据出现频率以及分布率确定常用词，通常认为出现频次较高、分布较广的词语是社会生活中最常用的词。[②] 这种方法相对客观，但是对语料的覆盖面有很高的要求，否则结果容易出现片面性。笔者认为这两种意见中的"常用词"并不是矛盾的，从某种意义上而言，通过词语通用度筛选出来的常用词语也必然是与人们日常生活密切相关、意义明了、易为人们掌握的词语，后一种研究更为确定常用词提供了方法论依据。本书研究的"常用词"，主要依据词语在《元刊》一书中出现的频次和在不同剧目中的分布情况。它既有一般常用词的共性：使用频率高、范围广泛、与社会生活密切相关、易为普通人理解和接受等，也有作为本书研究对象的特性：频繁出现在杂剧体裁中。在《元刊》的 8134 个复字词中（不含特殊词汇），词语出现的频度情况呈现三个界限分明的等级：

Ⅰ：出现 1 次的词语 4487 个，占总数的 55.16%。

Ⅱ：出现频次在 2 和 8 之间的词语 3201 个，占总数的 39.36%，其中：出现 2 次的词语 1324 个，占总数的 16.28%；出现 3 次的词语 816 个，占总数的 10.03%；出现 4 次的词语 412 个，占总数的 5.07%；出现 5 次的词语 274 个，占总数的 3.37%；出现 6 次的词语 181 个，占总数的 2.22%；出现 7 次的词语 110 个，占总数的 1.35%；出现 8 次的词语 84 个，占总数的 1.04%。

Ⅲ：余下的 446 个词语分布在 9 次到 136 次的频次区间上，占复字词语总数的 5.48%，每组频次上的词语数量极少，不足复字词语总量的 1%。

以上数据反映了《元刊》所有复字词汇在本书中出现的频度情况：随着词语出现频次的增加，词语的数量递减，顶级词语出现频次高达 136

---

① 汪维辉：《东汉—隋常用词演变研究》，南京大学出版社 2000 年版，第 11 页。

② 符淮青：《现代汉语词汇》，北京大学出版社 1985 年版，第 163 页。

次，但这样的词语只有一个"今日"，无疑是《元刊》中最常用的词语。此前的研究结果表明："如果按照词的频度来排列一张几千或几万个词的词表，只有最前面的一小部分词（高频词）是可靠的，而后面绝大多数的词的统计结果都不可靠，而且越到后面越不可靠。"① 鉴于"常用"的相对性，结合上文统计的情况，笔者将频度表中的三级词语，即出现频次在 9 次和 136 次之间的 446 个词语作为《元刊》一书的高频词语。② 所谓常用词语，不仅仅有较高的出现频率，而且还应该具有广泛的使用性，就《元刊》具体情况而言，其"广泛的使用性"体现在词语具有一定的分布率和覆盖面：分布在越多的杂剧篇目中，说明词语覆盖面越广泛，作为常用词的可靠性越强。进一步的统计结果显示，上文得到的 466 个高频词语绝大多数分布比较广泛，而"先君、尊子、皇叔、孔目、行者、长老"这 6 个词语在《元刊》中只出现在 2 篇杂剧中，说明这些词语可能由于题材或作者个人语言风格的影响而多次出现，不应该视为元刊杂剧乃至元代时期的常用词语。

"常用词具有时代性"③，它体现的是在某个历史平面（比如元代）语言系统中的词语使用情况和特点，但是常用词又并非孤立地存在，而是与前、后断代语言系统中的词汇有着密切的联系。元刊杂剧中的常用复字词语一部分承袭古代，一部分是近代新造的。

（一）常用承古词语

承古词语指的是继承了上古和中古词语的形式和意义的词语，这些词语产生时间虽早，但在当时还没有步入常用词语的行列，随着时间和社会生活的发展，到近代它们才成为人们经常使用的词语。这些词语或者直接承袭了古代词语，或者又有了新的发展，以新义的形式出现在元刊杂剧中，新的意义与词语在古代时期的意义存在一定的联系，元刊杂剧中也存在新义与古义并用的情况。

---

① 尹斌庸、方世增：《词频统计的新概念和新方法》，《语言文字应用》1994 年第 2 期。

② 这种确定高频词的频次标准，与王力先生确定古代汉语常用词以及北京语言学院语言教学研究所确定的频度标准基本吻合，两者都将出现 10 次以上的词语作为常用词，前者是对《春秋三传》《诗经》《论语》《孟子》《庄子》手工统计分析的结果，后者是对 1978—1980 年出版的全国通用中小学语文课文全部词汇进行计算机统计分析的结果。

③ 王云路：《中古常用词研究漫谈》，见王云路《词汇训诂论稿》，北京语言文化大学出版社 2002 年版，第 236 页。

　　刘叔新认为"一部分常用词语，由于有长久的历史，就也是基本词语"①，汪维辉认为常用词"其核心是基本词"②，王力③在词汇史研究中将常用词语（基本词）标示的范畴总结为自然现象、肢体名称、方位和时令、亲属名称、生产、物质文化六个范畴。各家研究也大体承袭了这个义类框架，自然现象、肢体名称、方位和时令是跟人类日常生活最密切、产生最早的认知内容，至少在三千年前的甲骨文中已经有许多表示这些概念的词语。"风、云、水、火、山、土、天、地"这些历史久远、已取得各家共识的常用词在近代依然是常用词语，由其参与构造的复字词语也是《元刊》中通用度比较高的词语，如：青天（10次）、明月（12次）、白云（11次）、青山（11次）、春风（9次）、日月（15次）、清风（17次）、山河（18次）。《元刊》中比较有特点的常用词义类是表时间的和表国家政权、阶级关系的词语。表示时间的复字常用词语有：时节、五更、万古、千年、百年、一日、当初、当日、从今、如今、当今、来日、明日、昨日、今日。上古常用时间词语中，年、岁、春、秋以及一天之内记时的词语（尤其是早晨和傍晚天黑前后）比较多，反映了农业社会生产对人们时间观念的影响，也体现了当时人们的生活习惯。《元刊》中的常用时间词语以及常用根词的转变在一定程度上说明商业经济发展对近代社会生活和观念的影响，《元刊》所反映的城市中下层居民以"日"计时就可以满足日常表达需要。上古表示过去、现在和未来时间概念的常用词语"昔、今、翌、来"，在《元刊》中被"当初、当日、昨日、从今、如今、当今、今日、来日、明日"这些复字词语所取代。承古的常用词语中有关国家政权、阶级关系的词语最为突出。封建社会发展到元代已经相当成熟，其等级观念在文人的通俗文学作品中得到反映和强化，一些直接源于古代文献典籍的书面语词在《元刊》中反复出现，成为普通人易于理解和掌握的词语。封建社会政治形态和阶级关系有两条表现的途径，一是国家政治中的君臣关系，二是家庭中的长幼尊卑秩序。《元刊》中这样的常用词语异常丰富，表阶级关系的词语，如：君臣；表阶级名称的词语，如：皇帝、帝王、天子、君王、陛下、太后、太子、百姓；表职官名

称的词语，如：公卿、丞相、宰相、将军、元帅、大夫、使臣；表政治区域名称的词语，如：社稷、国家、宇宙、四海、朝野、天下。表家庭关系的词语更加丰富，如：父子、子父、子母、父母、爷娘、兄弟、弟兄、夫妻、妻子、儿女、儿孙；表亲属称谓的词语，如：老母、老子、父亲、母亲、夫人、大嫂、女婿、孩儿、男儿。另外，还有在阶级关系的影响下产生的称谓词语，如：微臣、主公、主人、小人。其中，"父亲""母亲"是后秦时期佛经翻译过程中出现的词语，在汉语中出现时间虽然早，但在古代书面典籍中并不常见，直至唐代才逐渐发展成熟起来，除佛经和变文外，诗词、笔记等各类文献中的使用也都比较普遍。

（二）常用新造词语

词汇是有生命的系统，随着社会和语言的发展，其内部也存在着旧词语的消亡和新词语产生这样的代谢过程。每一时代都有新的词语诞生，《元刊》中有些常用词语从内容到形式都是新的，是在古代汉语词汇中根本不存在的，还有些词语借用了古代词语的形式表达一个全新的意义，新的意义和旧的意义之间没有联系。

"别人"是唐代新出现的词语，在表示"其他的人、别的人"这个意义上，上古汉语说"他人"，中古汉语多说"旁（旁边）人"，近、现代汉语则说"别人"。[①]"别人"在近代汉语中较早见于《王梵志诗·有钱不造福》："奴婢换曹主，马即别人骑。"从材料使用情况来看，"别人"口语色彩较强，而"他人""旁人"则多见于上古和中古的文言材料中，书面色彩较强。唐宋时期，"别人"的出现频率有限，而到了元代，只《元刊》中就出现28次，分布在18篇杂剧中，可见已经成为典型的元代常用词语。现代汉语中普通话仍然使用"别人"一词，并且是常用词语。

《元刊》中有指示作用的代词"恁"也是唐代新产生的单字词，表示"这么，如此；这，那"的意思，至宋代，出现了该词的具有口语色彩的复字形式"恁地（的）"，并且在各类文献中出现频繁。元代，"恁的"的代词性用法和意义继续发展，除用于指示外，还衍生出疑问代词"怎么、怎样"的用法和意义。如：〔绵搭絮〕娘娘！子这绿水何曾洗是非？白首无堪问鼎彝。现如今内外差池，事难为当恁的。（《辅成王周公摄政》第三折）却恁地教什么人在间壁吱吱的哭，搅俺弟兄们吃酒。（元末明初

---

① 汪维辉：《东汉—隋常用词演变研究》，南京大学出版社2000年版，第58页。

施耐庵《水浒全传》）由"恁"参与构成的复字词语以及"恁"作为单字词在《元刊》中出现的具体情况统计如下：

表 2 – 1　　　　　　　　"恁"在《元刊》中的使用情况

	这么，如此（唐）	例	这，那（唐）	例	怎么，怎样（元）	例	总计
单独出现频次	2 次	恁大恁高强	14 次	恁时节	1 次	恁托着	17 次
构词语素出现频次	27 次	恁的恁迭直恁陡恁	8 次	恁末恁般恁时	1 次	恁的	36 次

上述图表反映出：代词"恁"在《元刊》中单独出现 17 次：指示代词 16 次，其中专用于近指和远指的 14 次，疑问代词 1 次；作为构词语素出现 36 次：用于指示作用的 35 次，其中用于近指和远指的 8 次，用于疑问作用的 1 次。在由"恁"构成的 7 个复字词中，"恁迭""恁末""恁般""陡恁" 4 个词都出现在金元时期，说明随着"恁"的发展成熟，其组合构词能力逐渐增强。在这些词语中，"恁的（地）"出现频次最高，可见是《元刊》所代表的时代经常使用的词语。

金元时期新造的常用实词很有限，名词如：两口、嫂嫂、亲娘；动词如：分开、受苦、休想；形容词多为表状态的，如：眼睁睁、急煎煎、碜可可。绝大多数进入常用词语行列的是新造的副词、代词以及意义虚化的连词和助词，例如：大古、古自、能可、兀那、这的、折末、投至、得来。

金元时期新造的常用词语时代性、口语性特别强，属于常用词中不甚稳定的部分，因此在现代汉语中，这些词语大多已经潜隐，既不见书面语中，口语中也很少出现。

第二节　《元刊杂剧三十种》复字词汇类聚

自 20 世纪中期语言系统观建立以来，词汇的系统性也日益受到关注并在某些方面达成共识。系统总是处在不断与外界进行物质、能量和信息交换的运动过程中，语言中词汇的活力也正来源于它的动态演变，在语言自身规律的推动和社会客观因素的影响下，词汇通过自身的分化与合并、创新与衰变、潜隐与显现以渐变的方式由古代向现代发展而来。纵观词汇的发展历史，《元刊》词汇正是处于古今之间这样一个典型的近代白话词汇时期，词汇丰富，现象多样，既有大量的承袭古代的词语，又有大量近代产生的新词，伴随外来文化的传入而出现的宗教词语、外来词语与承载本土文化的词语相得益彰，互相影响。

一 承古词语

词汇是变化的，但同时又是相对稳定的，这种看似矛盾的现象是通过词汇中的新质和旧质的冲突完成的。首先，《元刊》中继承了大量的古代词语。古代汉语词汇以单字格为主，而《元刊》中的许多复字词语却来源于上古和中古时期，根据笔者的统计，在元刊 8134 个复字词（不含特殊词汇）中，有 2751 个复字词语直接继承古代汉语词汇的形式和意义，744 个复字词语在古代汉语词义的基础上发展引申，其中 168 个词语在《元刊》中出现旧义和近代新义并用的情况。占全书复字词汇 43% 左右的 3495 个复字词语全部出现在上古和中古时期，体现了《元刊》对前代词汇的继承以及词汇新质总是在继承旧质的基础上完成词汇的渐变式发展这一规律。

承袭自先秦及西汉时期的词语，如：

烝民 指民众，百姓。《书·益稷》："烝民乃粒，万邦作乂。"《元刊》中出现 2 次：（正末扮上了，云）自商君无道，暴殄天物，害虐烝民。（《辅成王周公摄政》第二折）［混江龙］伏羲氏造书契始画八卦，神农氏尝百草普济烝民。（《范张鸡黍》第一折）

舆车 原义为车，"舆"与"车"同义。西汉司马迁《史记·孟尝君列传》："孟尝君迁之代舍，出入乘舆车矣。"随着"舆"由泛指"车"义演变为专指载柩车，如《荀子·礼论》："舆藏而马反，告不用也。"杨倞注："舆谓輇轴也"，"輇轴"即古代载棺的工具，至近代，"舆车"已演变为"出殡时的灵柩"。《元刊》中该词出现 4 次，也作"轝"，如：［圣药王］卖了亲子，停了死尸，无儿无女起灵时，能可交驴驾了舆车儿。（《看钱奴买冤家债主》第四折）［调笑令］万一间命掩黄沙，将衫儿半壁向匣盖上搭，便是你舆车前曳布拖麻。（《相国寺公孙汗衫记》第二折）

大丈夫　指有志气、有节操、有作为的男子。《孟子·滕文公下》："富贵不能淫，贫贱不能移，威武不能屈，此之谓大丈夫。"《元刊》中出现 8 次。如：[菩萨梁州] 你不索把我陪奉，大丈夫何愁一命终，况兼我白发蓬松。（《赵氏孤儿》第二折）

率由旧章　意为完全依循旧规办事，《诗·大雅·假乐》："不愆不忘，率由旧章。"《元刊》中出现 1 次：[耍孩儿] 微臣怎敢学周党，陛下遵先帝率由旧章。（《范张鸡黍》第四折）

山梁雌雉　指英雄人物，天下之至美，《论语·乡党》："山梁雌雉，时哉时哉！"《元刊》中出现 1 次：[混江龙] 时遇着山梁雌雉，急切钓不的沧海鲸鳌。（《萧何月夜追韩信》第一折）

承袭自东汉、魏晋、南北朝时期的词语，如：

斗草　即斗百草游戏，竞采花草，比较多寡优劣，常于端午行之。南朝梁宗懔《荆楚岁时记》："五月五日，四民并踏百草，又有斗百草之戏。"《元刊》中出现 1 次：[中吕粉蝶儿] 去年时没人将我拘管收拾，打秋千，闲斗草，直到个昏天黑地。（《诈妮子调风月》第二折）

每常　原为副词"常常"，《百喻经·踏长者口喻》："长者唾出口落地，左右谄者已得踏去。我虽欲踏，每常不及。"元代时演变为时间名词，意为"往日，往常"，与"今日、现在"相对。《元刊》中出现 2 次，如：（正旦云：）呵，我每常几曾和个男儿一处说话来？今日到这里无奈处也，怎生呵是那？（《闺怨佳人拜月亭》第一折）

醉醺醺　也写作"醉熏熏"或"醉薰薰"，形容人喝酒后半醉的样子。汉张衡《东京赋》："君臣欢康，具醉熏熏。"《元刊》中出现 5 次，如：[混江龙] 尚古自醉醺醺终日如泥样。子听的调弦品竹，甚的是论道经邦。（《承明殿霍光鬼谏》第一折）

小夫人　旧时对显贵人家妾的尊称。晋法显《佛国记》："恒水上流有一国王，王小夫人生一肉胎，大夫人妒之。"《元刊》中出现 3 次。如：[天净沙] 空使心作倖，被小夫人引了我魂灵。（《诈妮子调风月》第三折）

祸起萧墙　谓祸患起于内部，萧墙是古代宫室内当门的小墙，比喻内部。该词语典出《论语·季氏》："吾恐季孙之忧，不在颛臾，而在萧墙之内也。"大词典中首例较晚，根据对中国基本古籍库的检索，该词语最早见于东汉《蔡中郎集》："俄而汉室大乱，祸起萧墙，赋臣专政，豪雄虎争。"《元刊》出现2次：[鹊踏枝] 欲要臣不颠狂，不荒唐，咫尺舞破中原，祸起萧墙。(《李太白贬夜郎》第一折) [六幺序] 登时交你祸起萧墙，不问五步间，敢血溅金阶上。(《霍光鬼谏》第一折)

指腹为亲　旧时包办婚姻的一种。双方尚在胎中，由父母预定，如为一男一女，即结成婚姻关系。《魏书·王宝兴传》："初，宝兴母及遐妻俱孕，浩谓曰：'汝等将来所生，皆我之自出，可指腹为亲。'"也作"指腹为婚"。《元刊》出现1次：[耍孩儿] 我便做花街柳陌风尘妓，也无那则忱过三朝五日。你那浪心肠看得我忒容易，欺负我是半良不贱身躯。半良身情深如你那指腹为亲妇；半贱体意重似拖麻拽布妻。(《诈妮子调风月》第二折)

《元刊》词汇的历史传承性不仅仅是承古，还表现为启下。《元刊》中近代新造的词语有4639个，约占全书词语的57%，其中一些复字词汇在元代之后继续使用，甚至成为我们今天日常生活中耳熟能详的词语而不觉其历史久远。

女婿　这一名词反映的是日常生活中基本家庭成员之一，最早在西汉时已经出现，指女儿的丈夫，《史记·李斯列传》："赵高教其女婿咸阳令阎乐劾不知何人贼杀人移上林。"《元刊》中也有用例：[紫花儿序] 交女婿儿出舍，闺女儿回房。(《散家财天赐老生儿》第三折) 在元代，同时还出现用来指丈夫的新义：[后庭花] 每常我听得绰的说个女婿，我早豁地离了坐位，悄地低了咽颈，缊地红了面皮。(《闺怨佳人拜月亭》第一折) 这两个意义和用法仍然保留在现代汉语中。邓友梅《烟壶》："聂师傅拉住乌世保的手说：'幸好在此之前她把她的手艺传给了我的女儿，我父女合作才烧几只胡筱十八拍酒器来。……本来我也想学我师傅的办法，选一个既是女婿又是徒弟的年轻人，把技术传给他。只怕没机会了。'"此处"女婿"指女儿的丈夫。柳青《创业史》第一部第二章："改霞曾经不断地这样思量过：'要是我有生宝这样一个女婿，那我可有福啦！'"此处"女婿"指丈夫。

伴侣　现代汉语中有"咖啡伴侣"一词，指的是奶精这种与咖啡同时冲调的辅料，"伴侣"即同伴、同伙。其实这个意思并不新潮，也并非现代汉语的舶来品，而是汉语中古已有之的。南朝《百喻经·伎儿著戏罗刹服共相惊怖喻》："时行伴中从睡寤者，卒见火边有一罗刹……一切伴侣悉皆逃奔"，此处"伴侣"指人。《元刊》中有用于指物的例子：白叟黄童作宾主，皓月清风为伴侣。（《马丹阳三度任风子》第二折）而"伴侣"用于指"夫妻或夫妻中的一方"则是现代五四时期引申出的新义，茅盾《创造》："他要研究各种学问，他要我找一个理想的女子做生活中的伴侣。"

小鬼头　现代汉语口语中，常用于称呼小孩子，有称赞其聪明伶俐之意。此词原用作对鬼的蔑称，南朝梁陶弘景《真诰·甄命授》："吾近承南真命，推缚尽执也，小鬼头不制服，岂足忧。"因而逐渐演变为骂人的詈词，宋王明清《挥麈后录》卷六："和父曰：'小鬼头没三思至此，何必穷治！'杖而遣之。"该词在《元刊》中共出现3次，都用于骂人：《诸宫调风月紫云亭》第三折〔三煞〕今后去了这驼汉子的小鬼头，看怎结末那吃勤儿的老业魔，再怎施展那个打鸳鸯抖擞的精神儿大。其中的"小鬼头"骂詈色彩较重。另外2次都出现在《闺怨佳人拜月亭》第三折：〔倘秀才〕休着个滥名儿将咱来引惹。啦！待不你个小鬼头春心儿动也！〔叨叨令〕元来你深深的花底将身儿遮，搭搭的背后把鞋儿捻；涩涩的轻把我裙儿拽，煴煴的羞得我腮儿热。小鬼头！直到撞破我也末哥，撞破我也末哥！这两例中的"小鬼头"虽然也用作骂人的詈词，但从上下文来看，语意的骂詈色彩明显减弱，用法与现代汉语相似，都有佯嗔实爱的意味。

冰清玉洁　出自汉司马迁《与挚伯陵书》："伏唯伯陵，材能绝人，高尚其志，以善厥身，冰清玉洁，不以细行。"比喻人品高尚、纯洁，做事光明磊落。现代汉语中多用于形容女性纯洁无瑕。《元刊》中出现1例，也是用来形容女子：〔上马娇〕自勘婚，自说亲，也是"贱媳妇责媒人"。往常我冰清玉洁难亲近，是他亲，子管交话儿亲。（《诈妮子调风月》第一折）。

《元刊》中早于元代产生的近代新造词语，在现代汉语中仍然使用的也有很多，"今天下常言者元人语十占六七"[1]，有的词语保持了元代产生时的意义和用法，而有的则发生了一定程度的演变。

害怕　因遇到危险、困难而畏惧或发慌，现代汉语常用心理动词之一。大词典中首例见于元末明初的《水浒传》，而写作时间稍早的《元

---

① 孙锦标：《通俗常言疏证》，见〔日〕长泽规矩也编《明清俗语辞书集成》，上海古籍出版社1989年版，第1028页。

刊》中已出现 2 例:（李文铎上）（正末害怕科）（《张鼎智勘魔合罗》第二折）;［收江南］则怕那杀人贼赢勾了我脚头妻,脚头妻害怕便依随。(《岳孔目借铁拐李还魂》第三折)

便宜　"便宜"是唐代新产生的词语,本义指"好处",随着使用的频繁,逐渐引申出"上算,合算,以小的代价换取大的好处"的意思。这两个意义在《元刊》中都有所体现:［收江南］我这里得便宜,俺浑家他那里落便宜。(《岳孔目借铁拐李还魂》第三折)［满庭芳］这担轻如你底。你道我担荆筐受苦,强如你担火院便宜。(《马丹阳三度任风子》第三折)至近代末期,引申为动词,义为"给以好处,使得到某种利益"。如:清蒲松龄《聊斋志异·柳氏子》:"言已,出门,曰:'便宜他!'"现代汉语中也有这样的用法,如:巴金《家》:"各人有各人的职务,只便宜了觉民和觉慧两个人。""便宜"在词义引申的过程中,语法性质也发生了变化,由名词、形容词最终演变为动词。

综上所述,《元刊》复字词汇处在联系古代和近代词汇的枢纽位置上,以元杂剧为代表的近代白话文学中的词汇对后期白话文学以及现代汉语词汇起到重大的影响作用。

二　口语词语

由于社会生活中口头表达和书面表达的差异性,任何自然产生的语言都存在着口语和书面语言的差别,这种差别或大或小,但是在汉语的中古至近代时期,这种"言""文"之间的差别表现得尤为明显。古人的语言总是通过书面的形式保存下来,然而在五四新文化运动之前,文言文一直处于书面语言的统治地位,能够体现一点当时人们日常口语情况的资料,只有采用白话创作的小说、变文、戏曲等。元代的杂剧一直被认为是口语性比较强,能够体现元代语言特点的白话材料,过去已有不少学者从其中离析出大量俗语词、方言词、市语等各类词语进行考释和研究。这些意义或简单明了或生僻难懂的词语无疑是元代杂剧语言区别于以往文言典籍的明显特征之一。经常在口语白话中使用的词语往往与出现在书面语言中的词语具有很大的差别,交际场合的非正式性导致前者具有俏皮、通俗的风格,而后者往往具有典雅、庄重的色彩。

口语词的"俏皮""非正式性"通常体现在词语的形式变化上。

首先,语音形式。词汇是语言的要素,是形式和内容的统一。《元刊》词汇的口语性在语音形式上表现为儿化、重叠和多音化，词语通过这三种方式形成俏皮、亲昵、非正式、不严肃的表达风格。儿化是借助韵母后附加卷舌动作 – r 形成的，通常发生儿化音变的是名词、动词、数词、量词、副词等词语。如：

　　（云）兀那**酒务儿**里，着孩儿去灶窝儿里向把火咱。（《看钱奴买冤家债主》第二折）

　　[滚绣球] 那汉酒性躁不中调斗，你是必**挂口儿**则休提着那荆州。（《关大王独赴单刀会》第二折）

　　[赚煞] **十倍儿**养家心，不怕久后旁人讲。（《好酒赵元遇上皇》第一折）

　　[幺篇] 若往常烈焰飞腾情性紧，若**一遭儿**恩爱，再来不问，枉侵了这百年恩。（《诈妮子调风月》第一折）

　　[寄生草] 问甚末圣坛佛堂**从头儿**拆，将他那皇宫内苑从新盖。（《晋文公火烧介子推》第一折）

　　语音重叠指的是词语的部分音节或全部音节重叠，形成 AA、ABB 或 AABB 式词语变体。如：

AA 式：搽搽　咽咽　涩涩　稀稀　煏煏

ABB 式：老丈丈　吉丁丁　曲弯弯　宽绰绰　皎洁洁　絮叨叨　冷清清　滴溜溜　闹穰穰/闹攘攘

AABB 式：怯怯乔乔　烦烦恼恼　怨怨哀哀　潇潇洒洒　精精细细　伶伶俐俐　切切悲悲　往往来来　攘攘劳劳

　　[叨叨令] **涩涩**的轻把我裙儿捽，**煏煏**的羞得我腮儿热。（《闺怨佳人拜月亭》第三折）

　　[滚绣球] 你**曲弯弯**画翠眉，**宽绰绰**染绛衣。（《张鼎智勘魔合罗》第四折）

　　[后庭花] 波心中猛觑绝，见冰轮**皎洁洁**，手张狂脚趔趄，探身躯将丹桂折。（《李太白贬夜郎》第四折）

　　[正官端正好] 引的我半生忙，十年闹，无明夜**攘攘劳劳**。（《散家财天赐老生儿》第二折）

（云）常言道丑妇家中宝，休贪他人才**精精细细**，**伶伶俐俐**，能言快语，不中。（《张千替杀妻》第四折）

《元刊》中通过语音重叠形成的词语形式大部分产生在近代，上古和中古时期少见，古代汉语中 AA、ABB 或 AABB 形式的词语多是通过语素重叠构成的词语。

多音化特指词语通过附加衬字增加一个没有实在意义的音节，常见的衬字有：里、家、价、见、间、个、头、的（地）、来、上。如：

[滚绣球]则为我交契情，我费打听，**到处**里曾问遍庶民百姓。（《严子陵垂钓七里滩》第三折）

[混江龙]**一会**家眼前活现，**一会**家口内掂提。（《关张双赴西蜀梦》第一折）

[二煞]**每日**价醺醺醉，问甚三推六问，不如撞酒冲席。（《好酒赵元遇上皇》第四折）

[呆古朵]奶奶**可怜**见小冤家把你做七世亲娘拜，高抬手饶过这婴孩。（《看钱奴买冤家债主》第二折）

[紫花儿序]**大刚**来把恶事休行，择善者从之。（《看钱奴买冤家债主》第四折）

[混江龙]**许来**大中都城内，各家烦恼各家知。（《闺怨佳人拜月亭》第一折）

[石榴花]他从**早晨**间缠到日头落，回来明月上花梢。（《张千替杀妻》第三折）

[贺新郎]怪早来喜蛛儿的溜溜在檐外垂，灵鹊儿咋咋地头直上噪，**昨夜**个银台上剥地灯花爆。（《尉迟恭三夺槊》第二折）

[滚绣球]我来的**那日**头，染症候。（《霍光鬼谏》第三折）

（云）早起天晴，如今**陡恁**的好雨，衣裳行李都湿了，且是无躲雨处。（《张鼎智勘魔合罗》第一折）

[幺篇]替还了二百钱，别无思议，**因此**上认我做兄弟。（《好酒赵元遇上皇》第三折）

这些衬字通常轻读，多数附加在词语尾部，有的与词语结合得非常紧密，甚至将完整的词语结构拆开，出现在词语结构内部，如"许来大"，这样看起来就更像是一个词位而不是变体。有的辞书将加了衬字的词语独立出条，如《汉语大词典》中就同时出现了【一会】和【一会家】、【大古】和【大古里】等。词语附加衬字后，词语多音化，原来为单音的读为双音节，如"恁"和"恁的"，原为双音节、三音节的相应地读为三音节、四音节等。这些衬字完全是为表达的需要而出现的，使语言更加通俗，显得不那么正式和文绉绉。《元刊》中的这种词语附加衬字的现象真实地记录和反映了金元时期的口语面貌，我们今天日常口语中，无论普通话还是方言都仍然存在这种现象，而这也是《元刊》与过去的文言作品存在显著区别的地方和作为口语性较强的材料的价值体现之一。

　　其次，文字形式。文字虽然不是语言要素，但是作为记录语言的工具，可以间接复原古代语言面貌。人类可发出的声音非常丰富，语音也是这样，作为书面语的词汇通常是经过加工的、规范统一的形式，而实际口语面貌并非如此，日常口语的用词通常比较随意，因人因时因地而有多样的变体。《元刊》中"依音记词、字无定形"的记录方式一定程度上是为适应口语特点而出现的，同时也为今人客观地展示了元代的日常语言面貌。上文所说的语音儿化、重叠以及多音化的口语特征正是通过"依音记词"体现出来。除此之外，《元刊》中的"字无定形（不包括记录者的错字、别字）"也在一定程度上反映了词汇的口语性质。如形容恶狠狠这种状态的词语【恶歆歆】，《元刊》中就出现了"恶歆歆""恶喑喑""恶噷噷"三种形似音近的形式。形容环境喧闹嘈杂的词语【劳攘】，"攘"在《元刊》中还有"穰"的形式，另外，元代同时还有"嚷"的形式，即元代【劳攘】有"劳攘""劳穰"和"劳嚷"三种书写形式。再如"能够"与"能勾"、"则为"与"子为"、"能可"与"宁可"、"兀的"与"兀得""兀底"等，这些词语都是近代产生和存在的，反映了口语词刚产生时的随意性和不规范性。

　　口语词的"通俗"主要体现在词语的意义内容上。关于"通俗"一词如何理解，黄征认为"所谓'俗'并非'粗劣'、'鄙陋'之意，而是指实际社会生活"[①]，可见口语词的"通俗"性重在"通"而不在"俗"，即使是王公贵族、文人墨客也是要说话交流的，也就会使用口语词。口语

---

　　① 黄征：《汉语俗语词研究的几个理论问题》，《杭州大学学报》1992年第2期。

词通行于任何阶层，是表达与大多数人的生活都密切相关的概念，因此口语词多用于表达日常生活中常见常用的概念。表示君主、亲属称谓以及时间概念的词语是当时社会各个阶层的人都经常使用或容易接受的词语。

皇帝　封建国家最高统治者的称号，如：［仙吕点绛唇］织履编席，能勾做大蜀皇帝，非容易。（《关张双赴西蜀梦》第一折）《元刊》中共出现 13 次，分布在 9 篇剧目中，通用度为：13 \ 9。

爷娘　指父母，如：［小桃红］交人道做爷娘的鳏寡，做孩儿的谎诈，交人道你个媳妇儿不贤达。（《相国寺公孙汗衫记》第二折）《元刊》中共出现 35 次，分布在 10 篇剧目中，通用度为：35 \ 10。

夫妻　指丈夫和妻子，如：［川拨棹］自从俺做夫妻，二十年几曾道离了半日。（《岳孔目借铁拐李还魂》第三折）。《元刊》中共出现 16 次，分布在 8 篇剧目中，通用度为：16 \ 8。

当初　起初；过去，如：［拙鲁速］秦桧安排钓钩，正着他机穀，怎生收救？臣当初只见食不见钩。（《东窗事犯》第三折）。《元刊》中共出现 17 次，分布在 12 篇剧目中，通用度为：17 \ 12。

今日　今天，如：［中吕粉蝶儿］今日还家，想着我出朝时那场惊怕。（《晋文公火烧介子推》第三折）《元刊》中共出现 136 次，分布在 28 篇剧目中，通用度为：136 \ 28。

但"口语词"也是不避"俗"的，表达同样的概念，能够出现在正式场合的书面语词必然经过选择和修饰，以求表达得更加文雅和庄重，而出现在非正式场合的口语词大都随意、率性而为。对于文化程度普遍不高的普通民众而言，意义粗鄙自然不能避免。

首先，词语表达的概念常见，并不代表其意义就一定浅显易懂。这类词语即张相所说的"字面生涩而义晦"①，由于文字生僻或字无定形的原因，这些词语从词形上难以把握其构词理据，从而使得意义无从知晓或难以理解。如：

　　［梅花酒］轻蹅践残芳，直望着厅堂，将蛾眉涩道登，到**求楼**软门外，你却则末得慌张？（《诸宫调风月紫云亭》第四折）

---

①　张相：《诗词曲语辞汇释·叙言》，中华书局 1955 年版，第 1 页。

"求楼"二字，徐本未改，宁本错字，郑本作"毬楼"。"毬"，古代泛称用以游戏、竞技的球类，最初以毛纠结而成，因此以"毛"为义符，"求"声，"毬"当为"求楼"中"求"的本字。然而，从原文的上下结构来看，"求楼软门"应与"蛾眉涩道"结构相同，都是偏正结构而非并列结构。"蛾眉涩道"指有蛾眉花纹的石砌路，相应地，"求楼软门"是指门，登路出门，符合上下文的语意。因此，"楼"的正字形式为"镂"，雕镂为饰的意思。因此"求楼"正形当为"毬镂"，这样一来，其意义也就显而易见，指雕有球形格眼的装饰，"求楼软门"即指雕有球形纹路格眼的小门。再如：

〔十二月〕哎！不索你把阿那忽那身子儿**搊撮**，你卖弄你且休波。（《诸宫调风月紫云亭》第三折）

在"搊撮"这个组合中，"撮"产生时间早，意义相对明了，本义用三指取物；抓取。《庄子·秋水》："鸱鸺夜撮蚤，察毫末。"近代时引申为"结，束"。宋赵令畤《侯鲭录》卷四："（圆通禅师）作颂云：'谁能一日三梳头，撮得髻根牢便休。大抵是他肌骨好，不施红粉也风流。'"而"搊"不但产生时间晚，词义也复杂。一读chōu，可做"束紧"讲，唐陆龟蒙《新夏东郊闲泛有怀袭美》诗："经略彴时冠暂亚，佩笭箵后带频搊。"又读zǒu，义为"抓、揪"。《景德传灯录·福州乌石山灵观禅师》："师出开门，雪峰蓦胸搊住。"这两个意义似乎都可与"撮"组合构词，宁校本改"搊撮"作"掐撮"。从原文上下意来看，"搊撮"应理解为一种卖弄的行为，因此理解为"束紧，收拾"比"抓、掐"似乎更通顺一些。而"搊撮"作为"收拾、整理"义使用，在宋代已经常见，周邦彦《大有》词："却更被温存后，都忘了、当时偰便。便搊撮，九百身心，依前待有。"

其次，还有些词语，从词形上看相对简单明了，文字不生僻，构成要素的意义也是我们熟悉的，字面意义看似普通，但该词却另有他义，这也是口语词语看似简单然而不易理解的一个原因。如：

（正末粉扮岳飞引二将上，坐定，开）……有大金国四太子追袭，到于浙西钱塘镇，立名**行在**，即其帝位。（《东窗事犯》楔子）

"行在"意为出行所在地。

[牧羊关] 咱西蜀家威风,俺敢将东吴家**灭相**。(《关张双赴西蜀梦》第二折)

"灭相"意为轻视。

[醉中天] 量这些薄**人事**别无甚孝顺,(跪接盏了。唱)何须得母亲劳困,有多少远路风尘。(《范张鸡黍》第一折)

"人事"意为赠送的礼品。

[寄生草] 你爷娘在生时常忧饭,死去后奠甚茶?干把些泪珠儿滴尽空**潇洒**。(《看钱奴买冤家债主》第一折)

"潇洒"意为凄清、寂寞貌。

[三煞] 虽然我愚鲁,**看小**里看文书。(《马丹阳三度任风子》第二折)

"看小"意为从小。

最后,《元刊》中还保存了一些元代的詈语,这些词语的词义本身就是鄙俗不堪的。如:

[尾] **呆敲才**、呆敲才休怨天;**死贱人**、死贱人自骂你!(《诈妮子调风月》第二折)

[感皇恩] 我便似病人冲太岁,他管也小鬼见钟馗,**腌材料,风短命,欠东西**。(《诸官调风月紫云亭》第二折)

[中吕粉蝶儿] 煮炸了些祭奠茶食,有些个菜馒头,瓢漏粉,鸡豚狗彘。知他是甚**娘乔为**,直吃得恁般来杀势。(《薛仁贵衣锦还乡》第三折)

上例中的"呆敝才""死贱人""腌材料""风短命""欠东西""娘乔为"都是宋元时期口语中用作骂人的常见词语，充满了市井的低俗之气。刘福根认为，宋元时期詈语的内容涉及了日常的语言禁忌，对被辱骂对象的肆意侮辱和恶意贬损已经达到了极限，"其内容已经低俗到了语言交际的底线"①。而之所以出现这样的情况，与元代的社会经济和思想文化背景都有着直接的关系。在西方历史学家的眼中，中国的宋代从很多方面来看，算得上"政治清平、繁荣和创造的黄金时代"，文化上充满了思想的自由精神和创新、质疑的开拓精神，甚至于文人的生活也多是世俗化的，元代在宋代的基础上，"世俗化"有了进一步的发展，因此詈词詈语的俗化倾向不可避免。

三 宗教词语

自汉代以来，中国本土逐渐形成了以儒家思想为主流价值观的文化，同时，起源于印度的佛教文化也源源不断地向中国输入和传播，而中国的本土宗教——道教也在潜移默化地成长。经过一个较长时间的发展，元代时期，在统治者残酷的统治政策和宽容的宗教政策的综合作用下，最终形成儒、道、释三种思想文化并存共同发展的局面。《元刊》词汇作为文化的载体，因此体现出多元的特点，此处试将杂剧中的道教词语和佛教词语略析一二。

在以儒家"入世"和"孝悌"为主流思想的封建社会，宗教处于非主流的社会地位，但道教和佛教对元代社会结构和语言文化生活都产生了深远的影响。从语言学角度来看，这种影响导致的变化，也必然给这一时期的汉语词汇带来新鲜的成分——反映道教或佛教思想、概念的词语。

（一）道教词语

道教是汉民族的本土文化，作为宗教，它虽然成形于东汉，但思想源头可追溯至原始巫术、鬼神祭祀，在发展过程中又继承发扬了先秦道家思想，杂糅了神仙方术之学。道教文化以修道成仙为核心，辐射了行气导引、存神守一、服食外丹、符箓咒术、八卦占卜、祈禳斋醮等多个方面。

---

① 刘福根：《汉语詈词语研究——汉语骂詈小史》，浙江人民出版社 2008 年版，第 109 页。

"道家之术，杂而多端"①，鉴于道教思想内容的复杂性，我们将《元刊》中反映道教思想、文化的词语归为以下几类：

1. 普通术语类

（1）名物类

指与道教相关的身份职业、场所建筑和修行时的法衣法器。身份职业类的如：贫道、道家、道人、道士、先生、姑姑、真人、道童、师父、徒弟、妖精；场所建筑类的如：草庵、静室、七真堂、全真院、天堂、宝殿；法衣法器类的如：麈拂子、道装、道服、道号。另外，清风、明月、皓月、琴鹤、白鹤、青虚、闲云、流水、高山等词语多次出现在《元刊》的道化神仙类杂剧中，这些意象都被赋予了自然清虚、超尘脱俗的喻义，具有很强的道教文化色彩，因此也归为道教词语。

（2）教义理论类

道教尊奉老子之说，在继承道家"清虚""无为"的基础上，神化了老子，认为老子是"道"的化身，由元气化生出元始天尊、灵宝天尊、道德天尊，从而衍生出"长生"的中心思想和多种修炼的方法。长生、得道、浮世、浮生、三魂、七魄、升遐、太虚、逍遥、虚幻、虚名、阴阳、太阴、显化、修持、修善、朝真、精髓、玄机、抄化、天机、上升、成精、修炼、长生法、长生路、造化机、散诞优游、散诞悠悠、天长地久、访道修真、抱元守一、成仙了道、平地升仙等，这些词语反映了道教的基本教义和基本思想。

2. 神仙传说类

神仙传说古已有之，但在道教的发扬下，神仙传说逐渐形成了严密的组织体系：人物谱系遵照三清四御体系，神仙各司其所，因此有"十大洞天""三十六小洞天""七十二福地"，《元刊》中出现了大量反映神仙名称名号以及洞天福地的名词。前者如：神明、神道、神天、神祇、神圣、神灵、神仙、仙家、仙人、仙童、仙子、上仙、仙女、灵童、玉女金童、上圣、东皇、王母、增福神、大罗仙、大罗神仙、龙神、五脏神、玉皇大帝、东华帝主；后者如：仙坛、蓬壶、蓬山、洞府、丹丘、月宫、东岳庙、水府、瑶池、瀛洲、神州、五云乡。另外，还有直接化用道教典故

---

① 马端临：《文献通考·经籍考》（卷五十二），华东师范大学古籍研究所标校，华东师范大学出版社 1985 年版，第 1201 页。

的词语，如：仙掌、黄粱仙饭、太乙浮莲。

3. 道法道术类

道法道术是不同道家学派修炼、修行的方式方法，道教据此又可分为丹鼎派和符箓派。丹鼎派主张炼丹修行养生，《元刊》中出现的丹砂、丹药、水银、龙虎、九转火、玄精云母、姹女婴儿等是外丹法常用名词，导引、元气、太阳、九转、元阳气、元阳真气等词语体现了道家内丹法以人体为炉鼎修炼精、气、神的思想。炼丹是道家最主要的修行方式，并且，金元时期，全真教在统治者的扶持下逐渐成为道教的主流，这一派不尚符箓而主张炼气全神，因此《元刊》中反映道教丹鼎之术的词语较多，而反映符箓之术的词语只有"缩地法""宝箓灵符"两条。

以上道教词语大多出现在神仙道化剧中，使用的人物也大多为道士一类。从出现的特定语境和特定使用者来看，道教词语的宗教术语色彩还是比较浓厚，但在政治、社会、文化等客观条件的影响下，道教词语也是活跃在元代社会的常用词汇层中，是为普通百姓熟知的词语。

（二）佛教词语

《元刊》虽然不具有佛经性质，但是作为元代的代表性文学形式，其中的佛教词语不但数量多，而且语义内容也颇为丰富多彩。我们参考梁晓虹（2005）的分类名称，将佛教词语归为以下几类：

1. 名号类

主要是佛教中各类佛、菩萨的名称，具有专名性。《元刊》中出现了阿弥、观音、金刚、地藏王、阎罗王、普贤菩萨等词语。《元刊》中佛教词语数量虽然有限，但名号类词语依然丰富多样，同一佛教人物往往又有多个不同形式的名称，这也是佛教文化在民间传播过程中，在语言上的一个特点。这其中有佛经翻译过程中时代、译者不同的原因，如"观音"又称"观自在"，前者是姚秦时期鸠摩罗什的翻译，后者是唐代玄奘的翻译；也有词语省略导致形式变化的结果，如"阎罗王"又省称"阎王"，"地藏王"也称"地藏"；还有普通民众根据佛教思想文化再创造的结果，如"地藏""地藏王"也称"地藏神"，后者在佛经中并不出现，是中国本土道教文化中神仙思想与佛教文化相结合的产物。

2. 名物类

这一类比较复杂，除"因佛经翻译而进入汉语的表示名物的词"①，

---

①　梁晓虹、徐时仪、陈五云：《佛经音义与汉语词汇研究》，商务印书馆 2005 年版，第 201 页。

我们认为还包括表示汉地产生的与佛教事务相关的名物的词语，《元刊》中的佛教名物类主要包括与释家有关的身份职业、处所建筑以及法衣法器等修行用品名称。

（1）身份职业类

作为宗教，佛教构建了一套严密的结构组织体系，不同等级、身份的佛教人物有不同的称谓，如：僧、佛、菩萨、檀信、长老、禅师、妖魔等。与名号类相同，表示身份职业的名物类词语也存在一个所指对应多个能指的情况，如"僧"，是梵语 Sangha（僧伽）的音译省略，指出家修行的男性佛教徒，由"僧"构成的同义同素词有僧人、僧家、山僧，此外，"阇梨""和尚""出家儿"的指称对象也和"僧"大致相同。

（2）处所建筑类

指称佛教徒居住、修行场所以及佛教传说地的名词。如：寺、方丈、静域、佛堂、庙宇、阿鼻、地狱、香积、阎王殿。

（3）修行器物类

佛教徒在修行时使用的法衣法器以及与释家有关的器具事物名称。如：袈裟、钵盂、香火、焦盆、衲被、工课、万僧斋。

3. 义理类

所谓"义理"是指佛理教义，义理类词语就是指语义反映佛教思想、佛教意识和佛教情感等深层宗教内涵的词语。对于汉语而言，这些词语不仅仅是增加了词汇中的新词新义那么简单，更重要的是，词语作为异文化的使者，将佛教教义中深层次的东西注入了中国人的大脑，在耳濡目染的过程中，形成中国传统思想文化的一部分。例如"业"的思想，佛教谓业由身、口、意三处发动，分别称身业、口业、意业，通俗地说，就是一切行为、言语、思想。业分善、不善、非善非不善三种，一般偏指恶业、孽。冤业、作业、造业、业种、业冤、恶缘恶业等词语都与这种"业"的思想有关。"业"的"作孽、恶、坏"义在俗文学中还经常用作口语性质的詈语，如：老业人、老业魔、小业冤、小业种、业骨头、业心肠。业的善恶决定在六道中的生死轮回，因此"业"与"报应""转世"这些思想相联系，《元刊》中诸如前生、前世、轮回、果报、还报、转生、人道、天界等词语都反映了"报应""转世"的思想。佛教义理深奥，因而常用比喻的方式来使教义深入浅出，易于理解，一些字面义看似浅显的词语，其实蕴涵了丰富的佛教意义。如"苦海""尘垢"比喻尘世间的烦恼和苦难，"甘露"比喻佛法、涅槃等，"灌顶醍醐"比喻佛性入心，"心猿"和"意马"是佛经中独立出现的意象，比喻难以控制的心思、心神，"心猿意马"是汉地编著的佛教文献将同义词联合起来词化的结果，比喻流荡散乱难以控制的心神或人的心思流荡散乱，如猿马之难以控制。

　　作为一种异域文化，佛教词语既有外域色彩，又有独特的宗教文化色彩。佛教词语汉化其实也就是这两种附加色彩逐渐弱化甚至丧失的过程：佛教词语中属于"梵"的部分看起来不那么明显，更像是汉语本有的词语，或者佛教词语的宗教色彩丧失，成为汉语日常语言中的普通词语。梁晓虹[①]将佛教词语的汉化手段总结为三个方面：音译词采用多种不同书写方式、音译词音节诳略以及新造文字。我们认为，佛教词语的汉化方式有形式上的，也有内容上的。不仅体现在音译词语的形式上，也体现在其他佛教词语的词形上，佛教词语意义的俗化是汉化的一个方面，除了受流俗影响导致佛教词语意义汉化，随着使用频度和语言背景的泛化，佛教词语逐渐由宗教术语演变为日常生活中的普通词语也是其汉化的一个很重要的方面。基于这些考虑，此处将佛教词语汉化的方式再补充一二。

　　首先，音译字或意译字参与造词，获得汉语词汇单位的地位。

　　佛教翻译过程中，出现了很多单字词，它们通过或音译或意译的方式进入汉语，继而又作为构词单位在汉语构词法的作用下，或者再去翻译梵语佛经，或者直接构造汉语词，结果是产生大量梵汉合璧词语，如《元刊》中出现的魔、僧、佛以及业、俗、缘。如"魔"，本为梵语 Māra（么罗）音译的省略，译入汉语后，字形逐渐固定为"魔"，意思是破坏者、致死者，佛经中指破坏、阻碍人修学佛道的各种因素。《元刊》中由"魔"构成的复合词有妖魔、风魔、魔病、魔军、魔君、魔障、睡魔王、老业魔、邪魔鬼祟等。"佛"为梵语 Buddha 音译的省略，指释迦牟尼或称修行圆满的人，《元刊》中由"佛"构成的复合词有：神佛、佛堂、天佛、念佛。"僧"为梵语 Sangha 音译的省略，出家修行的佛教徒，由"僧"构成的复合词有：僧人、僧家、山僧、僧道、万僧斋。"业"，梵文 karman（羯磨）的意译，一切行为、言语、思想，一般偏指恶业，《元刊》中由"业"构成的复合词有：冤业、作业、造业、业种、业冤、冤

---

① 梁晓虹、徐时仪、陈五云：《佛经音义与汉语词汇研究》"第四章第三节"，商务印书馆2005年版，第221—237页。

业、老业人、老业魔、小业冤、小业种、业骨头、业心肠、恶缘恶业等。"俗",梵文 samvrti 的意译之省,指与出家相对的世间,《元刊》中由"俗"构成的复合词有:俗人、世俗、还俗、尘俗、俗事、凡俗。"缘",梵文 pratyaya 的意译,事物生起或坏灭的辅助条件,《元刊》中由"缘"构成的复合词有:因缘、分缘、有缘、姻缘、情缘、夙世缘、恶缘恶业、前世前缘。这些单字词具有以下三个特征:(1)是梵语的音译或意译,在汉语中具有固定的字形、读音、意义;(2)意义来源于佛教文化,非汉文化固有;(3)既可以作为单字词独立出现和使用,同时多数具有较强的能产性,可以和汉语固有的构词材料结合,位置灵活,不受约束。这些源于梵语,经过汉语改造后在汉语中成为最小的音义结合体,是佛教传入时期形成的汉语外来语素,从而成为汉语词汇单位的一员。

其次,借汉语词形,使外来概念表达得更像汉语词。

有些佛教词语的形式在汉语中古已有之,对于汉语言使用者来说并不陌生,当佛教文化进入汉文化之后,这些词语被借用来表达佛教特有的概念或事物。例如:

长老

等外末扮相国寺**长老**上,开关子下了。(《相国寺公孙汗衫记》第三折)

(外末扮陈季卿上,云)……猛想起来,此间青龙寺惠**长老**,乃是小生故乡人也,今日去投奔一遭。(《陈季卿悟道竹叶舟》第一折)

在佛教传入中国前,汉语中已见"长老"这一结构,如战国时期《管子·五辅》:"养长老,慈幼孤。"此处"长"和"老"合指年长者。佛教文化传入中国后,"长老"在佛教文献中专门用作对僧人或住持僧的尊称,如《增一阿含经》卷二四:"世尊告曰:若小比丘向大比丘称长老,大比丘称小比丘名字。"

还报

[天下乐]富了他三五人,穷了他数万家,今世交受贫乏**还报**他。(《看钱奴买冤家债主》第一折)

[赚煞]是做的千错万错,大纲来**一还一报**,则你那祸之门便是

俺斩身刀！（《岳孔目借铁拐李还魂》第一折）

　　汉语中的"还报"本为"返回报告"义，如：《庄子·渔父》："子贡还报孔子，孔子推琴而起曰：'其圣人与！'乃下求之。"佛教借该词语表示"报应"义，指善因种善果，恶因种恶果。

　　佛教文化传入之初，汉语创造大量新的词语来接纳吸收这些新的概念，这是文化传播对语言的必然要求，适量的新词语和适度的陌生感可以形成受众对外来文化的新鲜感和敬畏感。但是，过度扩张的新词语势必会影响语言的经济性，加重人们记忆的负担，同时也会拉开普通受众和外来文化的距离。借用汉语已有的词语来表达佛教特有的概念，这些"似曾相识"的词语既可以有效控制语言中的新词语数量，又可以减少受众对佛教文化的陌生感，促进佛教文化的传播。

　　最后，佛教词语被汉语吸收为普通词语。

　　词义是一个开放动态的系统，佛教词语进入中国本土后，其意义也发生了一定的变化，佛教中一些意译的词语，随着在汉语中的频繁使用，其意义中的佛教色彩、外域色彩逐渐弱化直至消失。例如：

　　烦恼

　　"烦恼"首见于后秦时期的汉译佛典中，是梵语 Klesd 的意译，佛教指人迷惑不觉，人因为迷惑所以产生贪、嗔、痴等欲望，从而扰乱身心，引生诸苦。"烦恼"在佛教中被作为轮回之因，是一个比较基础和重要的概念，随着佛教的传入和普及，频繁出现在人们日常生活中。"烦恼"在《元刊》中是一个高频词，共计出现 22 次，包括 3 次重叠式变体"烦烦恼恼"，有 2 个义项：

　　①忧愁苦闷。

　　[混江龙]许来大中都城内，各家**烦恼**各家知。（《闺怨佳人拜月亭》第一折）

　　[倘秀才]有钱时待朋友花花草草，没钱也央亲眷**烦烦恼恼**。（《散家财天赐老生儿》第二折）

　　（正末将米二升到家，云）大嫂，这米将去春得熟着，与母亲煎汤吃。大嫂，你怎又**烦恼**？（《小张屠焚儿救母》第一折）

　　（此处为行文简省故仅举 3 例）

②烦躁恼怒。

［斗鹌鹑］那鞭若脊梁上抹着，忽地咽喉中血几道。来来来他**烦烦恼恼**，焦焦燥燥。（《尉迟恭三夺槊》第二折）

［元和令］（做**烦恼**出门。唱）我能可首阳山自饿倒。（《萧何月夜追韩信》第一折）

在佛教中"烦恼"的词义包括了"因惑而苦"这样一个意思，体现了佛家因果的思想，而随着词义的演变，民间俗文学中使用的"烦恼"更侧重于结果，唐代出现"忧愁苦闷"义，孟浩然《宿天台桐柏观》诗："愿言解缨绂，从此去烦恼。"元代又引申出"烦躁恼怒"义。烦，《说文》："热头痛也"，引申为烦闷、烦躁；恼，《说文》："有所恨也"，引申为恼恨、发怒，由此可见，构词语素的意义与出现时间较晚的义项②关系最直接。在从后秦——唐代——元代的词义演变过程中，"烦恼"词义的引申向汉语的构词方式和机制靠近，由于词义和构词语素意义关系直接，其理据来源更加清晰。

方便

"方便"一词首先见于西晋时期的汉译佛典，是梵语 Upāuā 的意译，佛教谓以灵活方式因人施教，使悟佛法真义。随着佛教的普及，"方便"在日常生活中出现得越来越频繁，《元刊》中出现 4 次，有 2 个义项：

①随机乘便。

（正末云）贫道山间林下，物外之人，无心名利。望天使回朝，**方便**回奏咱。（《泰华山陈抟高卧》第二折）

［隔尾］子除你个继恩，使臣，**方便**向君王行奏得准。（《泰华山陈抟高卧》第二折）

②便利。

（云）这一会把那老子吊在外头，我接韩魏公忙哩！你自家做一个**方便**放了罢。（《岳孔目借铁拐李还魂》第一折）

［叨叨令］着言语道他也么哥，着言语道他也么哥，岂不闻临危

时好与人**方便**！（《岳孔目借铁拐李还魂》第二折）

　　文化的交流是双向的，因此词语的借和贷也是对立统一的存在：一方面佛教词语借汉语已有词形来表达概念，另一方面佛教词语被汉语吸收为普通词语或道教术语，这是一个事物的两个方面。作为外来的佛教文化和本土的道教文化本来是一对矛盾体，但是某些经验的相似、义理的相通，使得佛教词语和道教词语在一定程度上是通用的。《元刊》中有些词语原来为佛教专有，但在神仙道化剧中临时被用来表示道教文化概念。如"庙宇"本指佛教徒修行的寺院，《张鼎智勘魔合罗》杂剧中用作跟"寺宇"相对的概念：〔鹊踏枝〕这的是寺宇知他是庙宇？略而间避雨权居。（云）是个庙宇，且入去避雨咱。此处指道士修行的场所。"自在身"本为佛教用语，谓心离烦恼、舒适自在的身躯，东晋佛驮跋陀罗译《大方广佛华严经》第十八卷："令一切众生，得自在身，离我所自在游方。"《元刊》中，"自在身"出现在道化剧《泰华山陈抟高卧》第二折：〔菩萨梁州〕想名利有时尽，乞得田园自在身，我怎肯再入红尘。
　　由此可知，有的词语开始是佛教专用，随着意义的外域色彩和佛教专有色彩的弱化，逐渐演变为道教也可以使用的词语，并作为词典中的义项固定下来；有些词语开始是道教专用，后来也被佛教吸收，甚至出现由两种宗教术语组合构成的统一体。例如：
　　方丈
　　"方丈"本义"一丈见方"，语出《孟子·尽心下》："食前方丈，侍妾数百人，我得志，弗为也。"赵岐注："极五味之馔食，列于前，方一丈。"佛教传入中国后，初指佛教的寺院，后指僧尼长老、住持的居室。《元刊》中出现1例，指道观住持的居室：

　　　　〔离亭宴带歇指煞〕大王加官赐赏，交臣头顶紫金冠，手执碧玉简，身着白鹤氅。昔年旧草庵，今日新**方丈**，除睡外别无伎俩。
　　（《泰华山陈抟高卧》第四折）

　　在其他文学作品中也有同样的用法，如《水浒传》第一回："真人答道：'容禀，诏敕权供在殿上，贫道等亦不敢开读。且请太尉到方丈献茶，再烦计议。'""方丈"作为出家人的居室，佛教专有色彩弱化，由佛教专用演变为道教也使用的名物词语。

清净无为

> [寄生草]道士每都修善，他每更不吃饘。先生每住满全真院，道士每闹了终南县，庄家每都看《神仙传》。到晚来姑姑每住满七真堂，没半年摇车儿摆满三清殿。
>
> （等旦下）（正末云）
>
> [醉中天]似恁的呵，（唱）都受了**清净无为**愿，觅不得温暖养家钱。

《马丹阳三度任风子》（第一折）

从题材上看，《马丹阳三度任风子》是一篇神仙道化故事，上文中的道士、先生、姑姑、全真院、七真堂、三清殿、《神仙传》都是具有道教文化色彩的名词。"清净无为"一词却颇值得注意，"清净""无为"是并列关系的两个词语，"清净"本义为"清洁纯净"，《素问·四气调神大论》："天气清净，光明者也。"引申指心境洁净，不受外扰，如《战国策·齐策四》："斶愿得归，晚食以当肉，安步以当车，无罪以当贵，清净贞正以虞。"与此类似的是"清静"，本义"指天气晴朗宁静"，《史记·龟策列传》："新雨已，天清静无风。"引申指心性纯正恬静，道家用于指为政清简，无为而治。《老子》："躁胜寒，静胜热，清静为天下正。"这一思想后被道教继承并引申为清心寡欲、无为和静的基本教义，兼有身心修养和治国安民两个方面。"无为"是道家基本思想，主张清静虚无，顺应自然。《老子》："道常无为而无不为，侯王若能守之，万物将自化。"佛教传入中国后，借"无为"表示无因缘造作，无生住异灭四相之造作，宋苏轼《东坡志林·袁宏论佛说》："其教也，以修善慈心为主，不杀生，专务清净。其精者为沙门。沙门，汉言息也，盖息意去欲，归于无为。"道、佛两教在"无为而治"和"无造作"的教义上相似，"无为"也因义近而成为两教通用词语。但是，"清静"在翻译的佛经中只出现了3次，都指宁静无声的自然环境，可见"清净无为"与"清静无为"有别，前者是佛教常用词语，后者是道教常用词语。由此可知，"清净无为"是一个部分吸收了道教词语形式（无为）的佛教词语，而在《元刊》中却出现在道教故事的语言环境中。佛、道词语通用既是文化融合的结果，也是佛教词语汉化的体现。

四　外来词语

"外来词"的内涵指的是借自外国或外族的词语，对于《元刊》而言，借自外国的词语主要是伴随佛教文化的传入，来源于梵语的词语，借自外族的词语主要是来源于蒙古语以及国内其他民族语言的词语。然而，关于"外来词"的外延，学界一直存在不同的意见，焦点是"意译词"是否算作外来词：一种意见认为意译词不是外来词，如：吕叔湘（1953）、周祖谟（1959）；第二种意见则认为意译词是外来词或广义的外来词，如：田惠刚（1993、1996）、杨锡彭（2007）；绝大多数意见则对意译词做了区别对待：一般认为"保留外语词的形态结构和内部形式不变、用自己语言的材料逐'字'（词、语素）翻译过来的"①，即"仿译词"属于外来词，而那种纯意译式的词语虽然"反映的概念是外来的，但构词成分的选择及结构形式的安排则完全是本族化的、汉化的，它们身上外来词汇色彩已荡然无存"②，因此不宜视为外来词。即便如此，一些学者虽然同意将意译词排除在外来词之外，但是同时也认为意译的词"与本族词语有本质的区别"③。由此可见，外来词的确是个比较复杂的现象，不适合一刀切式的分类。但作为音和义的统一体，音、义都借自外语或外族语言的词语，无疑是外来词中的典型成员。

（一）借自梵语的外来词

指使用音译手段译借而来的梵语词语，主要是佛教词语，也有伴随佛教文化而来的风物词语。包括纯粹的音译词、音兼意译词以及半音半意词。

1. 音译外来词

佛经音译词是典型的汉语借词，指根据表达的需要，将佛经中梵文词语用读音相同或相似的汉字完全对译过来而形成的外来词语。《元刊》中佛经音译词共 10 个（另有 2 个是单字词，不在本书讨论之列），全译类的 5 个：阿鼻——梵语 Avīci；袈裟——梵语 Kasāka；菩提——梵语 Bo-

---

① 张永言：《词汇学简论》，华中工学院出版社 1982 年版，第 95 页。

② 曹炜：《现代汉语词汇研究》，北京大学出版社 2004 年版，第 92 页。

③ 梁晓虹：《佛教词语的构造与汉语词汇的发展》，北京语言学院出版社 1994 年版，第 63 页。

dhi；魔合罗——梵语 Mahallaka；频婆——梵语 bimba。另有 5 个是梵语的节译形式：阿弥——梵语 Amitābha——阿弥陀佛；和尚——梵文 Upādhyāya——邬波驮耶；菩萨——梵语 Bodhi - sattva——菩提萨埵；菩提——梵语 Bodhi - sattva——菩提萨埵；阇梨——梵语 Acārya——阿阇梨。

由于佛教文化的异质性和音译外来词中字义缺乏提示性，所以多字格的完全音译词势必难以理解，更不容易传播和使用，随着佛教文化的传播以及翻译水平的提高，节译是佛教词语融入汉语词汇系统的必然趋势。《元刊》的音译词双字格占绝对优势，说明这些词语不但符合汉语词汇单位以双字格为主的发展趋势，而且对普通民众的文化心理影响深刻，是经常出现在人们日常生活中、活跃在人们口头上的外来词语。

2. 部分音译部分意译的外来词

指的是综合运用了音译和意译手段译借而来的梵语词语，一部分表示梵语的语音，另一部分表示该词的意义或意义的某一方面，《元刊》中出现了 20 个。这种形式的外来词语有两种表现，一种是将原来的梵语词音译后再额外加上一个表意义的成分，如："忏悔"，"忏"是梵语 ksama 音译的省略，意为自陈已过，由于常常与悔罪祈福相关，"忏"因此引申有悔过的意思，"悔"与"忏"同义，共同承担梵语 ksama 的意义；另一种是把原来的梵语词一部分进行音译，另一部分进行意译，然后将两部分合为一个整体，如："檀信"，梵语为"daˆna - pati"，"檀"是 daˆna 的音译之省，即"布施"，"信"是 pati 的意译，即"信士、居士"，原指多财富乐的人士，后来转作居家佛教徒的通称，"檀信"也就是施主的意思。根据音译字在词语中的位置，又有两种类型：

（1）音译字 + 汉意字。有：魔（磨）障　钵盂　僧人　僧家　度脱　禅机　禅师　魔军　忏悔　波罗蜜　阎罗王　阎王　檀信；

（2）汉意字 + 音译字。有：超度　念佛　神佛　山僧　妖魔　普贤菩萨。

由于词语中音译的部分外来色彩比较强，多数意义比较陌生，有些音译字甚至是为翻译而新造的词语，如"魔""忏"等，所以汉意字部分对词语的意义具有一定的提示作用。如"钵盂"，"钵"是梵语 Pātra（钵多罗）的音译，僧人的食器，后来也作为法器进行传承，其外形与中国早已有之的"盂"相似，都是平底，敞口，口圆略小，形状稍扁。"盂"与

"钵"的意义相近，对"钵"起解释说明的作用。又如："度脱"，"度"是梵语 Pāramitā（波罗蜜多）音译的省略，意思是到彼岸，"脱"即脱离苦海，对"度"及整个词语意义起解释补充的作用。但也有相反的情况，"普贤菩萨"是佛教四大菩萨之一，梵音名号 Samantabhadra，音译"三曼多跋陀罗"。"普贤"是 Samantabhadra 意译，"菩萨"是音译，音译部分对意译部分具有提示说明义类的作用。

　　"佛堂"是《元刊》佛教词语中比较特殊的一例，由外来语素 + 汉语语素构成，外来语素兼表梵音和梵义。"佛堂"义为"佛住的大殿"，唐义净注《毗奈耶杂事》卷二六"即以右足踏其香殿"有："西方名佛所住堂为健陀俱知。健陀是香，俱知是室。此是香室、香台、香殿之义。不可亲触尊颜，故但唤其所住之殿，即如此方玉阶、陛下之类。然名为佛堂、佛殿者，斯乃不顺西方之意也。"由此可知，佛经中与"佛堂"意义相对的词语是 Gandhakuti（健陀俱知），梵语中相应的词语本应意译作"香堂"，语音上与"Buddha"（音译省略为"佛"）没有直接关系。我们之所以不将其归于（1）中，是因为"佛堂"中的"佛"并非相应梵语的音译，这与"魔障""僧人"等词语有很大不同。以往的研究中将这类词语归为"音兼意译"词语（梁晓虹，1994、冯天瑜，2004）。此处的"音兼意译"是指译借时同时兼顾到了外语词的读音和词义，通常也称为"音意兼译"，如"可口可乐——cocacola""基因——gene""维他命——vitamin"等。但是，仔细比较，"佛堂"与现代汉语中常说的"可口可乐"等音意兼译类词语还是有所区别。以"可口可乐"为例，其读音直接来源于英文词形 cocacola，而"佛堂"的读音与梵语"Gandhakuti"却没有直接联系。从结构来看，"可口可乐"是整体的音译和意译，而"佛堂"中"堂"是梵语 kuti 的意译，"佛"是梵语 Buddha 的音译，对于Gandha 而言却是意译。与此类似的还有佛教词语"菩提树"，此树的梵语词形为"pippala"，音译"荜钵罗"，意译应为"思维树""道树"或"觉树"，语音上与"Bodhi"（菩提）没有直接关系。"菩提树"一词中，"树"是意译，"菩提"是梵语"Bodhi"的音译，但对于"pippala"而言，仍然是意译。从整个词语从译借的方式来看，"佛堂""菩提树"这类外来词语的译借过程既有音译也有意译的方式，所以我们把它们仍归于半音半意的外来词语，但与上文所罗列的其他词语确有很大不同。归属或许并不重要，这类词语的真正意义在于外来语素突破了语音的限制，作为汉语构词材料重新参加了造词活动，使得音译或意译外来语素在脱离了源语言后，进一步与汉文化融合，在创造了大量新鲜的汉语词语同时，也逐渐取得了汉语词汇的身份。现代汉语中由外来语素"吧""门""客"等参与构造的很多新词语也属于这类情况。

（二）借自其他民族的外来词

除梵源的佛经词语外，《元刊》中来自其他民族的外来词语非常有限，现将其悉数列于下面：

玻璃 借自西域少数民族语言，指玉或水晶。《元刊》中出现 1 例：［叨叨令］碧粼粼绿水波纹皱，疏刺刺玉殿香风透。皂朝靴趿不响玻璃瞪，白象笏打不响黄金兽。（《关张双赴西蜀梦》第四折）

胭脂 借自西域少数民族语言，用于化妆和国画的红色颜料，泛指鲜艳的红色。《元刊》中出现 2 例：［金盏儿］生的高耸耸俊莺鼻，长挽挽卧蚕眉，红馥馥双脸胭脂般赤，黑真真三绺美髯垂。（《诸葛亮博望烧屯》第一折）［油葫芦］我则见垂杨拂岸黄金线，我则见桃落处胭脂片。（《张千替杀妻》第一折）

沙陀 借自西域少数民族语言，"沙陀"是我国古代部族名，西突厥别部，即"沙陀突厥"。《元刊》中出现 1 例：酒误沙陀裂飞虎，色迷金陵陈后主，财下荥阳范亚父，气逼乌江楚项羽。（《马丹阳三度任风子》第二折）

六儿 借自女真语，童仆常用的名称。《元刊》中出现 3 例，都用作《诈妮子调风月》杂剧中角色的通名，用于通称童仆。

阿者 借自女真语，指"母亲"。《元刊》中出现 7 例，有 6 例用作母亲的面称或背称：［天下乐］阿者，你这般没乱慌张到得那里？（《闺怨佳人拜月亭》第一折）（正旦做打悲科，云：）……早是赶不上大队，又被哨马赶上，轰散俺子母两人，不知阿者那里去了！（《闺怨佳人拜月亭》第二折）另外还有 1 例用作对年老女主人的尊称。［江儿水］老阿者使将来伏侍你，展污了咱身起。（《诈妮子调风月》第二折）

阿马 借自女真语，指"父亲"。《元刊》中出现 5 例，有 4 例用作父亲的面称：（做叫老孤的科，云：）阿马！认得瑞兰末？（《闺怨佳人拜月亭》第二折）。另外，有例子用于尊称年老的男主人：［幺篇］这书房存得阿马，会得客宾。（《诈妮子调风月》第一折）

兔鹘 借自女真语，指束带。《元刊》中出现 5 例：［十二月］把兔鹘解开，纽扣相离，把袄子疏剌剌松开上拆，将手帕撒漾在田地。（《诈妮子调风月》第二折）［驻马听］官人石碾连珠，满腰背无瑕玉兔鹘。（《诈妮子调风月》第四折）

撒敦　借自蒙古语。亲戚，亲属。《元刊》中出现 1 例：［双调］［新水令］双撒敦是部尚书，女婿是世袭千户。（《诈妮子调风月》第四折）

以上 8 个借自外民族的词语，"玻璃""胭脂""沙陀"借自西域少数民族语言，"六儿""阿者""阿马""兔鹘"借自女真语，"撒敦"借自蒙古语。统计发现，这些词语仅分布在《元刊》的 6 个篇目中：《关张双赴西蜀梦》《诸葛亮博望烧屯》《张千替杀妻》《马丹阳三度任风子》《诈妮子调风月》《闺怨佳人拜月亭》，且 3 篇杂剧均为关汉卿的作品。这与以明刊元杂剧或明杂剧为底本所做的统计结果有很大不同。以王学奇[1]在《宋元明清戏曲中的少数民族语》中考释的 149 个散见于戏曲作品（主要是明刊元杂剧和明杂剧作品）中的外族词语为例，其中：借自女真语的 6 个，借自蒙语的 124 个，女真语和蒙古语通用的 3 个，其他如回族、契丹族、匈奴族语言的词语 16 个。可见，元刊杂剧中的外族词语非常有限，并且以借自女真语的词语为主，而明代戏剧作品中的外族词语数量较元刊杂剧有很大的增加，其中蒙语借词占有相当大的比例。这也是元刊杂剧和明刊杂剧、明杂剧的显著区别之一。杂剧无论作为演出底本还是案头文学，它们都有创作主体和接受对象，而创作的根本目的还是在于接受，因此，或多或少地采用当时社会通用的、流行的词语是杂剧的必然选择。元刊杂剧和明刊杂剧、明杂剧分别体现了不同时代的语言面貌和特点。我们认为，造成外族词语在元、明两种杂剧作品中分布差异如此之大的原因有这样两个：

一是杂剧创作者生活的时代不同。《元刊》中除 3 篇杂剧没有注明作者，有姓名可考的作者有 19 位，分别是：关汉卿、高文秀、郑廷玉、马致远、武汉臣、尚仲贤、纪君祥、石君宝、张国宾、孟汉卿、王伯成、岳伯川、狄君厚、孔文卿、杨梓、宫天挺、郑光祖、金仁杰、范康。这 19 位作者多数生活在元代的前期和中期，受前朝——金的语言影响较多，因此作品中出现的外族词语借自女真族的也就比较多。演员是杂剧的第二创

---

[1]　王学奇：《宋元明清戏曲中的少数民族语》，《唐山师范学院学报》2001 年第 1、3、4、6 期。

作者，在杂剧的演出和传播过程中，表演者也会有不同程度的自由发挥，增加说白等，而影响演员发挥的主要因素是当时的社会语言环境，当时社会经常使用的、流行使用的词语往往会被吸收到杂剧表演中。明代创作的杂剧之所以出现蒙古族外来词语增多的情况也是源于此。而明代刊刻的元杂剧除明代修改之外，其作者本身也是作品出现蒙古族外来词语的原因之一，有些杂剧作者生活在元代末期，受蒙古语影响较大，而有些作者本身就是蒙古族，他们的作品中自然会掺杂更多的蒙古族外来词语。

二是受众生活时代不同。首先元刊杂剧的受众——普通民众，与杂剧创作者类似，也多生活在元代的前中期，女真语词汇是他们熟悉的，尤其是表示称谓和日常用品的词语。杂剧中使用这些词语，在增加作品真实、生动色彩的前提下也不至于影响受众的理解和接受。明刊杂剧及明代创作的杂剧，其受众在前朝——元代社会的影响下，对蒙古族词语也有一定的熟悉度，而有些蒙古族外来词语已经进入当时的日常生活。如明刊《魔合罗》第二折："（白）绿油窗儿，挂着斑竹帘儿，帘下卧着个哈巴狗儿。""哈巴狗"源自蒙语"xaba"，也是我们今天生活中熟悉的词语，但元刊杂剧中并未出现此词，说明元刊杂剧创作之时，"哈巴狗"一词很有可能并未进入普通百姓的生活。

第三章

《元刊杂剧三十种》复字新词研究——双字格

第一节　新词的类别

当社会发生巨大变动时，语言中的词语往往也会发生相应的调整或变动，而文学作品，尤其是具有时代特征的文学作品，其语言中的新质往往对于反映社会变革具有重大的价值和意义，多彩的新词、新义、新用法是时代特征的表现。《元刊杂剧三十种》的词语上承古代，下启现代，在词汇发展史上处于十分重要的阶段，它包括了从上一个时代继承来的词语，也包含了当时产生的新词语。承接古代的词语是古代汉语和近代汉语两个词汇历史时期共有的部分，而新词语则是近代汉语时期特有的，能够体现和代表元代以及近代词语在形式和内容方面的特点。词是形式和内容的统一，根据这两个方面的结合情况，我们将《元刊》中的新词语分为三种类型。

一　新能指＋新所指

这类词语是为了表示新事物新概念而产生，不仅词语形式在近代以前没有出现过，就连它所指称的事物和概念此前也没有出现过，即从形式到内容都是新的。如"料钞"，是元初发行的一种货币，因以丝料作合价标准，故称；又如"唱喏"，为北宋时期的朝礼，宋陆游《老学庵笔记》卷二："先君言，旧制，朝参，拜舞而已。政和（宋徽宗年号——作者注）以后，增以喏。""喏"即朝拜作揖时口中发出表致敬的声音，"唱喏"后演变为宋元时期男子所行之礼：叉手行礼，同时出声致敬。一个时代产生的新事物、新现象往往是比较丰富且易为感知的，所以这类词语中名词较多，如：十哲、梨园、揎箱、头七、腰棚、团头、逗馒、团衫、禅机、波罗蜜（植物果实）、磨合罗、官媒证、背槽抛粪；动词如：果报、刷案、做场、念佛、抄估、放解。这些新词语及时地记录了客观世界的发展，同时也给词汇注入了新的生命力。

二 新能指＋旧所指

这类词语的词语形式是新的，而词义反映的内容在前代早已存在。由于大部分词语表示的概念在前代都已经产生，所以这类新词语的数量最多，与古代词语相比，近代出现了构词素的扩充或者同义词语。例如，表示"人体下肢从臀部到膝盖的一段"，上古时期称"股"，近代称"大腿"，并有与之相对的同位概念"小腿"，这个词语一直沿用到现代汉语。表"看"义的单字词"觑"出现在汉代，汉蔡邕《汉津赋》："觑朝宗之形兆，瞰洞庭之交会。"近代出现"觑"与同义单字"观"构成的复合词"观觑"，新词形"观看""瞧见"，也表示相同的概念。表示"愚笨"意义的词，上古多用"愚"，中古多用"痴"，而近代表示相同概念的新词有：痴憨、呆痴、痴呆、风欠。类似的名词还有：村翁、短处、田禾、医人、芒郎、灶窝、霎时、罪愆、浮财、雪花银、撮合山、鬼胡延；动词有：埋怨、伤感、留取、打迭、觑当、胡来缠、白厮打、落便宜；形容词如：跷蹊、憎懂、跋扈、肥胖、焦躁、俊俏、羞答答、明晃晃；副词如：蓦地、畅好、则索、尚古自、一时间；代词如：本人、这些、兀的、甚么，等等。虽然这些词语表达的概念在前代已经出现，但它们并非简单地更换了一种表达形式，通过增加或替换构词语素，词语的整体意义比以前更加科学、丰富，体现了后代人对客观世界更加深刻、抽象的认识，是对先前认识的补充和完善，同时也丰富了汉语词汇的表达。

三 旧能指＋新所指

这类词语的形式是古代时已有的，而近代又出现了与原有意义不同的新意义。如：娘子，中古时期指未婚少女，南北朝吴均《续齐谐记》："忽有青衣婢年十五六，前曰：'王家娘子白扶侍，闻君歌声，有门人逐月游戏，遣相问耳。'……须臾女到，年十八九，容步颜色可怜，犹将两婢自随。""王家娘子"指王姓少女。在后来的使用中，"娘子"也用为妇女的通称。近代时，"娘子"出现新义，指夫妻中的女方，可用于面称。又如"引领"，上古时期指伸颈远望，形容期望殷切。随着"领"由"脖颈"义演变为"统率；带领"，近代时期"引领"也演变为同义素构成的新词，新义指"带领"。类似的名词如：连理、年光、天机、丈母、礼数、模样、家私、寻常；动词如：理会、知道、分付、受用、损坏、承望；形容词如：容易、豁达、精细、张狂。以上都是新旧义之间存在引申关系的，还有一种借形词的情况，即甲词语借用了乙词语的形式而意义上完全没有联系，表现为语音相同而使用同一文字记录，或者仅仅是文字形式相同，而读音不同。这类词语形式上的相同是由构词语素的同源或假借造成，新词词形与旧词形在意义上没有联系，因此应当被视为新能指，如：便$_1$宜（biànyí，西汉）——便$_2$宜（piányi，唐代）。

词汇总是处于连续不断的发展变化中，如果说某一个词语是某一个历史年或历史朝代产生的词语，即使在词汇研究相对完善的今天也不是很容易的事情，更何况是在词汇学科尚未建立的古代。另外，新和旧也都是相对的概念，我们将《元刊》词汇所反映的概貌和特点归为词汇发展的近代时期，以唐代作为划分界限，凡在唐以前出现的词语，就视为旧词，唐代以后出现的词语为新词语，《元刊》中复字词汇的历时分类如表 3 – 1：

表 3 –1　　　　　　　《元刊》复字词汇历时统计

	旧词语	新词语（新能指）	新词语（旧能指）	合计
双字	2611	2508	739	5858
三字	43	876	3	922
四字	97	1255	2	1354
特殊 雅	15			325
特殊 俗	310			

总计：8459

从统计的结果来看，《元刊》中的新词语数量庞大，远远超过了它所继承的旧词语。这说明：一方面，元代词语既继承旧质，保持了词语稳定传承，另一方面，新质又有突破性的增长，体现了近代词语向前发展的趋势。后者作为特定词汇史阶段的语料，更具有研究价值。

第二节　双字格的结构考察

任何一个时代的语言都有其独特的面貌和特点，要充分揭示这一面貌和特点，就必须对这一阶段的语言材料进行具体分析。而要真正弄清楚近代复字词汇出现了哪些新情况，发生了什么新变化，就要对《元刊》所反映出的新词语进行全面的考察。我们首先从双字格新词语的内部构造和组合关系入手。

一　单纯式双字格

双字格中的单纯词是指由两个无义汉字构成的词语。汉语上古时期的词汇以单字格为主，而复字词是中古为适应语言的需要才大量产生的。单字词的产生除了依靠词义转化之外，采用较多的就是通过改变词语音节内部的声韵调来产生新词，"利用同音或近音音节的自然延长、重复"① 而构成单纯复字词语，这种造词方法体现在词语结构上，即联绵和叠音。此外，音译外来词也是单纯词的类型之一。

（一）联绵词

联绵词是指由两个只表音的字连缀而成的词语，构词的两个字都不表意，因而都不是语素，两个字只有合起来才表意，具有语素的资格。如：

[三煞] 交我这里恨无地缝藏身体，这番早则难云床头揭壁衣，嗉嗉乱下风雹的又没**巴臂**。（《诸宫调风月紫云亭》第二折）

[三煞] 你惟情之外别无想，除睡人间总不知。谎得来无**巴臂**，不曾三年乳哺，一划台肥。（《李太白贬夜郎》第三折）

"巴臂" 意为 "根据，来由"，通常与表示否定意义的副词 "没""无" 连用，表示 "没有根据，没有理由"。由于汉字只记音，不表意义，在其他文献中也写作 "巴鼻"。

[石榴花] 想绝故事无猜处，画着个**奚幸**我的闷葫芦。（《赵氏孤儿》第二折）

"奚幸" 在此句中意为 "迷惑，使糊涂"，也写作 "傒幸" 或 "傒倖"。

---

①　程湘清：《汉语史专书复音词研究（增订本）》，商务印书馆 2008 年版，第 60 页。

　　[喜春来] 又不是风流天宝新人物，子是个**落托**长安旧酒徒。怎消得明圣主，赐一领溅酒护身符。(《李太白贬夜郎》第二折)

　　"落托"意为"孤独不遇"，也写作"落拓"或"托落"。
　　《元刊》中近代新产生的联绵词共有 66 个，其中表名称的词语 10 个，如"巴臂、喉咙、猢狲、碌轴、撩丁、偌偬"等；表性质状态的词语有 29 个，如"跷蹊、仓皇、朦胧、行唐、胡伦、潇洒"等；表动作行为的词语 19 个，如"乔怯、奚幸、嚎啕、埋怨、嗟呀、支吾"；模拟声音的词语 6 个，如"吃察、阿哟、吉丁"。另外，副词有 2 个："乞紧、赤紧"。这些联绵词语对事物的状貌描写具有增加生动性、形象性的作用。根据声韵的情况可以分为双声、叠韵和非双声叠韵三类：
　　双声：跷蹊　乔怯　留恋　伶俐　偻罗　奚幸　巴臂
　　叠韵：仓皇　嚎啕　轰腾　跟跄　阑珊　腼腆/靦觍　苗条　髯髻 团圞　哼吪　喉咙　懵懂　趔趄　蓬松　莽撞　埋怨　糊涂　朦胧　行唐 哹嗦　荡漾　古都　叮咛　落托
　　非双声叠韵：查梨　吃察　嗟呀　喷睖　嚏喷　圪察　胡伦　磨陀 跋扈　阿哟/哎哟　阿也　圪塔　猢狲　碌轴　囊揣　乞紧　吉丁　模糊 乞良　撩丁　波查　潇洒　挣揣　支吾　赤紧　便宜　兀良　扑腾　骨揣　偌偬　恓惶　低趄　迤逗　耿俐　奚落
　　(二) 叠音词
　　指由一个音节重叠而成的词语，构成词语的两个字相同，用以叠合的每个字都只表音不表义，即使表义也与该词的意义无关。如：

　　[耍孩儿] 我恰骂了你几句权休罪，须是咱间别了多年不认得。你马儿上**簪簪**的。你记得共我摸斑鸠争上树，挎碌轴比高低。(《薛仁贵衣锦还乡》第三折)

　　"簪簪"意为"威严；庄严"，常用来形容骑马的姿势。"簪"的本义为用来绾定发髻或冠的长针，引申为插、戴或连缀，与"簪簪"一词的意义都没有直接联系。
　　《元刊》中近代新产生的叠音词 21 个，其中大多为用来描摹状态的拟声词语，如：干干、咽咽、刚刚、搽搽、吖吖、呀呀、嗤嗤、珊珊、搜搜、刮刮、咚咚、涩涩、喏喏、丕丕、忽忽、烘烘、扑扑、撒撒。"干干、咽咽、刚刚"都是模拟咽水的声音，"吖吖、呀呀"模拟人或物叫喊的声音，"珊珊"用以模拟玉佩相击的声音，"搜搜"是模拟鞭子的声音，"咚咚"是模拟击鼓的声音，等等。除模拟声音的词语以外，叠音词还包括描写性的词语，如：簪簪、吡吡、吸吸。这些词语使得表达更加生动和鲜活。

（三）音译词

汉民族从先秦时期就与外族人有联系，外域文化的进入和传播自然折射在词汇中，音译外来词语是吸收外来文化的一条最简捷的途径，虽然至近代时期直接音译的方法已不常用，但一些表达与生活最密切相关、形象可感且易于接受的客观事物的词语仍然通过音译的方法进入汉语词汇层，成为日常生活中活跃的单纯词语。如：

〔石榴花〕往常开怀常是笑呵呵，绛云也似丹脸若**频婆**。（《关张双赴西蜀梦》第三折）

"频婆"源于佛经中的频婆果，元代时通常用来指称一种经过改良的红色水果，是今天苹果的前身，两者虽然不属于同一事物，但都有"色丹且润"的特征。其他同时期文献中也写作"苹婆""平波""平坡"，明后期开始简写为"苹果"。

《元刊》中近代新产生的双字音译词有6个，其中表示亲属称谓的3个"阿马、阿者、撒敦"，表示日常衣食物品名称的2个"兔鹘、频婆"，表示外族名称的词语1个"沙陀"，元代通常用此词通称北方的胡人、胡兵。这些新产生的音译词语数量虽然不多，但来源多元，有的是由于经济的原因来自西域和波斯等国，有的是随着佛教文化译自梵语的佛经典籍，也有的是因为政治的原因译自女真语和蒙古族语。

由于构成单纯词的两个字没有实在意义，只有合在一起才共同表义，因此同一单纯词在《元刊》中往往有多个不同的书写形式，如联绵词中的"腼腆"也写作"靦觍"，"糊涂"也写作"糊突""胡突"，"蓬松"也写作"髼松"等，叠音词中的"吸吸"也写作"唏唏"等。

二 合成式双字格

双字格的合成词是由两个汉字构成的词语，由两个词根构成的是复合式，由一个词根和一个词缀构成的是附加式。"复合词是汉语复音化过程中能产性最强，最具有代表性的一类词。"① 词构和短语的构造存在一致性，通常所说的复合词结构一般包括联合、偏正、支配、主谓、补充以及重叠式六大类型，但是，词语结构存在其自身的特殊性，传统的词语结构不能完全将多样的词语结构完全囊括其中。周荐在常见的词语结构的基础上又补充了递续和意合两种词语结构，同时指出词语结构中还存在一种特殊的形式——逆序格，即语素结构的顺序与汉语语法顺序不符合，不能够用通常的格局加以解释，如"韭黄、钩吻"。② 综合以上研究中的结构形式，本书将《元刊》中近代新产生的双字复合词归为联合、偏正、支配、主谓、补充、重叠、递续和意合 8 种结构，除联合式、重叠式和意合式，理论上每种格式都有自己的逆序形式。

（一） 附加式

由词根和词缀构成的词语是附加式合成词。"词缀是附缀于词根的游离性或半游离性语素，或为显性羡余成分，或为隐性羡余成分。"③ 对"词缀"的认识，早在 20 世纪 20 年代就已经开始，但是直到今天仍然是一个难以处理的问题，从各家的著述中可见，不同的划分标准确定的词缀大不相同，宽泛的标准划分来的词缀多达近百个，不仅包括构词词缀，还包括了助词在内，如：了、着、得（赵元任，1952、朱德熙，1982），而严格标准划分出的词缀最少只有 8 个：阿、老、子、儿、头、里、巴、然（曾晓鹰，1996）。"词缀"是用来构词的意义虚化了的黏着性语素，属于构词法范畴。对于词缀内涵的认识，各家基本相同：通常把承担词的基本意义的语素叫"词根"，把不承担词的基本意义，只表示词的附加意义和起语法作用的语素叫"词缀"。而之所以在研究中会出现不同的结果，我们认为是对判别标准中的"意义"和"功能"的理解不同：(1) 各家关于"词缀是意义虚化了的语素"的认识是一致的，但分歧在

---

① 毛远明：《〈左传〉词汇研究》，西南师范大学出版社 1999 年版，第 103 页。

② 周荐：《汉语词汇结构论》，上海辞书出版社 2004 年版，第 116 页。

③ 韩陈其：《汉语词缀新论》，《扬州大学学报》（人文社会科学版）2002 年第 4 期。

"意义虚化到何种程度"，是词汇意义完全丧失仅存语法意义，还是可以保留一些抽象的词汇意义？严格遵循意义虚化标准的观点认为词缀诸如"员、者、家"这样的语素因为词汇意义虚化程度不高，其位置也往往不固定，因此其词缀身份颇值得怀疑和商榷；相反的意见则认为词缀不仅仅只能表示语法意义，有时也可以具有词汇意义。索绪尔在《普通语言学教程》中明确提出词缀"有时有具体意义，即语义价值"①。董秀芳在《汉语词缀的性质与汉语词法特点》一文中开篇明义："词缀必须具有一定的词法意义。……这里的意义不是词汇意义，而是较为宽泛抽象的词法意义。词缀可以不具有词汇意义或词汇意义相当宽泛弱化。"② 这里的"词法意义"也不等同于虚词的"语法意义"，因为"者、化、式"这样词汇意义较弱的语素也被视为词缀。(2) 各家关于"词缀具有构词功能"的认识是一致的，20 世纪中后期的学界依此作为构词法和构形法的本质区别（邢公畹，1956、宋玉柱，1986），但在词缀的功能是否仅限于构词的问题上，各家意见并不统一。例如："第"除了和语素组合之外还经常和数量短语组合，这种用法已经超出了词缀的范围，词缀只是一种构词的辅助性成分，它只能和其他的语素进行组合，不能和其他的词或短语进行组合，因此，有学者认为"第"只是助词而非词缀（曾晓鹰，1996）。也就是说，虚词（助词）不能充当词缀，它所体现出的种种类似词缀的特征（不单用、位置固定、无实在意义、与组合语素不存在逻辑关系）都是其作为虚词的固有特征。与此相反，另一种观点则不排斥虚词（助词）充当词缀，尤其是词汇史研究中，"助词""语助词""词头""词尾"与"词缀"往往意义相当（王云路，1999）。在这个问题上，董秀芳提出的"在虚词和词缀之间存在一种中间成分——半自由的虚语素"或许有更好的解释力，体现了对词缀的动态认识。董秀芳认为："虚词可以由于作用范域的变小而最终成为词缀，当这一变化没有彻底完成时，一个形式的功能范域可能就游移在词与短语之间。"③ 同时，董文还以"者"为例指出，"在古汉语的系统中，即使是表面上看来是直接跟在动词后面的'者'也应看作是跟在动词短语后面，即看作是跟在仅由一个动词构成的动词短语

---

① ［瑞士］费尔迪南·德·索绪尔：《普通语言学教程》，高名凯译，商务印书馆 2002 年版，第 262 页。

② 董秀芳：《汉语词缀的性质与汉语词法特点》，《汉语学习》2005 年第 6 期。

③ 董秀芳：《汉语的词库与词法》，北京大学出版社 2004 年版，第 85 页。

之后，这是由当时的语言系统所决定的。"①　笔者的研究充分考虑了以往研究中的观点和成果，本书确定词缀的标准是：作用范域为词的黏着或半自由虚语素。汉语中的纯粹词缀极少，多数由自由或半自由的实词性语素虚化而来，因此充当词缀的语素可能由于处在历史演变过程中而体现出意义虚化程度不高、有时作用域扩大、位置不严格固定等非词缀性特征，但这些不影响语素充当词缀。

根据上文的词缀判别标准，笔者在元刊杂剧中考察并得到了 241 个近代新产生的双字附加式词语，根据附加语素的位置，又可分为前加式和后加式两种。

1. 附加前缀式词语

《元刊》中近代新出现的附加前缀式双字词语共 52 个，从词性分布来看，动词数量最多，有 31 个，其次是名词，有 16 个，另有副词 4 个，代词 1 个。充当前缀的语素共有 16 个，分别构成以下附加式："打~"（14 个）、"老~"（6 个）、"厮~"（5 个）、"相~"（4 个）、"小~"（4 个）、"可~"（3 个）、"将~"（3 个）、"阿~"（2 个）、"大~"（2个）、"所~"（2 个）、"作~"（2 个）、"兀~"（1 个）、"取~"（1个）、"杀~"（1 个）、"其~"（1 个）、"敢~"（1 个）。

前加式动词：用于构成动词的前缀有 7 个：打、厮、相、将、取、作、所。例如：

　　［醉中天］你是五霸诸侯命，有一品大臣名，干**打哄**胡厮哝过了半生。（《泰华山陈抟高卧》第一折）

"打哄"即"胡闹，开玩笑"。"打"不表示词的基本意义，但具有较强的构词能力，《元刊》中出现的"打~"类词语还有：打惊、打惨、打捱、打唤、打请。

　　［滚绣球］你常安排着九分**厮赖**，把雪花银写做杂白。（《看钱奴买冤家债主》第二折）

---

①　董秀芳：《汉语的词库与词法》，北京大学出版社 2004 年版，第 86 页。

"厮赖"即"抵赖"。"厮"不表示词的基本意义,但具有较强的构词能力,《元刊》中出现的"厮～"类词语还有:厮向、厮迎、厮见。

[仙吕赏花时]满满的捧流霞,**相留**得半霎,咫尺隔天涯。(《闺怨佳人拜月亭》楔子)

"相留"即"挽留"。"相"不表示词的基本意义,但具有较强的构词能力,《元刊》中出现的"相～"类词语还有:相伴、相期、相凑。

[得胜令]我死呵记相识,你从今好**将息**。(《张千替杀妻》第四折)

"将息"即"养息,休息"。"将"不表示词的基本意义,但具有较强的构词能力,《元刊》中出现的"将～"类词语还有:将引、将擎。

[赚煞]若是秦穆公将卿傲慢,你子是必曲着脊躬着身将火性减,善**取奏**你休冒渎天颜。(《楚昭王疏者下船》第一折)

"取奏"即"奏",臣子对帝王进言陈事,"取"不表示词的基本意义。

[村里迓鼓]子为他茶里饭里思,行里坐里念,眠里梦里想,**作念**着团圆了半晌。(《看钱奴买冤家债主》第三折)

"作念"即"思念,怀念","作"不表示词的基本意义。

[鹊踏枝]枉了扫烟尘,立功勋,不能够高卧麒麟,古墓荒坟,断颈分尸了父亲,划地狠毒心**所算**儿孙!(《赵氏孤儿》第一折)

"所算"即"暗害,谋害","所"不表示词的基本意义。

《元刊》中的动词前缀往往表示从事后面的动作:"打、厮、相、将"的构词能力较强;"取"做前缀的用例仅见1例,多数用作后缀;"作"

和"所"的构词能力较弱；"所"做前缀标记动作的用法与现代汉语中"所"字结构有较大差异。

前加式名词：用于构成名词的前缀有 6 个：阿、大、老、小、杀/沙/煞、其。例如：

[落梅风] 我恰猛可地向这厅堂中见，唬得我又待寻幔幕中藏。哎！狠**阿公**间别来无恙！（《诸宫调风月紫云亭》第四折）

"阿公"的意思较多，此处用作对父亲的俗称，是近代汉语常见的用法。"阿"无实在意义，《元刊》中还有 1 例"阿嫂"。

[朝天子] 俺这里跪在、**大街**，把救苦的爷娘来拜！（《相国寺公孙汗衫记》第三折）

"大街"意为"城镇中路面较宽、较为繁华的街道"，"大"无实在意义。

[混江龙] 急煎煎将药婆**老娘**寻，曲躬躬把土块砖头拜。（《散家财天赐老生儿》第一折）

"老娘"此处意为接生婆，"老"无实在意义。

[小桃红] 这答儿曾卖了老夫一个**小厮**，专记着恩人名字。（《看钱奴买冤家债主》第四折）

"小厮"意为"男孩、儿子"，"小"无实在意义。

[中吕粉蝶儿] 知他是甚娘乔为，直吃得恁般来**杀势**。（《薛仁贵衣锦还乡》第三折）

"杀势"也说"势杀"，模样或规矩。"杀"无实义，也常写作"沙"或"煞"。

前加式副词：用于构成副词的前缀有 2 个：敢、可。例如：

（正旦云）阿也！是**敢待**较些去也。（《闺怨佳人拜月亭》第三折）

"敢待"意为"就要、将会"，"敢"无实在意义。

［油葫芦］你不见桃花未曾来腮上，**可早**阑珊了竹叶尊前唱。（《好酒赵元遇上皇》第一折）

"可早"意为"已是、已经"，"可"无实在意义。

前加式代词：《元刊》中近代新出现的代词只有 1 个，用于构成代词的前缀是"兀"。例如：

［胡十八］我昼忘饮馔夜无眠，则**兀那**瑞莲便是证见；怕你不信后，没人处问一遍。（《闺怨佳人拜月亭》第四折）

"兀那"犹"那、那个"，可指人、地或事，"兀"无实在意义。

2. 附加后缀式词语

附加后缀式词语 189 个，从词性分布来看，名词的数量最多，有 75 个，其次是动词，有 46 个，副词有 35 个，代词 21 个，形容词 8 个，连词 4 个，量词 1 个，助词 2 个，其中兼类词 3 个。充当后缀的语素共有 27 个，分别构成以下附加式："～得/的/地/底"（38 个）、"～子"（28 个）、"～头"（19 个）、"～将"（14 个）、"～当"（10 个）、"～然"（8 个）、"～家"（10 个）、"～取"（7 个）、"～却"（7 个）、"～儿"（6 个）、"～自/则/子"（6 个）、"～来"（5 个）、"～每"（4 个）、"～杀/沙/煞"（4 个）、"～可"（3 个）、"～末/么"（5 个）、"～个"（2 个）、"～古"（2 个）、"～间"（2 个）、"～生"（2 个）、"～等"（1 个）、"～祸"（即"乎"，1 个）、"～里"（1 个）、"～脑"（1 个）、"～切"（1 个）、"～道"（1 个）、"～缺"（1 个）。

后加式名词：用于构成名词的后缀有 11 个：子、头、儿、家、来、杀、里、间、脑、道、等。其中，"打当"和"勾当"的名词性词义是动词词义的引申，而非后缀的换类派生的结果，笔者将其放在后加式动词"～当"中讨论。例如：

[油葫芦] 不索司房中插**状子**当官告，消得我三指大一个纸题条。(《岳孔目借铁拐李还魂》第一折)

"状子"意为"诉讼的呈文"，"子"无实在意义。

[醉春风] 好意的劝他家，**恶头**儿揣自己。(《张鼎智勘魔合罗》第四折)

"恶头"意为"罪名"，"头"无实在意义。

[得胜令] 恁那秀才凭学艺，他却也男儿当自强。他如今难当，目写在**招儿**上。(《诸官调风月紫云亭》第四折)

"招儿"意为"招贴、招牌"，"儿"无实在意义。

[梁州] 只愿的依本分**伤家**没变症，慢慢的传授阴阳。(《闺怨佳人拜月亭》第二折)

"伤家"意为"病人"，"家"无实在意义。

[五煞] 我**闲来**亲去朝金阙，不记谁扶下玉梯。(《李太白贬夜郎》第三折)

"闲来"意为"悠闲的时候、平时"，"来"无实在意义。

[上小楼] 我觑了这般**势杀**，不发闲病，决定风魔。(《诸官调风月紫云亭》第三折)

"势杀"意为"模样、样子"，"杀"无实在意义，也写作"沙"

或"煞"。

[贺新郎] **官里**行行坐坐则是关、张，常则是挑在舌尖，不离了心上。(《关张双赴西蜀梦》第二折)

"官里"指皇帝，"里"无实在意义。

[赏花时] **初间**那唐元帅怎想，脑背后不堤防。(《尉迟恭三夺槊》第一折)

"初间"意为"起初"，"间"用在表时间的词语后，无实在意义。

[梅花酒] 可甚势杀？身子儿村沙，衣服儿嘈杂；**眼脑**儿赤瞎，我拄杖儿不刺。(《薛仁贵衣锦还乡》第四折)

"眼脑"意为"眼睛"，"脑"无实在意义。

[太平令] 生得**庞道**整，身子儿诈，戴着朵像生花，恰似普贤菩萨。(《薛仁贵衣锦还乡》第四折)

"庞道"意为"脸"，"道"无实在意义。

[滚绣球] 他出郭迎，俺旧**伴等**，待刚来我跟前显耀他帝王的权柄，和俺钓鱼人莫不两国相争。(《严子陵垂钓七里滩》第三折)

"伴等"意为"伙伴、朋友"，"等"无实在意义。
后加式动词：用于构成动词的后缀有 7 个：将、得/的、却、当、取、沙/煞、地。例如：

(外旦云) 元来神灵先**送将**孩儿来了。(《小张屠焚儿救母》第四折)

"送将"意为"送","将"无实在意义,是近代常用的后缀,《元刊》中还有"取将""走将""借将""驮将""勾将"等。

（带云）你依得我一件事,（唱）**依得**我愿随鞭镫。（《诈妮子调风月》第三折）

"依得"意为"依照、答应","得"无实在意义。

[寄生草] 显他那拔山举鼎英雄处,投至红尘**迷却**阴陵路,又早乌江不是无船渡。（《陈季卿悟道竹叶舟》第一折）

"迷却"意为"迷失","却"无实在意义,是近代常用的后缀,《元刊》中还有"饶却""变却""配却""应却"等。

[沽美酒] 唤军卒摆法场,呼左右列刀枪,快拥出辕门休**问当**。（《诸葛亮博望烧屯》第三折）

"问当"意为"问","当"无实在意义,是近代常见后缀,《元刊》中还有"觑当""记当""问当"等。

[得胜令] 与我**干取**些穷活计,休惹人闲是非。（《张千替杀妻》第四折）

"干取"意为干、做,"取"无实在意义。

[剔银灯] **查沙**着打死麒麟手,这的半合儿敢慢骂诸侯。（《汉高皇濯足气英布》第三折）

"查沙"即"查",意为"张开、分开","沙"无实在意义,也写作"杀"或"煞"。《元刊》中还有"合煞"一词。

[寄生草] **卧地**观经史,坐地对圣人。（《诈妮子调风月》第

一折）

"卧地"即卧，"地"无实在意义。

后加式副词：用于构成副词的后缀有 10 个：地/的、然、自/则/子、取、可、古、生、间、来、个。例如：

[混江龙]俺与你扫除妖气，洗荡妖氛，不能够名标簿上，**刬地**屈问厅前！（《东窗事犯》第一折）

"刬地"意义较多，此处意为表示转折关系的"却，反而"，"地"无实在意义，也写作"的"。《元刊》中此类格式词语较多，如"先的""烘的/烘地""厌的/厌地""特地（忽然）""乍地"等。

[梁州]壮怀怎消，近新来病体儿**直然**较。（《尉迟恭三夺槊》第三折）

"直然"意为"即将、就要"，"然"无实在意义。

[采茶歌]百忙里，演收拾，嗏！**早则**不席前花影坐间移。（《诸宫调风月紫云亭》第二折）

"早则"意为"幸而、幸亏"，"则"无实在意义，也写作"子"或"自"。

[柳叶儿]有一日打在你头直上，天开眼无轻放，有灾殃、**情取**个家破人亡。（《看钱奴买冤家债主》第三折）

"情取"意为"落得、取得"，"取"无实在意义。

[圣药王]卖了亲子，停了死尸，无儿无女起灵时，**能可**交驴驾了奥车儿。（《看钱奴买冤家债主》第四折）

"能可"意为"宁可","可"无实在意义。

　　[幺篇]你自小，合教，怎由他撒拗，**大古**是家富小儿骄。(《散家财天赐老生儿》第二折)

"大古"表推测意义的概括，意为"总之","古"无实在意义。

　　[油葫芦]这汉似三岁孩儿小觑我，**怎生**敢恁末?(《汉高皇濯足气英布》第一折)

"怎生"意为"怎样、如何","生"无实在意义。

　　[六幺序]改年建号**时间**旺，夺了刘家朝典，夺了汉室封疆。(《严子陵垂钓七里滩》第一折)

"时间"即"一时间","间"无实在意义。

　　[倘秀才]往常真户尉见咱当胸叉手，今日见纸判官趋前退后，**元来**这做鬼的比阳人不自由!(《关张双赴西蜀梦》第四折)

"元来"表示发现原先不知的情况,"来"无实在意义。

　　[碧玉箫]我想这等人，**真个**不孝顺。(《散家财天赐老生儿》第四折)

"真个"意为"真的、确实","个"无实在意义。
后加式代词：用于构成代词的后缀有 6 个：的/地/得/底、末/么、生、每、当、家。例如：

　　[呆骨朵]似**恁的**呵!嗏从今后越索着疼热，休想似在先时节。(《闺怨佳人拜月亭》第三折)

"恁的"意为"如此、这样",指示代词,"的"无实在意义。

（外末云）我的儿子,你**怎么**认做你丈夫?（《岳孔目借铁拐李还魂》第四折)

"怎么"意为"如何",疑问代词,"么"无实在意义。

[黄锺尾]臣道君昏,**怎生**不奏?（《晋文公火烧介子推》第二折)

"怎生"意为"怎样、如何",疑问代词,"生"无实在意义。

[鹊踏枝]**他每**待定机谋,见赢输。（《薛仁贵衣锦还乡》第一折)

"他每"即"他们",第三人称代词,"每"表示复数,无实在意义。

[上小楼]我交他替了御榻,逃了**吾当**,救了皇族。（《楚昭王疏者下船》第三折)

"吾当"即"吾",第一人称代词,"当"无实在意义。

[道和]看者看者咱征斗,都交死在咱**家手**。（《汉高皇濯足气英布》第三折)

"咱家"即"咱",第一人称代词,"家"无实在意义。

后加式形容词:用于构成形容词的后缀有4个:缺、祸（即"乎"）、可、得。例如:

[倘秀才]那一个爷娘不间谍,不似俺、忒啴嗉,**劣缺**。（《闺怨佳人拜月亭》第三折)

"劣缺"意为"乖戾、狠毒、顽劣","缺"无实在意义。

　　〔后庭花〕这风波，忒来的**歇祸**，元来都翻成他的佐科。(《汉高皇濯足气英布》第一折)

"歇祸"意为"严重、厉害","祸"无实在意义，也写作"乎"。

　　〔仙吕点绛唇〕楚将极多，汉军微末，特**轻可**。(《汉高皇濯足气英布》第一折)

"轻可"意为"轻易、寻常","可"无实在意义。

　　〔二煞〕咭！则是你**了得**！(《诸宫调风月紫云亭》第二折)

"了得"意为"了不起，本领高强","得"表示动作的可能，无实在意义。
　　后加式连词：用于构成连词的后缀有 2 个：然、自。例如：

　　(正末云) 我想一代圣贤，**尚然**如此，何况韩信！(《萧何月夜追韩信》第一折)

"尚然"意为"犹然、尚且","然"无实在意义。

　　〔赚煞〕十倍儿养家心，不怕久后旁人讲，八番价攞街拽巷，七世亲娘休过当，**尚自**六亲见也惭惶。(《好酒赵元遇上皇》第一折)

"尚自"意为"犹自、尚且","自"无实在意义。
　　后加式数词：《元刊》中近代新出现的后加式数词有 1 个，用于附加的后缀是"个"。

　　〔圣葫芦〕你子是驴粪球儿外面光，卖弄星斗焕文章。没**些个**夫子温良恭俭让。(《看钱奴买冤家债主》第三折)

"些个"意为"一些","个"无实在意义。

附加式是起源比较早的重要构词法之一，早在上古时期，附加式及词缀就大量使用，经过中古时期的中兴，至近代，大量新兴词缀的产生以及承古词缀的沿用使得附加式构词法日趋成熟。通过上文的考察和分析，我们得到以下认识：

1. 《元刊》中近代新产生的附加式双字词语 241 个，占新生双字词语的 9.609%。根据程湘清①的研究统计，汉代的《论衡》、六朝的《世说新语》以及唐代的《敦煌变文集》中附加式词语在所有语法造词构成的复音词的比例分别为：2.923%、5.493% 和 8.698%。与《论衡》《世说新语》以及《敦煌变文集》相比，元刊杂剧反映出的元代时期附加式构词能力有显著提高。

2. 在《元刊》新产生的附加式新词语中，名词和动词数量最多，两者共 168 个，占双字附加式新词的 69.71%，其他副词、代词、形容词和连词、量词的数量比较少。先秦时期，附加式的词性主要分布在形容词词类上，其次是动词，至于名词和副词的数量就更少，六朝时期随着复字词语数量的增加，附加式词语的词类分布有扩大的趋势，动词和副词数量有所增加，还出现了数词和连词词类。《元刊》中附加式词语词类分布的变化更加明显，近代新生的附加式名词和动词已经超越形容词的数量，成为强势词类，另外还出现了代词和量词两种新词类。

3. 《元刊》中的新生附加式词语中名词和动词数量居多，相应地，在 39 个词缀语素（重复语素只计 1 次）中，用于构词的名词词缀和动词词缀也占元刊杂剧中词缀的绝大多数，共有 27 个：阿、大、老、小、杀/沙/煞、其、打、厮、相、将、取、作、所、子、头、儿、家、来、里、间、脑、道、等、得/的/地、却、当、取。有些词缀兼做前缀和后缀，如"沙/煞""可""取""将"。根据我们统计得到的词缀构词模式，构词能力比较强的词缀有：子（28 个）、地/的/底（28 个）、头（19 个）、将（17 个）、打（15 个）、当（10 个）、得/的（10 个）。其中，"地/的/底、将、打、得/的"是近代新产生的词缀，词缀"子"的历史久远，产生于先秦时期，直到今天仍然活跃在现代汉语中，词缀"头""当"虽然产生

---

① 程湘清：《汉语史专书复音词研究（增订本）》，商务印书馆 2008 年版，第 165、243、334 页。

在六朝时期，但在当时使用得尚不广泛，其真正广泛使用和发展成熟阶段都是在近代汉语时期，于《元刊》中也可窥见一斑。

4. 从结构上看，《元刊》中的前加式词语 52 个，后加式词语 189 个，参与构词的前缀 16 个，后缀 27 个，这与先秦时期有很大不同。先秦时期，附加式是构成复音词的重要方式，前缀和后缀都比较发达，而两汉以后附加式构词法与其他复字词构词法相比逐渐式微，前缀和后缀都相应地萎缩并消失，《论衡》中的前缀仅有 2 个，都是新产生的，后缀也只有 3 个，《世说新语》中的前缀有 5 个，后缀也只有 3 个。这种情形直到隋唐以后才有改变，唐代的中前缀 7 个，后缀 16 个，与上古和中古时期相比有很大发展。与前代相比，《元刊》中的近代新词语中后加式构词法及后缀更加发达和活跃。

（二）复合式

偏正格

偏正格由两个词根语素构成，处于偏位的语素对中心语素具有修饰、限制、说明的作用，使词义表达得更准确。《元刊》中的近代新产偏正式双字格共有 993 个（兼类词只计 1 次，下同）。笔者将从构词语素的语法性质和语法关系来分析。

1. 语法结构

从词性分布来看，《元刊》中近代新产生的偏正式双字格以名词居多，共有 717 个，其次是动词，173 个，副词 40 个，代词 29 个，形容词 18 个，数量词 15 个，连词 4 个，其中兼类词 3 个。充当偏位语素和中心语素的成分多为名词性、形容词性和动词性，另外，副词性、代词性以及表数量的语素也有一些。

（1）名词的内部结构类型

根据语素的语法性质，近代新产生双字名词的结构有以下类型：

X + 名

这类结构的中心语素是名词性语素，偏位语素 X 由具有修饰功能的名词性语素、形容词性语素、动词性语素、代词性语素或表数量的语素充当，共出现了 670 个名词。其中，[名/量 + 名/量] 型的名词数量最多，共 375 个。如：[天下乐] **今人**，被名利引，赤紧的翰林院老子每钱上紧！（《死生交范张鸡黍》第一折）[中吕粉蝶儿] 煮爝了些祭奠**茶食**，有些个菜馒头，瓢漏粉，鸡豚狗彘。（《薛仁贵衣锦还乡》第二折）（正末云：）贫道想您求贤的，没一个用到头的。那一个是有**下梢**的？（《诸葛亮博望烧屯》第一折）［形＋名］型的名词共 169 个。如：［感皇恩］则听得絮叨叨，不住的，骂**寒儒**。（《好酒赵元遇上皇》第二折）城隍奉吾神令，教那**急脚**李能，半夜后，将王员外儿神珠玉颗抱去。（《小张屠焚儿救母》第二折）［川拨棹］休得行唐，火速疾忙，见咱个旧日次恩官使长，与咱多多的准备**重赏**。（《诸宫调风月紫云亭》第四折）［动＋名］型的名词共 92 个。如：［梁州］只愿的依本分伤家没**变症**，慢慢的传授阴阳。（《闺怨佳人拜月亭》第二折）［商调集贤宾］听得咚咚的升衙鼓，喏喏的叫**撺箱**。（《张鼎智勘魔合罗》第三折）［数＋名/量］型的名词共 32 个。如：［醉扶归］您端的是姑舅也那叔伯也那**两姨**，偏怎生养下这个贼兄弟？（《闺怨佳人拜月亭》第一折）［步步娇］干误了我晚夕参圣一炉香，**半夜**里观乾象。（《泰华山陈抟高卧》第四折）（正末引卜儿上，开）俺**两口**儿到坟头也。（《散家财天赐老生儿》第三折）［代＋名］型的名词共 2 个：（带云）你休**别处**招魂。（《好酒赵元遇上皇》第一折）（带云）壮士一怒，**别话**休提。（《关大王独赴单刀会》第四折）。

X＋动

这类结构中的中心语素是动词性的，偏位语素 X 由具有修饰作用的名词性或形容词性语素充当，共出现了 6 个名词。其中，［名＋动］型的名词 2 个，如：［乌夜啼］若不去脊梁上彫，敢向**鼻凹**里落。（《尉迟恭三夺槊》第二折）［形＋动］型的名词共 4 个：［哪吒令］今日是酒刘洪**贵降**。（《好酒赵元遇上皇》第一折）［仙吕点绛唇］今日非专，因**贱降**来宅院。（《马丹阳三度任风子》第一折）（祇候云了）。（《张鼎智勘魔合罗》第四折）"贵降"尊称他人的生日，"贱降"称自己的生日。

X＋形

这类结构中的中心语素是形容词性的，偏位语素 X 由具有修饰作用的名词性、形容词性或副词性语素充当，共出现了 4 个名词。其中，［形＋形］型的名词 2 个：［耍孩儿］各分路逃生，两下里祷告**青虚**。（《楚昭王疏者下船》第三折）［呆古朵］**往常**我好赇贪财，今日却除根剪草。（《散家财天赐老生儿》第二折）［名＋形］型的名词 1 个：［步步娇］俺这新**状元**，早难道花压得乌纱帽檐偏。（《闺怨佳人拜月亭》第四折）［副＋形］这类结构类型的名词 1 个：（正末见驾了，云）陛下，不干臣事，是陛下马的**不是**。（《李太白贬夜郎》第二折）

另外，由表数目的语素充当中心语素的名词，只出现了［数＋数］型一种类结构，有6个名词：［七弟兄］他到**一七二七**哭啼啼，**三七四七**在坟前立，**五七六七**脚儿稀，尽七少似头七泪。（《岳孔目借铁拐李还魂》第三折）旧俗人死后每七日一祭，俗称"七"，按次排列分别为一七、二七直到七七，一七也称头七。

（2）动词的内部结构类型

X＋动

这类结构中的中心语素是动词性语素，偏位语素 X 由具有限制说明作用的副词性、动词性、形容词性、名词性或代词性语素充当，共出现165 个动词。其中，［副＋动］型的动词数量最多，共 51 个。如：［后庭花］他絮叨叨活咒愿都是谎，我孤庄庄旁人谁**尽让**？（《看钱奴买冤家债主》第三折）"尽让"，推让，让别人占先。"尽"，尽可能、尽量。刘淇《助字辨略》卷三："按《曲礼》'虚坐盡后，食坐盡前'，此'盡'字当读即忍切，今作'儘'也。儘前、儘后者，言极至于前，极至于后，不容余地，今俗云'儘让'是也。"［煞尾］将杀身秦桧贼臣不须论，想他诳上欺君，**苦虐**黎民。（《东窗事犯》第四折）"苦虐"，残害或过度地役使，"苦"，犹甚、很，表示程度。［动＋动］型的动词共 45 个。如：［斗鹌鹑］论着雄心力，劣牙爪，今日也**合消**、合消封妻荫子，禄重官高。（《尉迟恭三夺槊》第二折）"合消"，合该享受。［河西后庭花］我若不关心，不将伊**盘问**，有恩的合报恩。（《赵氏孤儿》第一折）"盘问"，详细查问，反复询问。［形＋动］型的动词共 43 个。如：［调笑令］这厮短命，没前程，做得个"轻人还自轻"，**横死**口里栽排定。（《诈妮子调风月》第三折）"横死"，因自杀、被害或意外事故而死亡，"横"，意外、突然。［青哥儿］怕后人不解，垒座坟台，镌面碑牌，将前事**该载**，后事安排。（《散家财天赐老生儿》第一折）"该载"，详细地记载，该，备也，充足。［名＋动］型的名词共 11 个。如：［仙吕点绛唇］**策立**怀王，遣差刘、项，驱兵将。（《霍光鬼谏》第一折）"策立"，以发布诏策文书的形式确立皇位或其他身份。［代＋动］这类结构类型的名词共 9 个。如：如今老夫六十岁也，空有万贯家财，**争奈**别无子嗣。（《散家财天赐老生儿》楔子）"争奈"即怎奈。

另外，由名词性语素充当中心语素的动词，只出现了［动＋名］一种类型，有 3 个动词，如：［哨遍］先惊觉与军师诸葛，后入宫庭，**托梦**

与哥哥。(《关张双赴西蜀梦》第三折)[拙鲁速]怕主公难意,大臣猜忌,**愿情**的把家私封记,老妻留系,伯禽监系,俺一家儿当纳质。(《辅成王周公摄政》第三折)由形容词性语素充当中心语素的动词,只出现[动+形]一种结构类型,有3个动词,如:[秃厮儿]臣做了个**充饥**画饼风内烛。这冤仇,这冤仇,怎肯干休!(《东窗事犯》第三折)

(3)副词的内部结构类型

X+动

这类结构中的中心语素是动词性语素,其中,[副+动]类型18个副词。如:今闻圣帝呼召,不知有甚事,**只索**走一遭去。(《看钱奴买冤家债主》第一折)(做害羞科,云)**早是**没外人,阿的是甚么言语那?(《闺怨佳人拜月亭》第三折)"早是",幸亏,幸好。[数+动]类型的副词1个:[水仙子]不剌,可是谁央及你个蒋状元,**一投**得官也接了丝鞭!(《闺怨佳人拜月亭》第四折)[鹊踏枝]**一投**定了华夷,**一投**罢了相持,那里想国难之时,用人之际。(《诸葛亮博望烧屯》第一折)"一投"做副词有两个用法,一是单独出现,作"一等到,一旦"义,二是两个"一投"连用,表示一个动作跟另一个动作同时进行,犹"一边……一边……"

X+名

这类结构中的中心语素是名词性语素,偏位语素X可以是副词性、形容词性、动词性、代词性、介词性或表数目的语素,共出现了8个副词。其中,[副+名]型的副词1个:[双调新水令]是清风**连夜**饮,几曾渔火对愁眠。(《李太白贬夜郎》第四折)[形+名]型的名词共3个。如:[乌夜啼]幸然恁法正天心顺,索甚我**横枝**儿治国安民?"横枝",无端,无缘无故,"横"即旁斜的。[代+名]型的副词1个:[仙吕点绛唇]我**每日**撒嵌为生,俺娘向诸宫调里寻争竞。(《诸宫调风月紫云亭》第一折)[数+名]型的副词2个:[醉春风]我想世上这一点情缘,**百般**缠缴,有几人识破。(《诸宫调风月紫云亭》第三折)[介+名]型的副词1个:[赚煞]你把那并枕睡的日头儿再定论,休交我**逐宵**价握雨携云。(《诈妮子调风月》第一折)

X+形

这类结构中的中心语素是形容词性语素,[副+形]型结构的副词共4个:连忙、恰好、至少、倒大。如:[二煞]千里途程,**至少**呵来回三月。

（《死生交范张鸡黍》第二折）［动＋形］型副词1个：［三煞］虽然我愚鲁，**看小**里看文书。（《马丹阳三度任风子》第二折）"看小"即从小。

X＋副

由副词性语素充当中心语素的副词出现了［副＋副］和［代＋副］两种类型，共有3个副词：可不、好不、几曾。如：［幺篇］你道我秋夏间犹难过，冬月天怎地熬？**可不**春来依旧生芳草！（《萧何月夜追韩信》第一折）［尧民歌］**几曾**见卑田院土地拜锺道，判官当厅问牙推？（《好酒赵元遇上皇》第二折）

另外，由代词性语素充当中心语素的副词只出现了［副＋代］一种类型，有2个副词：（正旦云）**直恁**值钱！（《诈妮子调风月》第二折）"直恁"，犹言竟然如此。（正末担砌末上，云）早起天晴，如今**陡恁**的好雨。（《张鼎智勘魔合罗》第一折）"陡恁"，忽然如此。由数词和量词性语素充当中心语素的［形＋数］、［形＋量］型副词各1个：［忆王孙］我转思虑，这病少半儿因风**多半**是雨。（《张鼎智勘魔合罗》第一折）"多半"表推测语气。［混江龙］我则待**独分**儿兴隆起楚社稷，怎肯交劈半儿停分做汉山河？（《汉高皇濯足气英布》第一折）"独分"表方式，独自、单独。

（4）代词的内部结构类型

《元刊》中新出现的29个代词都采用了［代＋名］这种结构类型。如：［牧羊关］您孩儿无挨靠，没倚仗，深得他**本人**将傍。（《闺怨佳人拜月亭》第二折）"本"在元曲中常用做指示代词"这""那"，此处"本人"指所提到的人自身。

（5）形容词的内部结构类型

X＋名

这类结构中的中心语素是名词性语素，偏位语素X由形容词性、数词性、名词性或代词性语素充当，共有8个形容词。其中［形＋名］型的形容词4个：正眼、大胆、小胆、狠心。如：［梅花酒］微臣最**小胆**，则待逐日醺酣。（《好酒赵元遇上皇》第四折）［醉扶归］哎，汉高呵你怎敢**正眼**儿把韩侯望。（《尉迟恭三夺槊》第一折）［数＋名］型的形容词2个：千般、一般。如：［幺篇］嗨！好似呵！便是一个印合脱将下来，**一般**言语，一般容颜，一般身材！（《相国寺公孙汗衫记》第三折）［名＋名］型的形容词1个：［煞尾］**火速**的驱军校戈矛，驻马向长江雪浪流。(《关张双赴西蜀梦》第四折)［动＋名］型的形容词 1 个：［隔尾］我与你，凝望眼菰蒲边**耐心**儿候。(《陈季卿悟道竹叶舟》第三折)

X＋形

这类结构中的中心语素是形容词性语素，偏位语素 X 由副词性、名词性、数词性或代词性语素充当，共有 7 个形容词。其中，［副＋形］型的形容词共 4 个：多大、不稳、不谐、通红。如：今日到家，**多大**来喜悦。(《霍光鬼谏》第二折)［名＋形］型的形容词 1 个：天大。［满庭芳］他那里两手忙加额，我担着**天来大**利害，元来是天地巧安排。(《小张屠焚儿救母》第三折)［数＋形］型的形容词 1 个：［采茶歌］**百忙里**，演收拾。(《诸宫调风月紫云亭》第二折)［代＋形］型的形容词 1 个：(正末云)陛下，这两个逆子，封**许大**官职!(《霍光鬼谏》第一折)

另外，［形＋动］型的形容词出现 1 个：［圣药王］想这一场，胡主仗，你家**热闹**我凄凉。(《散家财天赐老生儿》第三折)［形＋代］型的形容词出现 1 个：［幺篇］你若打死他，路上呵，你**独自**难过，却交谁牵你那虎皮驮驼?(《诸宫调风月紫云亭》第三折)［数＋数］型的形容词 1 个：［赚尾］郎君每我行有十遍雨云期，除是害**九伯**风魔病。(《诸宫调风月紫云亭》第一折)"九伯"的正确词形为"九百"，因不足一千，宋元明时用于讥人痴呆或神气不足。

(6) 数量词的内部结构类型

X＋名/量

这类结构中的中心语素是名词性语素，偏位语素 X 由数词性或形容词性语素充当，共有 13 个数词。其中，［数＋名/量］型的数词共 12 个。如：［滚绣球］你着我就席上央他几瓯，那汉劣性子输了**半筹**!(《关大王独赴单刀会》第二折)"半筹"即半个筹码，表示数量很少。［形＋量］型的数词 1 个：［紫花儿序］兀那积善之家，天网恢恢不道漏了**纤掐**。(《相国寺公孙汗衫记》第二折)"掐"表示拇指和另一指头相对握着的数量，"纤掐"表示数量很少。

X＋数

这类结构中的中心语素是数词性语素，偏位语素 X 由数词性或形容词性语素充当，共有 2 个数词。其中，［数＋数］型的数词 1 个：(正末云)媳妇儿，你将取**一半**，我收着一半。(《相国寺公孙汗衫记》第二折)［形＋数］型的数词 1 个：［江儿水］到晚来枕的是**多半**个砖，每日向长

街上转。(《相国寺公孙汗衫记》第四折)

另外，[代＋形]型的数词1个：[倘秀才]当日哥哥不曾见半点儿文墨，与我**许多**资本。(《张千替杀妻》第二折)

(7) 连词的内部结构类型

偏正结构的连词共4个，内部结构比较分散，其中[副＋动]型1个：(云)又想起楚汉纷争，图王霸业，**不想**有今日。(《关大王独赴单刀会》第三折)[副＋介]型1个：[混江龙]**则为**五教不明生仇恨，致令得四时失序降民灾。(《晋文公火烧介子推》第一折)[代＋动]型1个：[幺篇]这一场了身不正，**怎当**那厮大四至铺排，小夫人名称？(《诈妮子调风月》第三折)[连＋动]型1个：[三煞]**或是**道家庵观藏，或是僧家寺院里居。(《楚昭王疏者下船》第三折)"或是"连用，表选择关系。

偏正式中的两个语素在结构中的地位并不相同，有修饰作用的语素称为偏语素，被修饰的语素称为正语素，偏正式的常规语素顺序为前偏后正，绝大多数词语采用这种修饰语素在前中心语素在后的结构，但也有少数词语被修饰的中心语素在前，起修饰作用的偏位语素在后，称为"逆序词语"。如"板阅"，指门板，"阅"是内门或小门，泛指门。在这个结构中，处于后位的"阅"是起限制说明作用的偏位语素，表领有，而"板"是"阅"上的附属物，是被限制说明的中心语素。又如"充饥"，因饥饿而进补食物。在这个结构中，"饥"虽然处于后位，但实际上是表原因的偏位语素，修饰说明中心语素"充"。在本书考察的《元刊》中，像这样"中＋偏"形式的词语共40个，分布在以下结构中：

名＋X

这类结构的词语共31个，都是名词。处于前位的中心语素由名词性语素充当，偏位语素由名词性、形容词性、动词性和数词性语素充当。其中，[名＋名/量]型词语数量最多，共21个，一部分偏位语素由名词充当，如：钱纸、分福、板阅、日午、意马、愿心、宅院、程途、眷姻、时霎，这些词语多数有正序结构的词形同时存在，如"钱纸"也说"纸钱"，"眷姻"也说"姻眷"。还有一部分处于后位的偏位语素由表示单位的词语充当，如：案卷、笔划、铺席、文册、土块、物件、缎匹、脚步，这类词语不存在与之相应的正序词形。[名＋形]型词语6个：仙女、乡故、风信、潮信、夜深、腿脡。[名＋动]型词语3个：香印、罪犯、恩临。[名＋数]型词语1个：秋千。

动 + X

这类结构的词语 9 个，包括 8 个动词和 1 个副词。处于前位的中心语素由动词性语素充当，偏位语素由名词性、形容词性和动词性语素充当。〔动 + 形〕型词语 5 个：充饥、指迷、搔痒、救苦、看小，〔动 + 名〕型词语 2 个：托梦、愿情，〔动 + 动〕型词语 2 个：谢承、乞俭。

2. 语义结构

根据前文的统计，处于正位的语素主要表示三种语义类型：一是表人和事物的，二是表动作行为的，三是表性质和状态的，偏语素则主要从以下几个方面对正语素进行修饰和限制：

中心语素是表人和事物的，偏位语素依据不同情况可分类为：

（1）表身份、职业

《元刊》中有各形各色的人物，相应地，也就存在着大量表达说明这些人物身份、职业的名词。充当中心语素的有：人、叟、官、翁、公、客、吏、郎、姬、军、婆、童、友、夫、父、士、长、哥、娘、身、马、户、王、君、子、儿。充当正位语素的都是一些意义相对概括的单字语素。根据程湘清等学者的研究统计，"人、士、夫、王、父、士、叟、王、君、工、官、吏、郎、客、友、儿、子"等作为偏正结构的中心语素，早在先秦到六朝时期已经出现。在近代，这些语素很大一部分被保留下来参与构词，语素"人"由于意义最为概括，因此其构词能力从先秦到近代一直保持最活跃的状态。偏正结构的中心语素在每个时期均有新质增加进来，《元刊》所反映出的近代新增加中心语素有"哥、婆、娘"。如：

> （云）当日婆婆上席去来，我暗使人唤的个**稳婆**与小梅准脉来。（《散家财天赐老生儿》第一折）
> （正旦云）只愿的南京有俺**亲娘**，我宁可独自孤孀。（《闺怨佳人拜月亭》第二折）
> （正末云）婆婆，心去意难留，交他去！媳妇儿，**大哥**有着身穿的汗衫儿脱将来。（《相国寺公孙汗衫记》第二折）

"稳婆"是以接生为业的妇女，"亲娘"指生身母，"大哥"指排行最大的儿子。语素"婆"是"职业妇女"义，"娘"是"母亲"义，

"哥"是"同辈中年长的男性"义。这些偏正结构中的中心语素产生时代较晚,在近代具有很强的构词能力,体现了近代词语的特色。例如,《汉语大词典》中上述［～哥］结构的双字词语 13 个,全部产生在近代汉语时期,说明"哥"是当时常用的构词语素。在今天的现代汉语中,语素"哥"仍具有一定的构词能力,如:的哥、一哥、空哥。

（2）表性状、质地

这类词语的偏位语素从性质、状貌、材料、成分等方面对中心语素表达的人或事物进行修饰和说明。如:

［喜迁莺］奈无人家野外荒郊!想着,则怕**歹人**来到。(《张鼎智勘魔合罗》第二折)

［五煞］你这般沙糖般**甜话**儿多曾吃!(《诈妮子调风月》第二折)

"歹人"指坏人,"甜话"是奉承好听的话。"歹"和"甜"说明人和事物的性质。类似的词语还有:好汉、贼汉、贱地、粗粱、故衣、琼崖、好意、乖龙、风信。

［赚煞］下我在十恶**死囚**牢,再不坐九顶莲花帐。(《东窗事犯》第一折)

［滚绣球］那吓蛮船似酒面上**浮蛆**。(《李太白贬夜郎》第二折)

"死囚"是已判处死刑但尚未执行的囚犯,"浮蛆"是浮在酒面上的泡沫或膏状物。"死"和"浮"说明人和事物的状态,类似的词语还有:胡脸、星眸、红颜、环眼、残躯、烟浪、阴鬼、划马。

［滚绣球］你须索迎着门儿接**纸钱**!(《岳孔目借铁拐李还魂》第二折)

［贺新郎］唬的两班文武常惊恐,向班部里都妆懵懂,紧潜身秉笏当胸,似**鳔胶**粘住口角,似鱼刺嘎了喉咙。(《赵氏孤儿》第二折)

"纸钱"即纸制的冥钱,"鳔胶"是用鱼鳔或猪皮等熬制的胶。"纸"

和"鳔"说明物品的制作材料或包含成分。类似的词语还有：珂珮、棉袄、草鞋、茶汤、米汤、斑管、丝鞭、茅庐。

（3）表用处、功能

偏位语素说明中心语素的用处和功能。如：

> （正旦做打悲科，云）早是赶不上大队，又被**哨马**赶上，轰散俺子母两人，不知阿者那里去了！（《闺怨佳人拜月亭》第二折）
>
> （正末云）待插简哩。告长老，写个**名牌**儿咱。（《相国寺公孙汗衫记》第四折）

"哨马"即负责哨探的骑兵，马代指骑兵；"名牌"是写有人或事物名称的牌子。偏位语素"哨"和"名"说明中心语素"马"和"牌"的用处，类似的词语还有：灵堂、饿纹（能够预示死因的口角皱纹）、水瓶、印合、供床、香案、休书、面盆。

（4）表领有、类属

偏位语素一般是具体的人或事物，可以做领有关系的主体，而中心语素则是主体所具有的部位、构成部分和属性等各个方面。如：

> ［鬼三台］把体面妆沉，把**头梢**自领。（《诈妮子调风月》第三折）
>
> ［混江龙］我这**袍袖**拂开八卦图，掌中躔度一天星。（《泰华山陈抟高卧》第一折）
>
> ［幺篇］口边**奶腥**也不曾落，顶门上胎发依旧存。（《死生交范张鸡黍》第一折）

"头梢"指头发，偏位语素"头"表领有主体，中心语素"梢"表"头"的末端部位；"袍袖"是袍子的袖，"袍"表领有主体，"袖"是"袍"的一部分；"奶腥"指乳汁的气味，"奶"表领有主体，"腥"是主体的味道属性。类似的词语还有：江心、意中、眼泪、板闼、酒力、雨势、眼光等。与"领有"相对的是"类属"，在词语结构中表现为大小类的相属关系，即偏位语素在语义上是小类，隶属于中心语素表达的义类。

　　〔幺篇〕你怕薛仁贵酒肠宽似海，床底下更有五升来**荞麦**。(《薛仁贵衣锦还乡》第二折)

　　"荞"是粮食作物"麦"的一种，偏位语素从更小的范围限制了中心语素的具体意义，类似的词语还有缲衣、菁草、霎时、媳妇等。
　　(5)表时间、方位
　　偏位语素说明中心语素出现或存在的时间，多数由表时间的语素充当。如：

　　〔梅花酒〕虽然是**暮景**残，恰夜静更阑。(《萧何月夜追韩信》第二折)

　　"暮景"是傍晚时的景象。偏位语素"暮"说明中心语素"景"存在的时间，类似的词语还有：晚霞、晓日、冬凌、秋衣、昔年、往常、昨朝等。
　　偏位语素说明中心语素出现或存在的位置，大多由表方向和位置的语素充当。如

　　〔倘秀才〕想正贫困夺得豪富，今日做**上户**却无了下梢。(《散家财天赐老生儿》第二折)
　　〔蛮姑令〕我则道在那壁，元来在这里。谁想**底坐**下包藏着杀人贼。(《张鼎智勘魔合罗》第四折)

　　"上户"是富裕之家，"底坐"即底座，器物的基础部分或托底的东西。偏位语素"上""底"说明中心语素"户""座"出现或存在的位置。类似的词语还有：上面、下梢、西风、中秋、腰棚(戏场中两旁的看棚)、道店(开在路边的客店)。有的语素在意义演变的作用下兼表时间和方位，如：

　　(正末云)不到**午时**至。(《诸葛亮博望烧屯》第四折)
　　〔收尾煞〕出殡威仪迎过路口，登**午门**君王望影楼。(《霍光鬼谏》第三折)

"午"在十二地支表示的时间中表示一天的十一时至十三时，此时太阳位于天空的正中，因此"午"兼表时间和方位的"正中"。"午时"泛指中午前后，"午门"就是帝王宫城的正门。类似的词语还有：前面、前程等。

（6）表工具、原因

偏位语素是导致正位语素出现的工具或原因。如：

　　［天下乐］动不动要**手模**，是不是取招状，欺负煞受饥寒穷射粮。（《好酒赵元遇上皇》第一折）

"手模"即手印，偏位语素"手"是导致中心语素"模"出现所采用的工具。类似的词语还出现了：杖疮、把戏。又如：

　　［三煞］不将**仇恨**雪，难将**冤恨**除。（《赵氏孤儿》第四折）

偏位语素"仇"和"冤"说明中心语素"恨"产生的原因。

（7）表数量、指代

中心语素是表人、事物名称或表示计量的词，偏位语素从数量或次序上加以说明限制。如：

　　（正末引卜儿上，开）俺**两口**儿到坟头也。（《散家财天赐老生儿》第三折）

"两口"指夫妻两人，"口"是人的量词。

　　［村里迓鼓］眠子为他茶里饭里思，行里坐里念，眠里梦里想。作念着团圆了**半晌**。（《看钱奴买冤家债主》第三折）

"半晌"意为许久、好久，"晌"指一天之内的一段时间。

　　［七弟兄］他到**一七二七**哭啼啼，三七四七在坟前立，**五七六七**脚儿稀，尽七少似头七泪。（《岳孔目借铁拐李还魂》第三折）

"一七"源于中国丧殡习俗，"一七"指人去世后的第一个第七日，二七、三七等可类推。

中心语素是表人或事物名称的词，偏位语素表指代。如：

（带云）壮士一怒，**别话**休提。（《关大王独赴单刀会》第四折）

"别话"意为另外的话。

（带云）你休**别处**招魂。（《好酒赵元遇上皇》第一折）

"别处"意为另外的地方。

联合格

联合格是由两个地位相当，关系平等的词根构成，两个语素往往可以相互补充、说明。《元刊》近代新产生的双字格联合式词语有 667 个。

1. 语法结构

从词性分布来看，《元刊》中近代新产生的联合式双字词语集中表现为动词、名词和形容词，动词数量最多，共有 361 个，名词和形容词分别为 194 个和 104 个，副词 11 个，连词 2 个，量词 1 个。其中，兼类词6 个。

（1）动词的内部结构类型

根据语素的语法性质，近代新产生双字动词的结构有［动 + 动］和［名 + 名］两种类型。前者构成双字动词的两个语素都是动词性语素。例如：［牧羊关］您孩儿无挨靠，没倚仗，深得他本人**将傍**。（《闺怨佳人拜月亭》第二折）将：扶助，扶持。傍：伴随，陪伴。［倘秀才］你个**勒揩**穷民狠员外，或有典缎匹，或是当錍钗，恨不的加一价放解。（《看钱奴买冤家债主》第二折）勒：强制，压迫。揩：压制，刁难。［赚煞］尽交谗臣每**数量**，至尊把我屈央，休想楚三闾肯跳汨罗江。（《李太白贬夜郎》第一折）数：数落；数说。量：评价。［收江南］则怕那杀人贼**赢勾**了我脚头妻，脚头妻害怕便依随。（《岳孔目借铁拐李还魂》第三折）赢：引诱，欺骗。勾：勾引，引诱。［快活三］**沾粘**着不摘离，斯胡突不伶俐。（《李太白贬夜郎》第三折）沾粘：联结在一起；不可分离。沾：稍微接触或挨上。粘：接触。由两个动词性语素构成的近代新生动词 360 个，由

其他词性的语素构成的动词只有 1 个［名 + 名］型的词语：［尾］也是青
天会对当，故教这尉迟恭磨障，**磨障**这弒君杀父的劣心肠。（《尉迟恭三
夺槊》第一折）"魔障"，也作"磨障"。"魔"是梵语 Māra（么罗）音
译的省略，意思是破坏者、致死者，佛经中指破坏、阻碍人修学佛道的各
种因素。汉语里本无此字，译经之初曾借用"磨"字，由于佛经中的魔
与中国民间传说中的鬼神相似，因此南北朝梁武帝改为"魔"，从鬼。
"障"即障碍、阻碍，引申指阻碍之物，与"魔（磨）"的意义相近，对
"魔（磨）"起解释说明的作用。"魔障（磨障）"在佛教中本指修身和成
事的障碍，引申为（受）阻碍和折磨。

（2）名词的内部结构类型

构成双字格名词的两个语素都是名词性的，即［名 + 名］型，这样
的词语 187 个。例如：［幺篇］我哭呵我子为未分男女小儿胎，谁想甚不
施**朱粉**天然态。（《散家财天赐老生儿》第一折）朱粉：胭脂和铅粉，泛
指妇女用的化妆品。朱：红色之物，指胭脂之类。粉：妆饰用的粉末。
［倘秀才］这里是竞性命的沙场地面，且讲不得军臣体面，则怕犯风流见
罪愆。（《尉迟恭三夺槊》第四折）罪愆：罪过，过失。罪：犯法的行为。
愆：罪过，过失。［斗鹌鹑］等我暮景桑榆，合有些峥嵘**气象**。（《死生交
范张鸡黍》第四折）气象：景色、景象，引申为气概、气派。气：阴晴
冷暖等自然现象。象：现象，状貌。［挂玉钩］是个破败家私铁扫帚，没
些儿发旺夫家处，可更绝子嗣、妨**公婆**、克丈夫。（《诈妮子调风月》第
四折）［普天乐］谁似俺公婆每穷得煞，嗜怎生直恁地月值年灾！（《相国
寺公孙汗衫记》第三折）公婆："公"指丈夫的父亲，"婆"指丈夫的母
亲，合称丈夫的父母，有时也用于指夫妻二人。

另外，由其他词性的语素构成的名词有 7 个，都是［动 + 动］类型。
如：［天下乐］把这一套儿衣服旧改新。（带云）与十两银做**盘缠**。（《相
国寺公孙汗衫记》第一折）盘缠：费用，特指旅途费用。盘：盘绕。缠：
盘绕，扎束。［隔尾］那鞭休道十分的正着，则若轻轻地抹着，敢交你**睡
梦**里惊急列地怕到晓。（《尉迟恭三夺槊》第二折）睡：睡觉。梦：做梦。
［驻马听］他为我堕落文章，生缠得携手同行不断肠。直这般学成**说唱**，
更则便受恩深处便为乡。（《诸宫调风月紫云亭》第四折）说唱：有说有
唱的曲艺。说：叙说，讲述。唱：歌唱。

（3）形容词的内部结构类型

《元刊》中近代新产生的联合式双字形容词有 104 个，都是［形 +

形〕类型，即构成双字形容词的两个语素都是形容词性的，如：〔尾〕我这些时眼跳腮红耳轮热，眠梦交杂不**宁贴**。（《闺怨佳人拜月亭》第三折）宁贴：安定，平静。宁：安宁。贴：安稳，安定。〔后庭花〕据这厮每**村沙莽撞**，念不的书两行，开不的弓一张，便朝为田舍郎，暮登天子堂！（《霍光鬼谏》第一折）　〔得胜令〕去时节**村桑**，恨不得一跳三千丈。（《诸葛亮博望烧屯》第三折）〔滚绣球〕这埚儿比不得你祭台边唬鬼瞒神。知他是你风魔，我**沙村**。（《张千替杀妻》第二折）村沙：也说"沙村"，粗鄙，伧俗。村：粗俗。沙：也作"桑"，粗野、粗俗。〔哪吒令〕知他看《春秋》怎的发？**正闰**如何论？（《死生交范张鸡黍》第一折）正闰：正统和非正统。闰：偏、副、伪，与"正"相对。

（4）副词的内部结构类型

《元刊》中近代新产生的联合式双字副词有 11 个。其中，构成双字副词的两个语素都是副词性的词语共 10 个，即〔副＋副〕类型。如：〔金蕉叶〕你向树阴中**权且**歇波，我入三门沉吟了几合。（《小张屠焚儿救母》第二折）权且：暂且，姑且。权：姑且，暂且。且：姑且，暂且。〔挂玉钩〕我**特故**里说的别，包弹遍；不嫌些蹬弩开弓，怎说他祖臂挥拳。（《闺怨佳人拜月亭》第四折）特故：特意，故意。特：特地，特意。故：特意，特地。〔驻马听〕怕您待醉蟠桃到处觅刘郎，我**委实**画蛾眉不会学张敞。（《泰华山陈抟高卧》第四折）委实：确实，实在。委：确实。实：确实，的确。

构成双字副词的两个语素都是形容词性的〔形＋形〕型词语 1 个：（云）俺两口望着东岳爷参拜，把三岁喜孙，到三月二十八日，将纸马送孩儿焦盆内做一炷香焚了，**好歹**救了母亲病好。（《小张屠焚儿救母》第一折）好歹：不管怎样；无论如何。歹：坏，与"好"相对。

（5）连词的内部结构类型

《元刊》中近代新产生的联合式双字连词有 2 个，构成词语的两个成分都是连词性语素，即〔连＋连〕型，如：〔寄生草〕**果必**有祸福愿先天无咎鬼神言，**设若**见吉祥是主人有福牙推胜。（《辅成王周公摄政》第一折）

（6）量词的内部结构类型

《元刊》中近代新产生的联合式双字量词有 1 个，是〔量＋量〕型：〔牧羊关〕眼睁睁谩打**回合**，气扑扑还添意挣。（《汉高皇濯足气英布》第二折）回合：称两武将交锋一次为一个回合。回：量词，次。合：量词，古代交战的次数。

2. 语义结构

构成联合结构的两个语素地位虽然相当，但从构成语素的意义之间的关系来看，又有相同、相反和相类三种情况。

（1）相同关系：构成联合式双字词的两个语素在某一义位上相同或相近。世界上没有绝对相同的事物，完全相同的意义（等义）并不存在，所谓"两个语素在某一义位上相同或相近"是指基本意义相同，而附属意义不同，"诸如应用范围、意义轻重、行为情态、事物表象、感情色彩、方俗习惯等方面则存在细微的差别。"① 这样的双字词在《元刊》中有 562 个。

愚鲁　［雁儿落］见兄贫寒似世人，见弟愚鲁看作奴婢。（《楚昭王疏者下船》第四折）"愚"和"鲁"在表示蠢笨的义位上同义，"愚"从心，强调心智的无所知，"鲁"从口，重在行为上的迟钝、不敏捷，二者在性质主体上稍有不同。

咒骂　［鲍老儿］我不念经强如人咒骂你，你仔细参详八句诗中意。（《东窗事犯》第二折）"咒"是说希望人不顺利的话，"骂"是以恶言加人，斥责。比较而言，"咒"的意义轻，"骂"的意义重。又如"丑刹"，"丑"，《玉篇·酉部》："丑，貌恶"。"刹"通"差"，唐代以来用于指面貌不好，不够标准，其程度要弱于"丑"。

典卖　［小将军］火烧了宅院，典卖了庄田，俺两口儿难过遣。（《相国寺公孙汗衫记》第四折）"典"和"卖"在以物换钱的义位上同义，"典"是以抵押的方式换钱，根据约定可以赎回原物，而"卖"则是一次性的交易行为，二者在方式上有所差别。

呆痴　［朱履曲］莫不是郊外去逢着甚邪祟？又不风又不呆痴，面没罗、呆答孩、死堆灰。（《诈妮子调风月》第二折）"呆"和"痴"在表"傻"这个义位上同义，但是"呆"的词义色彩趋向贬义，多用于詈语中，如《元刊》中出现的：呆厮、呆汉、呆敲才、呆丑生，而"痴"的词义色彩相对中性。

熬煎　［幺篇］投至逼迫出贼下落，搜寻得案完备，敢熬煎我鬓斑

---

① 程湘清：《汉语史专书复音词研究（增订本）》，商务印书馆 2008 年版，第 107 页。

白，蒿恼的心肠碎。（《张鼎智勘魔合罗》第四折）作为烹饪的方法，"熬"和"煎"同义，都是用火使食物的汁干，"煎"，《方言》卷七："煎，火干也。凡有汁而干谓之煎"，"熬"，《方言》卷七："熬，火干。凡以火而干五谷之类，自山而东，齐、楚以往，谓之熬。""熬"和"煎"的意义在地域色彩上不同。

（2）相类关系：构成联合式双字词的两个语素在某一义位上虽然并不相同，但它们属于同一个语义场，具有相同的上位义素，因而具有同类性质。这样的双字词在《元刊》中有88个。如：

唇舌　"唇"和"舌"是不同的人体器官，两者没有相同或相近的义位，但它们都是谈话时使用的，因此可以统一在一个语义场中。"唇舌"作为一个词语整体，代指言辞：〔滚绣球〕直睡到冷清清宝鼎沉烟灭，明皎皎纱窗月影斜，有甚唇舌！（《闺怨佳人拜月亭》第三折）

红白　"红"和"白"是两种不同颜色的属性词，同属于具有鲜明美丽特征的色彩义场。〔鸳鸯煞〕在生时请俸禄将养的红白，饮羊羔吃的丰肥。（《岳孔目借铁拐李还魂》第四折）"红"和"白"分别形容调养甚好的面色和肤色，整体转指身体的滋润和健康。

锄刨　"锄"指松土除草，"刨"指挖掘，是两种不同的耕作，同属一个语义场。〔醉扶归〕赢了的朝野内峥嵘侍主，输了的交深山里锄刨去。（《薛仁贵衣锦还乡》第一折）"锄刨"泛指务农。

构成这类词语的两个语素往往为表达形象具体概念的语素，如：梳裹、说唱、茶饭、肚肠、根苗、虀盐、鼓板。两个语素合在一起构成词所表达意义则相对概括抽象，更具有整体性。如："梳裹"的两个语素分别为"以梳理发"和"穿着（衣物）"义，合成词语后泛指梳妆打扮。"说唱"的两个语素分别为"叙说，讲述"和"歌唱，吟咏"义，合成词语后指有说有唱的曲艺。"虀盐"的两个语素分别指"腌菜"和"盐"，合成词语后泛指素食，又引申指清贫的生活。"茶饭"分别指"茶水"和"饭食"，合成词语后泛指饮食。

（3）相反关系：构成联合式双字词的两个语素在某一义位上相反或相对。这样的双字词在《元刊》中有17个。

清浑　原指水质的清澈和浑浊，"清"本义为水纯净透明，与"浑"义相反，近代时引申为是非、好坏。《元刊》中出现2处：〔搅筝琶〕是他每亲的到头来也则是亲，怎辨清浑！（《尉迟恭三夺槊》第三折）〔太平令] 大唐家朝野里龙蛇不辨，禁闱中共猪狗同眠。河洛间图书皆现，日月下清浑不辨。(《李太白贬夜郎》第四折) 构成这类词语的往往是具有相反关系的两个单字语素，《元刊》中类似的词语还有：包弹、恩仇、低高、高低、好歹、好弱、正闰、搭合、死活、里外。

明夜　白天和晚上，"明"与"夜"意义相对。"明夜"在《元刊》中出现 7 处，如：[梁州] 则我独自一个婆娘，与他无明夜过药煎汤。(《闺怨佳人拜月亭》第二折)[离亭宴带歇指煞] 笑谈有甚尽期，欢饮分甚明夜？(《关大王独赴单刀会》第四折) 构成这类词语的两个单字语素并非相反关系，而是在构成义位的某一个义素上相对，类似的词语还有：本利、爹娘、昏昼、今古、公婆。

支配格

支配格由两个词根语素构成，一个表支配，一个表动作支配的对象。《元刊》中这类词语 284 个。

1. 语法结构

支配格的词语多数是动词，有 241 个，其次，名词 29 个，形容词 5 个，副词 6 个，代词 3 个。

（1）动词的内部结构类型

表支配的语素由动词性语素充当，被支配语素主要由名词性、动词性、形容词性语素充当，共有 237 个。其中，[动 + 名/量] 型的动词有 203 个。如：[后庭花] 俺这个狠精灵，他那生时节决定，犯着甚爱钱**巴镘**的星。(《诸宫调风月紫云亭》第一折)"巴镘"与"爱钱"同义，"巴"，巴望、博取，"镘"通"幕"，是旧时钱背面的字幕，因此借指钱财。量词性语素充当被支配地位的语素，这样的词语只出现一个"无些"，在《元刊》中出现了 5 次，如：[斗虾蟆] **无些**情肠，紧揪住不把我衣裳放。(《闺怨佳人拜月亭》第二折)"些"是表不定和微小的量词，"无些"是一点儿也没有、完全没有的意思，意义相对具有整体性，我们把它视为一个词。[动 + 形] 型的动词有 19 个。如：[小梁州] 那汉骂"绝户的穷民敢**放刁**"，只一句道的我肉战身摇。(《散家财天赐老生儿》第二折)"放刁"，要无赖，"刁"即无赖、狡诈。[动 + 动] 型的动词有 13 个，如：(云) 非是岳飞**造反**，皇天可表。(《东窗事犯》第一折)"造反"，发动叛乱。另外还有 2 个词语，处于被支配地位的成分是由模拟声音的语素充当，如：[元和令] 他叫耶耶我这里便**应昂**，都做了浮生梦一场。（《看钱奴买冤家债主》第三折）［滚绣球］有你的不**唱喏**便**唱喏**，没你的不高傲便高傲。（《散家财天赐老生儿》第二折）"昂"和"喏"都是模拟人口中发出的声音。

支配式中，通常是表支配的语素在前，被支配的语素在后，也有一部分支配式词语的结构顺序与此相反。《元刊》中这样的逆序动词有 4 个，都是［名＋动］型词语：［收尾煞］与他行钱运气衰，与他**财交**命不快。（《看钱奴买冤家债主》第二折）［倘秀才］这厮为甚么则管里厮**俄延**，不肯动转？（《尉迟恭三夺槊》第四折）［哪吒令］治百姓有功劳，扶一人无**私徇**。（《赵氏孤儿》第一折）［天下乐］你兀的不枉做男儿大丈夫，我私曲实无，你的**美除**。（《薛仁贵衣锦还乡》第一折）多数逆序词语存在相应的正序形式，如"财交"也说"交财"，"俄延"也说"延俄"，"私徇"也说"徇私"。

（2）名词的结构类型

构成支配式名词的结构中，处于支配地位的成分多表示动作，一般由动词性语素来充当，少数由介词性语素充当，处于被支配地位的词语多表示对象，因此主要由名词性语素充当。《元刊》中近代出现的支配式名词有两种结构类型：［动＋名］：这类结构中处于支配地位的成分由动词性语素充当，处于被支配地位的成分主要由名词性语素充当，共 19 个。如：［驻马听］**包髻**是缨络大真珠，额花是秋色玲珑玉。（《诈妮子调风月》第四折）包髻：用来包发髻的头巾。［哪吒令］如今国子监助教的，尚书做主人；秘书监著作的，**参政**是丈人；翰林院应奉的，左丞家舍人。（《死生交范张鸡黍》第一折）参政：官名，宋代参知政事的省称。［介＋名］：这类结构中支配地位的成分由介词性语素充当，处于被支配地位的成分主要由名词充当，共 7 个。如：［金盏儿］只他那粉壁低，水瓮小。拿他在**当街**里拷。（《岳孔目借铁拐李还魂》第一折）当街：街当中，街上。［动＋动］型词语有 2 个：［赚煞尾］（带云）施穷智力，费尽机谋，（唱）**临了**也则落的一场谈笑，倒赔了一领西川十样锦征袍。（《关大王独赴单刀会》第一折）临了：到最后，结果。临：到达；了：结束，完毕。逆序名词有 1 个：［水仙子］推挪领系眼落处，采揪住那系腰行行掐胯骨。（《诈妮子调风月》第四折）领系：衣服上系领的带子。"领"是处于被支配地位的名词性语素，"系"是表支配的动作性语素。

（3）形容词的内部结构类型

在支配式形容词的结构中，处于支配地位的成分仍然是动词性的语素,被支配地位的语素由名词性、动词性和形容词性语素充当。其中,〔动+名〕型形容词3个:〔隔尾〕我这里撩衣破步**宁心**等,瞑目攒眉侧耳听。(《汉高皇濯足气英布》第二折)宁心:安心、耐心;宁:使安宁。〔鹧鸪天〕玉软香娇意更真,花攒柳衬足**消魂**。(《诸宫调风月紫云亭》第四折)消魂:灵魂离散,形容极度的悲愁、欢乐、恐惧等。"消"通"销",消散。〔殿前软〕忒心偏,觑重裀列鼎不**值钱**,把黄虀淡饭相留恋。(《闺怨佳人拜月亭》第四折)值钱:形容价值高。〔动+形〕型形容词1个:正末不**奈烦**科。(《诈妮子调风月》第二折)奈烦:不急躁,不厌烦,奈,通"耐"。〔动+动〕型形容词1个:〔太平令〕幼子喜孙儿,火焚,在焦盆,是你那不孝的愚男**生忿**。(《小张屠焚儿救母》第四折)生忿:忤逆、不孝顺,忿:愤怒、怨恨。

(4)副词的内部结构类型

这类结构中处于支配地位的成分由动词性语素或介词性语素充当,处于被支配地位的成分由名词性语素充当。〔动+名〕型副词有4个:到底、及早、索甚、闻早。如:人我场中恁试想,**到底**难逃死限催。(《东窗事犯》第二折)到底:毕竟,终究。〔介+名〕型副词2个:〔叨叨令〕小鬼头!直到撞破我也末哥,撞破我也末哥!我一星星的都索**从头**儿说。(《闺怨佳人拜月亭》第三折)〔赚煞〕则今日**为头**儿索警觉,则他那在先事乱如牛毛。(《岳孔目借铁拐李还魂》第一折)"从头"和"为头"意义相同,都是"从最初"的意思。

(5)代词的内部结构类型

处于支配地位的成分由动词性语素或介词性语素充当,被支配的成分由代词性语素充当。其中〔介+代〕型代词2个:〔油葫芦〕**为甚**咱晋朝中宫殿难修盖?(《晋文公火烧介子推》第一折)〔幺篇〕可是怎生上带家书,**因甚**通消息?(《张鼎智勘魔合罗》第四折)〔动+代〕型代词1个:〔圣药王〕你道他性子狠,意气嗔,现如今抱黄芦肢体做灰尘,可知,可知**有甚**吃火不烧身!(《晋文公火烧介子推》第四折)

《元刊》中近代新出现的支配式词语,处于支配地位的成分主要由动词性语素充当,其次是与动词性质相当的介词性语素,没有出现名词性或形容词性的类型。

2. 语义结构

支配式的两个成分处于支配和被支配的地位,支配地位的语素表动作，被支配地位的语素表动作行为关涉的对象。根据被支配语素的意义又可分为不同类型：

（1）表客体：处于支配地位的语素表行为动作，处于被支配地位的语素表遭受处置的人或事物。如：把门、看家、评脉、息怒、悟道、说话。

（2）表内容：处于被支配地位的语素表动作关涉的人或事物。如：问卦、回席、应奉、妒色、讲命、记恨、建功、念佛。

以上两种类型是多数支配式采取的意义结构。

（3）表主体：处于被支配地位的语素表实施动作的人或事物。如：罢手、合眼、回项、还魂、磕头。

（4）表处所：处于被支配地位的语素表动作支配的场所或方位。如：望空、合后、当街、逃席、归天。

（5）表时间：处于被支配地位的语素表动作支配的时间。如：目今、起初、从小、即今。

（6）表结果：处于被支配地位的语素表动作使成的物象。如：成精、认义、出丑、做小、修善。

补充格

补充格由两个词根语素构成，一个表动作，另一个对动作进行补充和说明。《元刊》中近代新产生的补充格双字新词 102 个。

1. 语法结构

从词性上来看，《元刊》中近代新产生的补充格都是动词。由于一个语素是表动作的，因此它总是由动词性语素来充当，对其状态、结果等方面进行补充说明的成分主要由动词性、形容词性和由动词虚化形成的虚词性语素充当，少数由名词性语素以及与名词性语素相当的数词性语素充当。其中，［动＋动］型词语数量最多，共 71 个。如：［哭皇天］快**顿脱**了金枷连玉锁，早毕罢了燕侣共莺俦。（《陈季卿悟道竹叶舟》第三折）［哨遍］提起来把荆州**摔破**，争奈小兄弟也向壕中卧！（《关张双赴西蜀梦》第三折）［动＋助］型词语 11 个，表补充的语素由结构助词"得"充当，也写作"的"。如：［青哥儿］将前事该载，后事安排，**免的**疑猜，写着道六十岁无儿散家财的刘员外。（《散家财天赐老生儿》第一折）［鸳鸯煞］我两个一处身亡，须**落得**个万代名标。（《赵氏孤儿》第三折）［动＋形］型词语 13 个，如：［三煞］明日索一般供与他衣袂穿，一般过与他茶饭吃，到晚送得他被底**成双**睡。(《诈妮子调风月》第二折)[耍孩儿]直取了汉上才还国，不杀了贼臣不**讲和**!(《关张双赴西蜀梦》第三折)[动+介]型词语2个:(正末带枷上，开)自宣某**到於**阙下，不引见官里，有秦桧将某送下大理寺问罪。(《东窗事犯》第一折)[动+名]型词语4个，如:[倘秀才]这的是未来事微臣早参透，几句话，记在心头，**休交落后**。(《霍光鬼谏》第三折)由数词性语素充当补充性语素即[动+数]型的词语1个:[混江龙]我则待独分儿兴隆起楚社稷，怎肯交**劈半**儿停分做汉山河?(《汉高皇濯足气英布》第一折)

2. 语义构成

构成补充格的一个语素是表动作行为的，而另一处于补充位的语素则从不同方面对动作的结果进行说明，具体有以下意义类型:

(1)表离散、破损义。补充性语素说明通过动作行为使得原来已有的失去，完整的破坏，语素多是消极意义的。《元刊》中出现了:破、脱、毁、倒、覆、与、掉、落、离、散、开、杀、破、坏(死)、断、透、半儿。如:

(正末云)我死在阴府间去，那师父教人望乡台上看我尸首，浑家把来**烧毁**了三日。(《岳孔目借铁拐李还魂》第三折)

[快活三]沾粘着不**摘离**，厮胡突不伶俐。(《李太白贬夜郎》第三折)

[哭皇天]快**顿脱**了金枷连玉锁，早毕罢了燕侣共莺俦。(《陈季卿悟道竹叶舟》第三折)

[斗鹌鹑]恰才个倚翠偎红，**揣与**个论黄数黑。(《李太白贬夜郎》第三折)

(2)表实现、获得义。补充性语素说明动作行为实施完成、成功，或者说明通过动作行为将会实现获得的结果，语素多是积极意义的。《元刊》中出现了:定、绝、成、做、却、见、得。如:

[混江龙]普天下汉子尽做都先有意，牢**把定**自己休不成人。(《诈妮子调风月》第一折)

[圣药王]臣海外**收复**了四百州，将凌烟阁翻做报官囚。(《东窗

事犯》第三折)

（云）我不**认得**恁刘沛公，放二四，拖狗皮，世不回席。(《汉高皇濯足气英布》第三折)

（3）表心理感知义。这类意义结构中的动作性语素具有"感觉"义，用于补充说明的语素多是表心理活动的：怕、疼、羞、恼、昏、忙（慌）。如：

[小梁州]有一日**激恼**的天公降祸灾，不似你这不义之财。(《看钱奴买冤家债主》第二折)

俺岳孔目昨日得了一口惊气，一卧不起，**发昏**。(《岳孔目借铁拐李还魂》第二折)

[得胜令]去时节村桑，恨不得一跳三千丈，今日你**着忙**，将军，可不男儿当自强。(《诸葛亮博望烧屯》第三折)

（4）表趋向义。补充性的语素表动作进行的方向，多数由趋向性语素充当，《元刊》中出现了"过、出、上、下、来、去"以及"至、於（于）"8个表趋向的语素。如：

[滚绣球]你如今**出下**业冤，到明日陪着死钱，这衣服你与我但留取几件。(《岳孔目借铁拐李还魂》第二折)

（正末带枷上，开）自宣某**到於**阙下，不引见官里，有秦桧将某送下大理寺问罪。(《东窗事犯》第一折)

（5）其他（普通性状）。补充性的语素表动作引发的性质和状态，通常是由表性状的形容词性语素充当：长、空、和、污、美、双、多、早、细、白。如：

[剔银灯]这的真术艺，休道是**脱空**，您却睁着眼并不敢转动。(《诸葛亮博望烧屯》第四折)

[收江南]当日个你分开这沙上宿鸳鸯，怎生般对当，却交俺芰荷香里再**成双**。(《诸宫调风月紫云亭》第四折)

陈述格

构成陈述格的两个词根语素，其中一个表陈述、说明，另一个是表陈述和说明的对象，通常对象在前，陈述和说明的部分在后。《元刊》中近代新产生的陈述格双字新词有 29 个。

1. 语法结构

主要是动词和形容词，前者 14 个，后者 11 个，另外还有名词 3 个，副词 1 个。构成陈述格的两个语素，表被陈述说明的对象都是人和事物，因此都由名词性语素充当，表陈述和说明的多是动词性或形容词性语素。

（1）动词的内部结构类型

根据语素的语法性质，陈述格的双字动词的结构有以下两种类型：[名＋动]型的动词 9 个。如：[仙吕点绛唇]半世为人，不曾交大人**心困**。（《诈妮子调风月》第一折）心困：心里不痛快，烦恼。[名＋形]型的动词 5 个。如：[后庭花]他见有钞的都**心顺**，子俺这无钱的不气长。（《看钱奴买冤家债主》第三折）心顺：心里顺当，高兴。

（2）形容词的内部结构类型

陈述格的双字形容词结构比较简单，《元刊》中只出现了[名＋形]一种类型的词语，共 11 个词语。如：[油葫芦]今日祝册修成将坛墠登，**心志诚**，愿三天上享降威灵。（《辅成王周公摄政》第一折）志诚：诚实，用情专一。[倘秀才]典与一个有儿女官员是孩儿**命乖**，卖与个无子嗣的人家是孩儿大采，撞见个有道理耶娘是他修福来。（《看钱奴买冤家债主》第二折）命乖：命运不好，不如意。

（3）名词的内部结构类型

陈述格的双字名词有两种结构类型，其中，[名＋动]型的名词 2 个。如：近杀多做好事，感谢天地，不想这使唤的小梅，有八个月**身孕**。（《散家财天赐老生儿》楔子）[中吕粉蝶儿]我将这吹火筒恰离了**香积**，我泄天机故临凡世。（《东窗事犯》第二折）[名＋形]型的名词 1 个：[混江龙]却正是**农忙**耕种，百忙里官急科差。（《晋文公火烧介子推》第一折）

（4）副词的内部结构类型

在《元刊》的陈述格中还出现了 1 个[名＋动]型副词：[拙鲁速]此一行**眼见**的老微臣三不归，怎施呈大将军八面威？（《辅成王周公摄政》第三折）眼见：显然，马上。

重叠格

由形、义都完全相同的两个字构成的词语是重叠式合成词。《元刊》中近代新产生的重叠式共 38 个。

（1）名词的内部结构类型

《元刊》中近代新产生的重叠式名词有 18 个，都是由名词性语素重叠而成。重叠后的词义多数与重叠前语素意义相同，如：姐姐、伯伯、爹爹、爷爷、妹妹、奶奶、嫂嫂、哥哥、叔叔、公公、嬷嬷、娃娃、姑姑、娘娘。而"姨姨、妈妈、婆婆、众众"四个词语的意义却发生了一定的变化。例如：〔迎仙客〕姨姨，我为甚罢了雨云，却也是避些风波。（《诸宫调风月紫云亭》第三折）〔醉中天〕把个苏妈妈，便是上古贤人般敬。（《诸宫调风月紫云亭》第一折）（正末扮员外引卜儿、外末、外旦上，开）老夫南京人氏，姓张名文秀，婆婆赵氏，孩儿张孝友，媳妇李氏，在这马行街居住。（《相国寺公孙汗衫记》第一折）〔赚煞〕俺死呵落得个盖世界居民众众讲，（带云：）岳飞子父每不合舍性命，（唱）生并的南伏北降，出气力西除东荡。（《东窗事犯》第一折）

"姨"的本义是妻的姊妹，《说文》："姨，妻之女弟同出为姨。"引申为称呼母亲的姊妹或庶母，重叠后仍有此义，《元刊》中也有这种用法：〔得胜令〕最软的是房下子、脚头妻，最敬的是大舅舅、小姨姨。（《楚昭王疏者下船》第四折）此处"姨姨"重叠后做构词语素，意为"妻子的姊妹"，而上文例子中的"姨姨"用作妓女间的互称。与此相类的还有语素"妈"，本义为母亲，《玉篇·女部》："妈，母也。"引申为长一辈或年纪较大的已婚女性。《元刊》中出现的重叠式"妈妈"有特定的意义，特指妓院的老鸨。"婆"原义为年老的妇人，《广韵·戈韵》："婆，老母称也。"引申为母亲、丈夫的母亲或祖母。上文例子中的"婆婆"指妻子。"众"本义为"多"，《广韵·送韵》："众，多也，三人为众。"因此引申为许多人，上例中出现的重叠形式"众众"是"人人"的意思，强调"每一"的意思。

（2）形容词内部结构类型

《元刊》中近代新产生的重叠式形容词有 12 个，其中由形容词性语素重叠构成的词语 11 个，动词性语素重叠构成的 1 个，无论何种性质的语素重叠构成形容词后都表示某种状貌。例如：〔赚煞〕我交的茸茸蓑衣浑染的赤，变做了通红狮子毛衣。（《关张双赴西蜀梦》第一折）〔红芍药〕直等到风清过二鼓，都不到二十个败残军卒，杀得东歪西倒中金锤，刚刚的强整立的身躯。（《诸葛亮博望烧屯》第二折）〔驻马听〕回首青山，拍拍离愁满战鞍。（《萧何月夜追韩信》第二折）"茸"，草初生纤细柔软的样子，重叠后形容柔细浓密貌。"刚"，《说文·刀部》："刚，强也"，引申为"勉强"，重叠后表缓慢的状态。"拍"，《释名·释姿容》："拍，搏也，以手搏其上也。"引申为"轻击"，主体除了手，还可以是水，如宋代苏轼《念奴娇·赤壁怀古》："乱石穿空，惊涛拍岸，卷起千堆雪。"进而引申为"满，充满"。上例中，重叠式"拍拍"正是形容满的样子。

（3）副词内部结构类型

《元刊》中近代新产生的重叠式副词有4个，其中由副词性语素重叠构成的词语2个，由形容词性语素构成的词语1个，由动词性语素构成的词语1个。例如：〔滚绣球〕陛下！交军衣袄旋旋关，军粮食日日有。（《霍光鬼谏》第三折）〔石榴花〕当时不信大贤妻，他曾苦苦地劝你，你岂不自知？（《东窗事犯》第二折）〔金盏儿〕单雄信先地赶上，手捻着绿沉枪，枪尖儿看看地着脊背，着脊背透过胸堂。（《尉迟恭三夺槊》第一折）"旋"，表示频率，相当于频、屡，重叠式用作表频率的副词。与"旋旋"同义的还有"频频"，也是《元刊》中近代新产生的表频率副词。"苦"，义为"恳切"，重叠后表情态副词"极力，竭力"。"看"，动词性语素，重叠后表时间副词，有"马上、眼看"的意思。

（4）数词内部结构类型

《元刊》中近代新产生的重叠式数词有2个，由表数目的语素重叠而成的词语1个，由表单位的语素重叠而成的1个。例如：〔二煞〕则就那里先肝肠眉黛千千结，烟水云山万万叠。（《闺怨佳人拜月亭》第三折）〔乌夜啼〕把平生心事叮咛说，不必喋喋，少住些些。（《死生交范张鸡黍》第二折）"千"，表数目的语素，重叠后表数量多。"些"，表单位的语素，重叠后表数目少，一点儿。

（5）量词内部结构类型

《元刊》中近代新产生的重叠式量词有2个，都是由表单位的语素重叠而成。例如：〔隔尾〕更不廉不公，不孝不忠。如今普天下居民个个哝。（《赵氏孤儿》第一折）〔三煞〕泪不住行行落，哀哀父母，生我劬劳。（《张千替杀妻》第三折）"个"和"行"都是表单位的语素，重叠后表"每一"的意思，"个个"即"每一个"，"行行"即"一行一行"。

以上讨论的附加、偏正、联合、支配、补充、陈述和重叠是常见的结构顺序，从词语的实际情况来看，有些词语的结构顺序与通常的情况不同，不能用以上结构顺序来解释，周荐（2004）很早就注意到这种特殊的词语结构情况，并将这些特殊的词语结构归纳为三种类型：递续式、意合式和逆序式。

递续格

递续指的是构成词语的两个语素在结构中地位相当，表示的动作递接连续发生。构成递续的语素都是动词性的，根据动作实施主体的不同又有以下四种类型：

（1）〔甲〕先 V1 后 V2 型：这类结构中的两个动词性语素的主体相同，两个动作都是由同一主体按时间的先后顺序发出。《元刊》中出现了5 个：

〔鬼三台〕儿亲家无行止，女亲家无瑕玼。当初不合把小家儿**嫁事**。(《看钱奴买冤家债主》第四折)

"嫁事"意为女子出嫁后侍奉夫家。词语的意义结构是〔甲〕先嫁后事。

〔幺篇〕多敢是圣明君犒赏特**宣赐**，怎肯信谗言节外生枝？(《东窗事犯》楔子)

"宣赐"意为帝王宣召、赏赐。词语的意义结构是〔甲〕先宣后赐。

〔柳青娘〕已**招伏**，难擘划，怎支持！(《张鼎智勘魔合罗》第四折)

"招伏"意为招认并伏罪。词语的意义结构是〔甲〕先招后伏。

（正旦做打悲科，云）车驾**起行**了，倾城的百姓都走。(《闺怨佳人拜月亭》第二折)

"起行"意为动身、出动。词语的意义结构是［甲］先起后行。

［黄锺尾］宰辅臣僚，冒支**请受**。（《晋文公火烧介子推》第二折）

"请受"本义为领取后享用，此处转指领取和享用的对象，即官俸和薪饷。词语的意义结构是［甲］先请后受。

（2）［甲］因 V1 而 V2 型：这类结构的两个动词性语素的主体相同，两个动作也都是由同一主体发出的，V1 表示 V2 发生的原因。《元刊》中只出现了 1 例逆序形式，即表结果的 V2 出现在表原因的 V1 之前：

（正末开）想自家空学的满腹兵书战策，奈满眼儿曹，谁识英雄之辈？好**伤感**人呵！（《萧何月夜追韩信》第一折）

"伤感"意为因感触而悲伤。词语的意义结构是［甲］因感而伤。

（3）［甲］V1［乙］V2 型：这类结构的两个动词性语素的主体不同，V1 的主体是甲，V2 的主体是乙，同时乙也是 V1 的客体。《元刊》中这类词语出现了 4 个：

［倘秀才］夫人**听说**了阴司下因，早不觉腮边泪痕，古自想一夜夫妻百夜恩。（《东窗事犯》第四折）

"听说"意为听人所说。词语的意义结构是［甲］听［乙］说。

（正末扮诸葛上。开）近有新野太守刘备，来谒两次，于事不曾**放参**。（《诸葛亮博望烧屯》第一折）

"放参"意为放人进衙参谒。词语的意义结构是［甲］放［乙］参。

［收尾］几曾见递流南浦人千里？怎饮这**配役**阳关酒一杯！（《诸宫调风月紫云亭》第二折）

配役：发配罪人从事苦役。词语的意义结构是［甲］配［乙］役。

［水仙子］你不合先发头怒；你若无言语，怎肯将你**觑付**，则索做使长、郎主。（《诈妮子调风月》第四折）

"觑付"意为照管。觑：看待、照看；付：交给、托付，"付"是先于"觑"发生的动作，即［甲］付［乙］觑。

（4）［甲］V1［乙，以使乙］V2 型：这类结构与上一类型相似：两个动词性语素的主体不同，V1 的主体是甲，V2 的主体是乙，同时乙也是V1 的客体，不同的是，V1 与 V2 之间存在直接的目的关系。《元刊》中这类词语出现了 3 个：

（**调让**了）（正旦云）许下我的，休忘了！（《诈妮子调风月》第一折）

"调让"意为调和让步。词语的意义结构是［甲］调［乙，以使乙］让。

［调笑令］客旅每**报知**，这的是真实，可知道路上行人口胜碑。（《辅成王周公摄政》第三折）

"报知"意为禀告、告知。词语的意义结构是［甲］报［乙，以使乙］知。

［滚绣球］可又不贪名利，怎生来交天子**达知**？（《泰华山陈抟高卧》第三折）

"达知"意为反映情况使知道。词语的意义结构是［甲］达［乙，以使乙］知。

意合格

意合指的是在语法上和意义上都没有任何逻辑联系的两个语素，被人为地拼凑在一起，从而构成一个结构凝固、意义完整的词语。意合式词语往往没有结构规律可循，作为一个整体存在于汉语词汇系统中，词语的结构对意义的理据没有提示作用。从词语的构成语素来看，大致有三种情况：

（1）两个语素指称不同的事物现象，但没有语义上的关系，"它们是以指称同一事物现象的不同属性的两个字凑在一起"①。例如：［收尾］将袖揎拳挺盔顶，破步撩衣扯剑迎。响断狮蛮心不宁，仗着龙泉身略横。（《萧何月夜追韩信》第四折）"狮蛮"借指武官腰带，因武官腰带钩上饰有狮子、蛮王的形象而得名。狮子和蛮王本为毫无关系的两种事物，只因同处于一处而凑合在一起用于部分代指整体，语素"狮"与"蛮"两者并非近反义关系，也绝不相类。类似的词语还有常川、黑甜、搭救、雄合，共5个。

（2）两个语素由于经常共现于典籍的段落中，被人截出，凑成复合词。例如：［醉高歌］吐了口中涎，按捺定心头气，勉强山呼万岁山呼。（《李太白贬夜郎》第三折）"山呼"是封建时代对皇帝的祝颂仪式，叩头高呼"万岁"三次。"山"特指嵩山，汉元封元年春，武帝登嵩山，从祀吏卒皆闻三次高呼万岁之声，事见《汉书·武帝纪》。后臣下祝颂帝王，高呼万岁，亦谓之"嵩呼"或"山呼"。《元刊》中近代新产生的这类词语只有"山呼"1个。

（3）构成词语的两个字是固定短语或自由短语的截取。例如：［金蕉叶］划地撇俺在三闹里不偢，臣竟社稷江山宇宙。（《东窗事犯》第三折）［倘秀才］这其间柴门静悄悄，茅舍冷清清，料应。（《严子陵垂钓七里滩》第三折）"三闹"是"三街闹市"的略称，泛指热闹的街市。语素"三"是"三街"的省略，"闹"是"闹市"的省略，二者同样不存在同反义或修饰限制的关系，只是固定语的截取。料应：估计，想来应是。语素"料"为"估量，忖度"，"应"表揣测语气，应该。二者是自由短语的截取。这类词语数量最多，类似的词语还有"柳青、茅柴、彻梢、心地、员外、官身、但凡、想必、而今"等共42个新词语。

---

① 周荐：《汉语词汇结构论》，上海辞书出版社2004年版，第118—119页。

第三节　双字格新词的结构特点

在前两节中，笔者考察了《元刊》中的 2508 个近代新造的词语，为了便于清楚地看出《元刊》双字新词语的构造面貌，特列图表如下：

表 3 – 2　　　　　　　　《元刊》双字新词语的结构统计

新词语	结构类型		数量（个）	百分比（%）
2508	单纯词		93	3.708
	合成词	附加式	241	9.609
		复合式 偏正	993	39.593
		联合	667	26.595
		支配	284	11.324
		补充	102	4.067
		陈述	29	1.156
		重叠	38	1.515
		递续	13	0.518
		意合	48	1.915

结合前面的研究可以得出以下认识：

1. 近代时期双字格词语的结构类型发展齐备，内部结构关系丰富。根据各类结构出现历史时期的不同，《元刊》双字新词语的结构类型形成上古、中古和近代三个历时层面：单纯式、重叠式、联合式、偏正式结构是上古时期早已有之的结构类型，支配式、补充式、附加式结构是中古时期发展起来的结构，陈述式、递续式、意合式乃是随着词汇化的过程在近代发展起来的新的结构类型。各类结构内部的语法语义关系十分丰富，反映了近代时期人们日益严密精确的思维发展。

2. 各结构类型在近代的生成能力不尽相同。从不同类型的词语在《元刊》新产生词语中所占的比重来看，各个结构类型的生成能力极不平衡：偏正、联合两种结构的词语数量众多，占全部新词语数量的一半以上，支配、附加、补充以及单纯式的词语数量依次递减，重叠、陈述、意合、递续结构的词语数量只在1%上下。这种趋势说明，偏正和联合结构是近代具有较强生成能力的词语结构，是大部分双字合成词的构造方式；随着时代的演变，在词语内部词汇化的强力推动下，利用语音延时的方式造词已经不是复字新词语产生的主要方式，因此单纯词也就随之减少；而有些结构类型是近代刚刚产生的，其生成能力尚未完全展现出来，因此该种类型的词语数量也比较少。

综上，近代汉语双字格结构面貌和特点体现了向现代汉语发展的趋势。单纯、附加、偏正、联合、支配、补充、陈述、重叠、递续、意合这十类结构在现代汉语中依然存在，各类型的活跃程度与现代汉语也十分相似。以"偏正"和"联合"结构为例，二者同是产生时间较早、发展比较完备的词语结构，但从上古以来，二者的发展态势呈现此消彼长之势。以《论语》《孟子》《论衡》《世说新语》四书中的统计结果①为例，除《论语》中偏正与联合结构数量基本持平外，《孟子》《论衡》《世说新语》中联合结构的数量都要明显多于偏正结构。《元刊》中偏正和联合两类结构所占比重分别为39.59%、26.59%，居第一和第二位。现代汉语中，据周荐②师对《现代汉语词典》（修订本）所收录的双字词语的结构统计，前者占50.72%，后者占25.70%，可见"偏正"和"联合"仍然是居于前列的词语结构，且"偏正"继续保持强势词构的地位。整体而言，近代汉语词汇结构的面貌与现代汉语更为接近一些。

---

① 据程湘清《汉语史专书复音词研究》一书的统计，《论语》《孟子》《论衡》《世说新语》中偏正格与联合格的数量分别为：67/60、100/146、517/1404、573/926，见第178页、第105页、第182页。

② 周荐：《汉语词汇结构论》，上海辞书出版社2004年版，第158页。

第四章

《元刊杂剧三十种》复字新词研究——多字格

第一节　三字格的结构考察

三字词语是复字词汇中重要的一类，它是指由三个有义或无义汉字构成的词语。古代汉语词汇以单字词为主，现代汉语则演变为双字格占优势。虽然一直以来三字格词语都不是汉语词汇的主流构造格式，但是它的发端却很早，上古先秦时期就已经出现三字格的大量的专名表达和加缀形容词，中古时期三字词语在数量、内容、语法结构和性质功能上都有了较大幅度的发展，成为正式的词语结构方式。近代以来，三字词语有了很大发展，尤其是经过元代的累积，向熹认为三字词"中古开始产生，元以后有了巨大的发展"①。《元刊》中三字格共计 922 个，其中近代新造词语876 个。实词中名词数量最多，共 565 个，其次是形容词和动词，分别为175 个和 59 个，另外，还有副词 35 个，拟声词 31 个，量词 3 个，代词 1个。虚词中出现两种词类，其中连词 6 个，语气词 1 个。

一　单纯式三字格

单纯式三字词是指由三个无义汉字构成的词语，《元刊》中这类新词语有 37 个。与双字的单纯词相比，三字的单纯词也有叠音类和音译类，但没有联绵类。

（一）叠音词

三个字组合而成的叠音词在三字单纯词中数量最多，有 36 个，结构上都是 abb 形式（字母 A、B、C 代表有义汉字，相应的小写字母 a、b、c

---

① 　向熹：《简明汉语史》，高等教育出版社 1998 年版，第 639 页。

代表无义汉字，下同），意义上都是具有描摹作用的词语，如：

[朝天子] 百忙里忙让咱，猛然的见他，不由我**吃忒忒**心头怕。（《晋文公火烧介子推》第三折）

[梁州第七] 俺也曾湿浸浸卧雪眠霜，圪搭搭登山蓦岭。俺也曾**缉林林**劫寨偷营。（《汉高皇濯足气英布》第二折）

[青山口] 这家，那家，叫吖吖，街坊每救火咱！几家瓦厦，**忽刺刺**，被巡军都曳塌。（《相国寺公孙汗衫记》第二折）

[水仙子] 道：**吉丁丁**火，枪和斧笼罩着身躯。（《汉高皇濯足气英布》第四折）

"吃忒忒"描摹害怕的状貌，"缉林林"描摹悄然的状貌，"忽刺刺"模拟旌旗被风吹的声音，"吉丁丁"模拟金属玉器等物碰击的声音。

（二）音译词

三字音译词也是随着外域文化进入汉语词汇系统的，《元刊》中新产生的音译三字单纯词有 1 个：

[三煞]（正末做俫儿摔死，唱）**魔合罗**孩儿谁是谁？（《马丹阳三度任风子》第三折）

"魔合罗"来源于梵语，是梵语 Mahallaka 的音译，其他文献中也写作"摩诃罗""摩合罗""磨喝乐""摩睺罗"等。《玄应音义》卷四："摩诃罗，此译云无知也，或言老也。"《饰宗记》卷二："梵云莫喝洛迦，此云大愚钝者，旧言摩诃罗讹也。"北宋时，民间有用"魔合罗"作为七夕节的吉祥物的风俗。宋孟元老《东京梦华录》记载："七月七夕，潘楼街东宋门外瓦子、州西梁门妇外、瓦子北门外、南朱雀门外街及马行街内，皆卖磨喝乐，乃小塑土偶耳，悉以雕木彩装栏座，或用红纱碧笼，或饰以金珠牙翠，有一对值数千者。禁中及贵家与士庶为时物追陪。……皆于街心彩幕帐设出络货卖。七夕前三五日，车马盈市。罗绮满街，旋折未开荷花，都人善假做双头莲，取玩一时，提携而归，路人往往嗟爱。又小儿须买新荷叶执之，盖效颦磨喝乐。儿童辈特地新妆，竞夸鲜丽。"可见"魔合罗"是当时流行的玩偶，七夕节时，小孩子也会打扮成魔合罗形象。

二　合成式三字格

合成式三字格就结构关系而言，与双字合成式大致相同，语素与语素通过附加、重叠以及复合的方式组合成词。但由于用于构词的字在有义与无义、结合顺序先后上有若干可能，因此三字词虽然比双字词仅多了一个构词要素，其内部结构却复杂得多。《元刊》合成式三字格新词语共计839 个，从内部构成的角度，三字词可以分为单式和复式两种结构。

（一）单式结构的三字词

即内部结构仅做一次分析，直接切分出的结构处于距离平行的关系。从《元刊》的具体语料来看，又有两种情况：一是词语被一次切分为两个直接组成部分，其中一个组成部分由单纯词构成，其内部结构不可再分析；二是词语被一次切分为三个直接组成成分，即构成词语的三个字每个都独立成一个直接构词成分，各部分彼此处于平行的关系，我们将《元刊》中出现的附加中缀式词语归为此类。具体结构类型如下：

1. （ab）+C 型

ab 表示两个无义汉字的组合，C 则表示有义汉字。例如：

[川拨棹] 恰离高唐，躲巫山**窈窕娘**。（《泰华山陈抟高卧》第四折）

[梧叶儿] 那刘太公**菩萨女**，却招了壮王二做布袋。（《薛仁贵衣锦还乡》第二折）

"窈窕娘"只有一个结构层次，是偏正关系，"窈窕"是叠韵联绵词充当的构词语素，内部不可再分析。"菩萨女"也只有一个结构层次，也是偏正关系，"菩萨"是音译单纯词充当的构词语素。《元刊》中类似的词语还有：逍遥巾、玳瑁筵、簸箕星、傀儡棚、鸳鸯会、邯郸道、胡伦课、葫芦提、麒麟塚、蒲萄酿、波罗蜜、玻璃盏等共计20 个。

2. A+（bc）型

A 表示有义汉字，bc 表两个无义汉字的组合，有时 bc 为同一个无义汉字的音节重叠。例如：

　　［紫花儿序］好**轻乞列**薄命，**热忽剌**姻缘，**短古取**恩情。(《诈妮子调风月》第三折)

　　［牧羊关］折倒的**黄甘甘**的容颜，**白丝丝**地鬢脚，展不开猿猱臂，撑不起虎狼腰。(《尉迟恭三夺槊》第二折)

　　［正宫端正好］则我便是个了事公人，**鬼窟笼**里衣饭也能寻趁，一去二十载无音信。(《东窗事犯》第三折)

　　［石榴花］往常开怀常是笑呵呵，绛云也似丹脸若频婆；今日卧蚕眉瞅定**面没罗**，却是为何?(《关张双赴西蜀梦》第三折)

　　在前两例中，"轻""热""短""黄""白"都是实词性语素，承担了词语的主要意义，"乞列""忽剌""古取""甘甘""*丝丝*"则没有实在的意义，不能独立成词，有的后缀体现出的"……貌"的意义脱离词根后就不存在。因此，这些附加在词根上的词缀与词根的搭配比较自由，一个词根可以与好几个后缀结合，如"眼"可以和"巴巴"组合，还可以和"盼盼""悬悬"组合，一个后缀也可以和好几个词根组合，如"**巍巍**"可以和词根"翠"结合，也可以和"颤""另"等结合。类似的词语还有：仰剌叉、惊急列、生吃扎/生挖插、战笃速、干支剌、死临侵、明滴溜、死堆灰、活支沙、稀撒撒、齐临临、古爽爽、喜姿姿、**颤巍巍**、紧邦邦、稳拍拍、黑洞洞、眼巴巴。《元刊》中这类结构的词语数量很多，绝大多数都是近代口语文学作品中新产生具有摹状作用的形容词。两个无义汉字构成的语素还可以与实词性语素构成其他结构关系，"鬼窟笼"是偏正关系，"面没罗"是陈述关系，"没罗"即"磨罗"，是音译词"磨合罗"的省略，意即面部表情像泥塑一样呆滞。类似的词语还有：睡馄饨、药葫芦、小猢狲、火葫芦、闷葫芦等共计139个。

　　3. A－B－C 型

　　A 和 C 表示两个有义汉字构成的词根语素，B 代表中缀，B 同时依附于前后两个词根语素，A 与 B、C 与 B 之间的关系和距离是相同的。这种附加中缀形式的词语，《元刊》中出现了10个，中缀"来"和"的"分别构成"～来～"和"～的～"两种格式。例如：

　　［油葫芦］据他那阿鼻罪过**天来大**，得个人身也不亏他。(《看钱奴买冤家债主》第一折)

　　〔混江龙〕许来大中都城内，各家烦恼各家知。（《闺怨佳人拜月亭》第一折）

　　〔逍遥乐〕**听的道**儿替爷烧香交我情惨伤。（《看钱奴买冤家债主》第三折）

　　"天来大""许来大"都是形容事物大小的，出现在中缀"来"之后的词根"大"承担了词语的主要意义，"来"之前的词根也承担了一定的意义，或者表示比附的具体事物，如"天"，或者表示抽象程度，如"许"。类似的词语还有：钱来大、斗来大、碗来大、多来大、惹来大。"听的道"即"听说"，类似的词语还有"没的有"，即"没有"的意思，"的"的意义完全虚化。

　　（二）复式结构的三字词

　　其内部结构须做两次分析，第一次切分出的两个直接成分中有一个是由两个汉字构成，其中至少有一个是有义汉字，因此可以继续切分，得到附加、重叠以及偏正、联合、支配、补充、陈述、递续等语法结构关系。《元刊》中这类词语共 670 个，具体结构类型如下：

　　1.（A＋B）＋C 型

　　A、B、C 为三个有义汉字，按照词语生成的顺次来看，A 与 B 首先结合，再与 C 组合成合成式词语。《元刊》中，（A＋B）＋C 型三字词语以定中结构居多，少数为附加式、陈述式以及联合式。例如：

　　〔仙吕点绛唇〕穿着这单布衣服，怎遮**悬麻雨**！（《张鼎智勘魔合罗》第一折）

　　"悬麻雨"由"悬麻"和"雨"两部分直接构成，第一层结构关系为定中，"悬麻"又构成第二层结构，也为定中关系。又如："庄家汉"，第一层结构为定中关系，第二层为附加关系；"撮合山"，第一层结构为定中关系，第二层为补充关系；"许亲酒"，第一层结构为定中关系，第二层为支配关系；"风雷性"第一层结构为定中关系，第二层为联合关系。

　　〔哪吒令〕三对面先生行道破，那里是八拜交仁兄来探我，是你

个**两赖子**随何来说我。(《汉高皇濯足气英布》第一折)

"两赖子"由"两赖"和"子"两部分直接构成,为附加关系,"两赖"又构成第二层结构,为状中关系。又如:"因此上",第一层为附加关系,第二层为支配关系;"可怜见",第一层为附加关系,第二层也为附加关系;"眼见的"第一层为附加关系,第二层为陈述关系;"行行里"第一层为附加关系,第二层为重叠关系;"倘或间"第一层为附加关系,第二层为联合关系。

[煞尾] 那是安禄山义子**台意怒**,子是杨贵妃贼儿胆底虚。(《李太白贬夜郎》第二折)

"台意怒"由"台意"和"怒"两部分直接构成,为陈述关系,"台意"又构成第二层结构,为定中关系。

[滚绣球] 便是死无葬身之地,敢向那**云阳市**血染朝衣。(《泰华山陈抟高卧》第三折)

"云阳市"由"云阳"和"市"两部分直接构成,"云阳"借指杀人行刑的地方,典出《史记·秦始皇本纪》:"韩非使秦,秦用李斯谋,留非,非死云阳。""市"是"闹市"的省略,也是古代经常处死犯人的地方,因此第一层结构为联合关系。"云阳"为古地名,可视为意合关系。

2. A +(B + C)型

A、B、C为三个有义汉字,按照词语生成的顺次来看,B与C先结合,再与A构成合成式词语。《元刊》中,A +(B + C)型三字词语数量上要少于(A + B)+ C型词语,而在附加、状中、定中、支配、陈述、补充、联合等结构中都有分布。例如:

[哨遍] 提起来把荆州摔破,争奈**小兄弟**也向壕中卧!(《关张双赴西蜀梦》第三折)

"小兄弟"由"小"和"兄弟"两部分直接构成,第一层结构为附加关系，"兄弟"又构成第二层结构，为联合关系。又如："老乔民"，第一层结构为附加关系，第二层为定中关系；"大舅舅"，第一层结构为附加关系，第二层为重叠关系。

　　［尧民歌］长江，经今几战场，**恰便似**后浪催前浪。（《关大王独赴单刀会》第三折）

"恰便似"由"恰"和"便似"两部分直接构成，第一层结构为状中关系，"便似"构成第二层结构，也是状中关系。又如："高抬手"，第一层结构为状中关系，第二层为支配关系；"狗扒伏"，第一层结构为状中关系，"狗"说明动作的状态，即"像狗一样"，第二层为联合关系；"硬厮缠"第一层结构为状中关系，第二层为附加关系。

　　［幺篇］无知禽兽，英布！你如**镩枪头**。（《汉高皇濯足气英布》第三折）

"镩枪头"由"镩"和"枪头"两部分直接构成，第一层结构为定中关系，"枪头"构成第二层结构，也为定中关系。又如："乔为作"，第一层结构为定中关系，第二层为联合关系；"儿亲家"，第一层结构为定中关系，第二层为附加关系；"这早晚"，第一层为定中关系，第二层为联合关系，偏指"晚"。

　　［金盏儿］军中男女若相随，有儿夫的不搐掠，无家长的**落便宜**。（《闺怨佳人拜月亭》第一折）

"落便宜"由"落"和"便宜"两部分直接构成，第一层结构为支配关系，"便宜"构成第二层结构，为联合关系。又如："餐刀刃"，第一层结构为支配关系，第二层结构为定中关系；"驼汉子"，第一层结构为支配关系，第二层为附加关系。

　　［倘秀才］贪睡呵十万根更筹转刻，七八瓮铜壶漏水，**恨不得**生扭死窗前报晓鸡。（《泰华山陈抟高卧》第三折）

"恨不得"由"恨"和"不得"两部分直接构成，第一层结构为补充关系，"不得"构成第二层结构，为状中关系。

> （正末做气怒科，云）四十万大军听者：我也不归汉，也不归楚，一发骊山内落草为贼。随何！我说与你：我若反呵，抵一千个霸王便算。（做**气不忿**科。唱）（《汉高皇濯足气英布》第二折）

"气不忿"由"气"和"不忿"两部分直接构成，第一层结构为陈述关系，"不忿"构成第二层结构，是状中关系。又如："心厮爱"，第一层结构为陈述关系，第二层结构为附加关系。

> ［尾］**现如今**凤帏中搂抱着肥儿睡，更那里别寻个杜子美！（《李太白贬夜郎》第三折）

"现如今"由"现"和"如今"两部分直接构成，第一层结构为联合关系，"如今"构成第二层结构，为支配关系。又如："犹古自"，第一层结构为联合关系，第二层为附加关系。

3.（A＋B）｜B型

这是比较特殊的一类，A与B首先结合，在A＋B结构的基础上，部分地重叠了其中的语素B。例如：

> ［红绣鞋］这一人血漉漉臂扶着一轮车，这一个槐树下死，这一个剑锋诛，这个**老丈丈**将个小孩儿分付与。（《赵氏孤儿》第三折）
> ［后庭花］正更阑人静也，波心中猛觑绝，见冰轮**皎洁洁**，手张狂脚翘超，探身躯将丹桂折。（《李太白贬夜郎》第四折）

这类结构通常被称为"重叠式"，三字词语的重叠式都是不完全的，只能是参与构词的一个语素重叠，A＋B结构是重叠的基础，这也是重叠式三字词与附加式三字词的根本区别。"老丈丈"是在定中结构"老丈"的基础上重叠，"皎洁洁"是在联合式"皎洁"的基础上重叠，"丈"和"洁"都是表实义汉字充当的构词语素。而上文中的"黄甘甘""白丝丝"中的"甘""丝"在该词语中并不具有实义，"丝丝"既可以与颜色词组合，也可以和普通名词组合成"气丝丝"。

4. A｜（A＋B）型

与（A＋B）｜B 型相似，A 与 B 首先结合，在 A＋B 结构的基础上，部分地重叠了其中的语素，不同的是，这类重叠的是语素 A。例如：

[收尾] 贫穷富贵轮回至，积攒下这**万万贯**资财一分也不使。（《看钱奴买冤家债主》第四折）

定中结构"万贯"是"万万贯"重叠的基础，语素"万万"重叠后表数量巨大。与（A＋B）｜B 型重叠式比较起来，A｜（A＋B）型重叠式词语数量比较少。

元朝时期，随着社会商品经济的发展、对外交流的增加以及人们思维水平的提高，人们在交际中需要表义更加精确的形式来表达丰富的概念。三字词在双字词的基础上，拓展了词的形式，将新的复杂概念表达得更加准确，适应了人类交际交流对语言发展的要求。较之于中古时期，《元刊》中的三字新词在数量上有显著增加，全书 922 个三字词中，近代新产生的三字新形式有 876 个，占 95.011%，出现于近代之前的三字格形式只有 46 个。在内容上，《元刊》中的三字新词在语义内容上更加丰富。根据毛远明①对《左传》词语的统计，《左传》中 1132 个三字词中，人和姓氏的专名就多达 1047 个，真正意义上的普通三字词没有超过一百个。中古时期的三字词语数量虽然有所增加，但从内容上来看，受佛教文化影响的外来名词居多。《元刊》反映的内容与普通民众的生活比较接近，因此三字词中表示时俗的器物、用品以及日常用语的词语非常多。总之，在社会外因和语言内因的共同作用下，《元刊》反映出的近代汉语三字词在形式和意义方面都有很大的突破。

第二节　四字格的结构考察

四字格是汉语中特有的一种语言单位，"任何一种语言都没有像汉语

---

① 毛远明：《〈左传〉词汇研究》，西南师范大学出版社 1999 年版，第 90 页。

四言词组那样的形式，而且这种形式又是在汉语中特别发展的。"① 四字格起源极早，我国最早的诗集《诗经》就是以"四言为主"，后代的启蒙课本、匾额楹联、人物评说、诗词骈文乃至佛经典籍的翻译也多用四字格词语。四字格发展过程源远流长，分布广泛，不仅在文言书面语言中，在通俗作品和口语中也经常出现和使用，因此是生命力强大的语言单位。在《元刊》中，新造的四字格词语数量异常丰富。我们从《元刊》统计得到1354 个四字格词语，除了 97 个从上古、中古时期继承下来的成语以及 2个产生了新义的承古词语，余下 1255 个词语都是近代时期新造的词汇成员，占四字格词语总数的 92.688%。

一 单纯式四字格

单纯式四字词语是由四个无义汉字构成的词语，《元刊》中这类新词语有 25 个，主要是联绵词，其次是叠音词。

（一）联绵词

由四个无义汉字构成的联绵词，声或韵统一的可能性极小，因此《元刊》中出现的四字联绵词声、韵都不相同。用于模拟声音或描摹状态的四字新词较多，共 17 个。例如：

> ［仙吕点绛唇］花前饮酒，月下掀髯，鬅头垢面，鼓腹讴歌。茅舍中酒瓮边**喇登哩登**唱。（《好酒赵元遇上皇》第一折）
>
> ［道和］荒郊野外横尸首，直杀的马头前**急留古鲁**、急留古鲁乱滚死、死、死人头！（《汉高皇濯足气英布》第三折）
>
> ［络丝娘］漏星堂半间石灰厦，又没甚粮食囤塌，老鼠儿**赤留出刺**，都叫屈声冤饿杀。（《薛仁贵衣锦还乡》第四折）
>
> ［上小楼］好交我战战兢兢，**滴修都速**，魄散魂消。（《张千替杀妻》第三折）

"喇登哩登"是模拟哼唱时的声音，"急留古鲁"模拟圆形物体滚动的声音，"赤留出刺"描摹老鼠伏地乱窜的样子，"滴修都速"是形容颤抖的样子。由于构成单纯词的汉字缺少对意义的提示作用，因此单纯词书

---

① 郭绍虞：《汉语语法修辞新探》，商务印书馆 1979 年版，第 115 页。

面中往往有多个书写形式，如"赤留出刺"也作"乞留屈吕""尺留出吕"，"滴修都速"也作"的羞剔薛""滴羞笃速"等。类似的词语还有：辟留扑同、奚留急了、乞纽忽哝、迷羞摩娑。

（二）叠音词

四字格叠音词指的是由两个无义汉字通过叠音的方式构成的四字格单纯词，《元刊》中出现了 8 个。例如：

> ［幺篇］你道我**蓝蓝缕缕**，滴滴溜溜，往往来来。（《岳孔目借铁拐李还魂》第四折）

> ［幺篇］子是你扢皱眉，古都着嘴，全不似昨来，**村村棒棒**，叫天吖地。（《薛仁贵衣锦还乡》第三折）

"蓝蓝缕缕"形容衣服破旧，"村村棒棒"形容匆忙急迫的样子。类似的词语还有：伶伶俐俐、刺刺搭搭、巴巴沙沙、劫劫巴巴。

二　合成式四字格

合成式四字格新词语的结构也有附加式和复合式。

（一）附加式

四字格的附加式新词语数量最少，《元刊》中出现了 6 个，主要是词根语素重叠后附加了后缀构成，如：

> ［幺篇］陈虎那厮奸奸诈诈，张孝友又**虔虔答答**。（《相国寺公孙汗衫记》第二折）

"虔虔答答"形容恭敬的样子，其中"答答"是附加在词根后面的词缀，词根语素"虔"重叠后与词缀构成四字新词。类似的词语还有"呆呆答答、呆呆邓邓、滴滴溜溜"。另外，还有一例附加中缀的四字新词语，如：

> ［上小楼］如今刀子根底，我敢割得来**粉磕麻碎**。（《诈妮子调风月》第二折）

"粉磕麻碎"形容粉碎。其中，《元刊》原本"磕"作"合"，徐改"合"为"零"，今现代汉语中即有"粉零麻碎"一词，宁本认为"合"为"各"的形误，北方人读"磕"为"各"，因此改"合"为"磕"。此处从宁本。我们认为"磕麻"为词根语素"粉""碎"之间插入的词缀。

（二）复合式

构成复合式四字格至少需要 2 个语素，因此四字新词语往往都是固定语，其结构丰富多样，几乎包括了语法关系的各种主要类型。在我们对《元刊》统计得到的 1224 个复合式四字新词语中，联合式结构的数量最多，共计 926 个；其次是主谓式结构，共计 115 个；随后依次是偏正式94 个；递续式 43 个；重叠式 35 个；支配式 9 个；补充式 1 个；意合式 1个。就复合式四字词语的内部结构方式而言，理论上有 1＋1＋1＋1、1＋3/3＋1、2＋1＋1/1＋1＋2 及 2＋2 四种类型，其中最常见的是 2＋2 结构，刘叔新认为这种结构"可以形成两个划分整齐的音段，从而造成非常匀称的节奏形式。这很符合汉族人民喜欢对称的心理习惯"。[①]

1. 1＋1＋1＋1 类型

构成四字词语的四个语素每个独立成一个直接组成成分，并且在结构中的关系并列等同。这类词语在《元刊》中出现 21 个，例如：

> ［混江龙］怕有辨荣枯，问吉凶，**冠婚宅葬**，求财干事。（《泰华山陈抟高卧》第一折）
>
> （正末云）秀才，你家乡到了。见了**爷娘妻子**便回来。（《陈季卿悟道竹叶舟》第三折）

"冠婚宅葬"中的四个语素分别代表人生中四件重要的事情：成年、婚嫁、建宅和丧葬，合起来泛指日常生活中的一切事宜。"爷娘妻子"的四个语素分别指父亲、母亲、妻子和子女，此处泛指家眷。1＋1＋1＋1结构的四字词语都是联合式结构，通常构成词语的四个语素语法性质相同，属于同一语义场，具有相同的上位词。如："驴骡马豕"，泛指一切家畜；"枪刀剑戟"泛指一切兵器；"春夏秋冬"泛指四季或一年的时间；"蝮蝎蚖蛇"泛指一切有毒的蛇类爬行动物，比喻狠毒的人。

---

① 刘叔新：《汉语描写词汇学》，商务印书馆 2005 年版，第 186 页。

2. 3 + 1/1 + 3 类型

这种结构类型是三个语素构成一个直接组成成分与剩下的一个语素组合成四字词语。《元刊》中只出现了 3 个 3 + 1 结构的四字新词语，结构关系都是偏正式：

（云）大嫂，你学**二十四孝**咱。（《小张屠焚儿救母》第一折）

[越调斗鹌鹑] 受千年典祀；护百二山河，掌**七十二司**。（《看钱奴买冤家债主》第四折）

[沉醉东风] 辜负一醉无忧老杜康，谁吃恁**卢仝建汤**！（《泰华山陈抟高卧》第四折）

3. 2 + 1 + 1/1 + 1 + 2 类型

由于虚词性语素参与构成四字词语，一些四字词语的结构呈现三分的 2 + 1 + 1 或 1 + 1 + 2 结构。《元刊》中 2 + 1 + 1 结构的四字新词语有 9 个，都是偏正式，如：

[斗鹌鹑] 量这个**夯铁之夫**小可人，怎做这社稷臣！（《萧何月夜追韩信》第三折）

[小桃红] 微臣冠服衮冕执桓圭，坐休近蟠龙椅，他每**北面而朝**能可南面立。（《辅成王周公摄政》第三折）

1 + 1 + 2 结构的四字新词语有 4 个，如：

[二煞] 今番若不说，后过难来，**千则千休**；丁宁说透，分明的报冤仇。（《关张双赴西蜀梦》第四折）

[倘秀才] 太师顿然省将诗句议论，道这个呆行者好**言而有准**。（《东窗事犯》第四折）

4. 2 + 2 类型

在四字格新词语中，2 + 2 结构的数量最多，《元刊》中共出现 1187 个。就两个直接组成部分的结构关系而言，有联合式，如：孝廉仁义、车尘马足、忍气吞声、手忙脚乱；偏正式，如：五陵豪气、朗朗超群；支配式，如：调和鼎鼐、传授阴阳；陈述式，如：精神抖擞、出入通达；补充式，如：非理分外；重叠式，如：口口声声、纷纷扬扬、攘攘劳劳；递续式，如：背暗投明、盗糠杀狗；意合式，如：五关斩将。两个直接组成成分又各有其语法结构，这样就形成了四字格词语丰富多样的内部结构关系。

根据前文的统计，《元刊》中联合式四字新词语数量最多，而在联合式中，前后两段结构平行的骈俪化四字词语数量尤为突出，即语法关系一致、对应语素语法性质相同、意义相近相类或相反相对的 2＋2 结构。例如：

> ［紫花儿序］仔细踌躇，观了些**成败兴亡**，阅了些今古。(《严子陵垂钓七里滩》第二折)
>
> ［赚煞］我则待驾孤舟荡漾，趁五湖烟浪，望七里滩头，轻舟短棹，**蓑笠纶竿**，一钩香饵钓斜阳。(《严子陵垂钓七里滩》第一折)

"成败"与"兴亡"都是并列关系，两者分别由一对反义语素构成，"成"与"兴"、"败"与"亡"的意义相近。"蓑笠"与"纶竿"结构相同，也是并列关系，两者分别由意义相类的语素构成。"蓑"指蓑衣，"笠"指笠帽，"纶"指钓丝，"竿"特指钓竿，都是名词性语素。

> ［太平令］你既爱**青灯黄卷**，却不要随机而变，把你这眼前、厌倦、物件，分付与他别人请佃。(《闺怨佳人拜月亭》第四折)
>
> ［鲍老儿］我每日**千思万想**，行眠立盹，不是存活。(《诸宫调风月紫云亭》第三折)

"青灯"与"黄卷"都是偏正关系，"青"与"黄"都是表颜色的语素，"灯"和"卷"都是名词性语素。"千思"与"万想"也是偏正关系，"千"和"万"都是表数目的语素，"思""想"都是表动作的语素，且意义相近。

> ［牧羊关］看贫道握雾拿云，看贫道**呼风唤雨**。(《诸葛亮博望烧屯》第二折)

［醉春风］也是前世前缘，自生自受，**怨天怨地**。（《好酒赵元遇上皇》第四折）

"呼风"与"唤雨"都是支配关系，"呼"与"唤"都是动词性语素，意义相近，"风"和"雨"都是名词性语素，意义相类。"怨天"与"怨地"都是支配关系，前后两个结构中的动词性语素相同，"天"与"地"都是名词性语素，意义相类。

［双调新水令］则为知心友，翻做杀人贼，普天下拜义亲戚，则你**口快心直**，休似我忒仁义。（《张千替杀妻》第四折）

［满庭芳］召公奭扶持的乾坤定**天清地浊**，毕公高燮理的阴阳正雨顺风调。（《辅成王周公摄政》第二折）

"口快""心直"都是陈述式结构，"口"与"心"都是名词性语素，"快"与"直"都是形容词性语素，意义相类。"天清"与"地浊"都是陈述式结构，"天"与"地"都是名词性语素，意义相对，"清""浊"意义相对，都是形容词性语素。

［普天乐］稳便波鸾交凤友，休忧波**莺儿燕子**，休忙波蝶使蜂媒。（《李太白贬夜郎》第三折）

"莺儿""燕子"都是附加式结构，"莺""燕"都是名词性语素，意义相类，"儿"和"子"没有实在意义，附加在前一语素上凑成音节。

骈俪化四字词语在《元刊》中大量出现，其数量突出，韵律感强，内部结构相对灵活，通常，能够满足骈俪要求的语素都可以根据语义的要求形成四字格。因此，骈俪化一方面促成《元刊》中新造四字词语不断产生，另一方面，随着骈俪格式的频繁使用，一些格式逐步固化成为具有相当能产性的待嵌格式，如：

没~没~：没米没柴　没亲没属　没颠没倒　没靠没挨　没想没思

前~后~：前殿后宫　前山后岭　前庄后庄　前追后逐　前合

后偃

　　一～半～：一官半职　一阶半职　一年半岁　一旗半枪　一时半刻

　　～里～里：茶里饭里　行里坐里　眠里梦里

　　另外，由于骈俪化四字词语的结构相对灵活，介于自由短语和固定短语之间，因此构成词语的某一语素常常在联想的作用下被同义、近义或类义语素替换，但整个词语的意义不变，从而形成了《元刊》中四字词语同义类聚成员丰富的特点。如：

　　夫贵妻荣　夫荣妇贵　夫荣妻贵
　　魄散魂飞　魄散魂无　魄散魂消
　　感旧伤情　感叹伤悲　感叹伤嗟　感叹咨嗟
　　休官罢职　休官弃职　剥官罢职　剥官卸职
　　安邦定邦　安邦定国　安邦治国　安民治国　立国安邦

　　这些丰富的同义四字词语有的风格典雅，有的通俗直白，使得同一意义有多样的表达方式，形成了《元刊》富于变化的、灵活的语言风格。

第五章

《元刊杂剧三十种》新词义的演变和发展

新词语一直是近些年来词汇乃至语言研究中的热点问题，其中交织着纵横两方面的探讨：前者对新词语意义、结构、语法性质、用法等问题进行共时平面的描写，后者主要考察其在历时过程中的发展演变，而这种动态的演变是词汇生命力、连续性和系统性的重要证据，主要通过词义体现出来。新词记录了人类社会发展过程中新出现的事物、现象、概念等，体现了人类的新认知，通过对新词的研究，可以告诉我们在某一新时期出现了什么，语言词汇的概貌如何。一个词语包含若干词义的现象非常普遍，就历时演变的角度而言，一个新义在产生之前的历史不是一片空白，它与已有词义存在千丝万缕的关系。另外，任何一个新的意义都是在语言发展的过程之中，对新义的考察不仅可以总结概括出词汇发展至今的规律和机制，还可以预测语言词汇未来的发展。"新词给一个时代的词汇注入生机与活力，新义给一个时代的词汇增加内涵与表现力。"[1] 在我们考察的8134 条复字词语（不含特殊词汇）中，其中4639 条是近代新产生的词，744 条词语的意义是由上古和中古时期的旧词义引申而产生的新义位，其中168 条词语的新义和旧义同时共现于《元刊杂剧三十种》中，体现了近代汉语词汇词义的丰富性。对词义的研究，必然要涉及现代语义学最基本的研究单位——义位。作为最小的语言单位——词与最小的语义单位——义位并非是一对一的关系，只有一个义位的词称为"单义词"，在8134 条复字词语中，单义词占多数，共7674 条，具有两个或两个以上义位的词称为"多义词"，共计460 条。从我们统计的结果来看，《元刊》一书中的近代三字、四字新词语，词义比较单一，保存至今的极少，由于双字格是现代汉语构词的主流格式，我们把近代产生的双字新词语作为本

---

① 王云路：《百年中古汉语词汇研究概述》，《古汉语研究》2002 年第4 期。

章考察的重点。

第一节 对古代汉语词义的继承和发展

作为一种社会现象，语言总是随着社会的发展而不断演变，词汇作为语言中最敏感的要素，其意义也总是处于运动状态。如果从语言发展史中截取一段历史时期，无论长短，我们都会发现总有一些词语的内涵和外延随着物质生产的发展、科学技术的进步、政治制度的变革、阶级关系的重组以及人们思想意识形态的变化发生或大或小的演变，并导致新的义位产生或原有义位消失。从语言本身来看，词汇尤其是词义是个比较严密的系统，处于系统内部的各级单位有着相互制约、相互平衡的关系，一个义位的产生制约着另一义位的消失，一个义位的扩大制约着另一义位的缩小等。

一般说来，人名、地名、书名等专名多是单义词语，它的变化是很微弱的，这是专有名词表达意义实指性、明确性的结果。而普通词汇，尤其是常用词汇往往有多个义位，其中一个义位是最基本的、最稳定的意义，更是其他义位演变的出发点。词义繁芜而复杂，在言语中更是如此，本文之所以能够触类旁通，对不同语境中的词语做出具体的理解，抛开认知和生理方面的原因，单从语言方面来说，正是词语的基本义把一个个表现为新义的义位以连锁或辐射的方式联系起来，词语的基本义是本文理解词语意义的出发点。一个基本义向外发散出很多意义，触发其演变的因素有很多，从词语外部因素来看，有认知的原因，也有使用的原因，从语言本身的因素来看，无外义、音和语法。综合对《元刊》中在近代产生了新义的复字词考察的结果，本文将其词义演变的方式归纳如下：

一 引申

引申是词义演变的主要途径。"引申"一词，语出《周易·系辞上》："引而伸之，触类而长之，天下之事毕矣"，意即从本体抽象成的形式出发，来推测自然和社会中的各种关系。"引伸"即延展推广，"伸"与"申"同源，清代以后多作"引申"。《周易》中提到的"引伸"虽然与笔者所说的词义引申不尽相同，但有很强的内在联系，其中都少不了联想和推理。通常认为，早在晋代，训诂学家郭璞就已经有了非常浓厚的词义引申观念，清代的小学家段玉裁则是以本义为基点，大量罗列"引申"义项，阐发"引申"系列的第一人。清代以降，在王力、何九盈、蒋绍愚、陆宗达、符准清、王宁、徐朝华等一批新老学者的深入研究下，关于词义引申的内涵、类型、方式、结果、规律等问题有了长足的发展。但综合考察各家的研究成果，我们发现在一些术语和细节问题上，各家观点不尽相同。仅就引申方式而言，有称为"引申途径""引申方法""引申规律"等。关于词义引申的方式，少则两种：相关引申和相似引申，多则十五种左右。另外，目前对词义引申的研究多集中在单义词语的意义衍生上，对复合词的词义引申关注较少，这固然是因为语素的增加减少了义项的孳乳，但复合词尤其是双字词中存在为数不少的多义现象，这说明对复合词进行词义引申的研究符合语言客观实际的要求，同时也是近代以来词语发展的必然。

引申是基于认知过程中的隐喻和转喻两个机制的词义演变方式，引申义也就是通过联想和推理在基本义的基础上产生的新义。引申以相似性和相关性为主要特征，《元刊》中词义的引申主要有以下几种：

（一）基于隐喻的词义引申

1. 同状引申

两种本质不同的事物在形状、性质、状态等方面相似而产生的词义引申，反映了人们对事物之间相似特征的认识。

宝鼎　古代的鼎。原为炊器，圆腹，或两耳三足，或两耳四足，后用作政权的象征，故称宝鼎。《大盂鼎》："盂用对王休，用乍且南公宝鼎。"由于香炉常常制作成鼎形，二者在外观上相似，因此"宝鼎"引申指焚香的器具。［滚绣球］"直睡到冷清清宝鼎沉烟灭，明皎皎纱窗月影斜，有甚唇舌！"（《闺怨佳人拜月亭》第三折）

坎坷　本义形容高低不平貌。《汉书·扬雄传上》："灭南巢之坎坷兮，易幽岐之夷平。"颜师古注："坎坷，不平貌。"个人仕途、人生不顺利，也有高低起伏的特点，性质上相似，因此"坎坷"比喻困顿不得志。［尧民歌］真个，当初受坎坷，今日万古清风播。（《陈季卿悟道竹叶舟》第四折）

昏沉　本义形容自然环境的状态，光线暗淡不明，南北朝庾季才撰《灵台秘苑》："若天气昏沉，风声错乱，或久阴不雨。"引申形容人的意识不明，昏乱。作为自然环境的状态和人的状态，二者有相似之处，都有模糊不清的意思。后者在前者的基础上，通过隐喻将原域内事物的状态转移到目标域事物的身上。[尾] 没遭罹李翰林，忒昏沉杨贵妃。（《李太白贬夜郎》第三折）

2. 时空引申

心理学研究表明，人们对时间的认知和对空间的认知联系非常紧密，时间概念和空间概念在语言中的表达是成系统的，由于空间相对可视，人们很容易通过视觉去感受，比较形象化，而时间概念则比较抽象，人们无法通过感官感知，因此空间概念的表达向时间概念转化比较多见，一般情况下词义的时空引申都是从空间概念向时间概念引申。古汉语中一些词常常兼有表示时间、频度、速度和空间、密度的意义。如果一个义位从表示时间的领域转移到表示空间的领域，或者是相反，这就是时空引申。近代汉语中，这类引申在双音词意义的演变中表现也比较明显。

连珠儿　本义指连成串的珠子。《汉书·律历志上》：“日月如合璧，五星如连珠。”珠子在视觉上是一个挨一个串连在一起的，本来是空间义位，引申为时间上表频率的“接连不断”。《元刊》中出现 2 次：[油葫芦] 交连珠儿热酒饮三樽。（《相国寺公孙汗衫记》第一折）[乾荷叶] 被我连珠儿饮了三两盏，子理会酒肉摊场吃。（《李太白贬夜郎》第三折）

向日　本义指朝着太阳；面对太阳，《史记·龟策列传》：“于是元、王向日而谢，再拜而受。”引申为表时间义的“往日；从前”。《元刊》中出现 1 次：[金盏儿] 若交得丙辰一运大峥嵘，向日犯空亡为将相，垂禄马的作公卿。（《泰华山陈抟高卧》第一折）

目下　本义指跟前；身边，表空间义，《三国志·蜀志·杨洪传》：“裔随从目下，效其器能，于事两善。”引申有“现在；立刻；马上”的意思。《元刊》中出现 3 次：（正旦做意了，唱）当日目下有身亡，眼前是杀场。（《闺怨佳人拜月亭》第二折）[游四门] 目下申文书难回向，眼见的一身亡。他却待配鸾凰。（《好酒赵元遇上皇》第一折）（做背着云）我待与这厮些钱物，婆婆决是不与。我别有个主意，目下且不与。（《散家财天赐老生儿》第二折）类似的词语还有“眼前”，本义指眼睛面前、跟前，引申指目下、现时。

目前　与“目下”“眼前”词义引申的规律刚好相反，“目前”一词本义表时间义“当前；现在”，例如：《列子·杨朱》：“当身之事，或闻或见，万不识一；目前之事，或存或废，千不识一。"《后汉书·文苑传下·赵壹》："安危亡于旦夕，肆嗜欲于目前。"引申为"眼睛面前；跟前"。《元刊》中出现 4 次，有 3 例表空间义：[滚绣球]问甚么安排来后，目前鲜血交流。(《关大王独赴单刀会》第二折) [搅筝琶] 我都交这剑下身亡，目前见血！(《关大王独赴单刀会》第四折) [耍孩儿] 天颜盛怒难分解，恼犯着登时斩在目前！(《霍光鬼谏》第二折)

总的来说，由时间义引申为空间义的只占少数。这是因为空间概念是一个相对具体可视的概念，人们很容易通过视觉获得该项经验，而时间概念则比较抽象，人们无法通过感官去直接感知，所以大多数词义都是由空间义引申为时间义。

3. 实虚引申——具体到抽象

这是词义基于隐喻的作用，由较实的具体意义向抽象意义引申，或者是相反。

(1) 实→虚

担负　本义指肩挑背负。《汉书·儿宽传》："大家牛车，小家担负，输租繦属不绝，课更以最。"引申指承担责任、工作或费用。《元刊》中出现 1 次：[黄钟尾] 若是你失误了军情，休想我肯担负。(《诸葛亮博望烧屯》第二折)

执缚　本义为"逮捕；捆绑"，《韩非子·外储说左下》："及臣得罪，近王者不见臣，县令者迎臣执缚，候吏者追臣至境上，不及而止。"引申指约束，束缚。该义在《元刊》中出现 1 次：[者剌古] 身躯被病执缚，难走难逃。(《张鼎智勘魔合罗》第二折)

(2) 虚→实

倾覆　本义指颠覆；覆灭。《左传·成公十三年》："散离我兄弟，挠乱我同盟，倾覆我国家。"近代引申指倒塌；翻倒。该义在《元刊》中出现 1 次：[幺篇] 俺那屋，任来任去随身住，无风无雨难倾覆，不修不垒常坚固。(《陈季卿悟道竹叶舟》第一折)

门路　本义指途径；方法；窍门。《汉书·公孙弘传》："朕嘉先圣之道，开广门路，宣招四方之士。"引申指门。该义在《元刊》中出现 1 次：[哪吒令] 这将军马到处，无门路。却不道天理何如？(《薛仁贵衣锦还乡》第一折)

4. 转域

生理域之间以及生理域与心理域的映射而引发的词义引申。认知在生理域之间的转移通常被称为通感，是将感官得到的某些认识结果从一个感官域（源域）投射到另一种感官域（目标域），一般有五种类型，即：由触觉域转移为他域、由视觉域转移为他域、由味觉域转移为他域、由嗅觉域转移为他域、由听觉域转移为他域。不同感官获得的日常经验结果虽然不同，但在感觉上有相似的地方，从而造成相通，将不同认知领域的意义联系在一起。"人类感官的这种通感的作用构成了人们认知事物又一生理和心理基础，这一过程反映在语言的创造和运用中，产生了被称为通感隐喻的语言现象。"①

宛转 本义指随顺曲折变化。《庄子·天下》："椎拍輐断，与物宛转，舍是与非，苟可以免。"引申用于形容声音抑扬动听，由视觉域转移到听觉域。《元刊》中出现 2 处：［紫花儿序］闹清明莺声宛转，荡花枝蝶翅蹁跹，舞东风燕尾娑婆。（《小张屠焚儿救母》第二折）［混江龙］日价箫韶队里，絃管声中，歌喉宛转，□□□□。（《霍光鬼谏》第一折）

潇潇 本义风雨急骤貌。《诗·郑风·风雨》："风雨潇潇，鸡鸣胶胶。"引申做象声词。《元刊》中出现 2 次，该义 1 例：［滚绣球］我则听得悄悄人说咱，元来是潇潇风弄竹。（《马丹阳三度任风子》第二折）此处模拟竹子被风吹动时候发出的声音，"潇潇"一词的词义由视觉域转移到听觉域。

另外一种词义转域引申是由生理域与心理域的映射而引发：

凛凛 本义指寒冷。《古诗十九首·凛凛岁云暮》："凛凛岁云暮，蝼蛄夕鸣悲。"本义属于触觉域，是触觉器官对日常经验的直接获取结果，由此引申为形容威严而使人敬畏的样子。敬畏感属于心理活动，这是由触觉域到心理域的转移。《元刊》中共出现 4 次，其中本义 1 例，引申义 3 例（含 2 处做词缀）：［三煞］他从来正性不随邪，凛凛的英魂，神道般刚明猛烈。（《死生交范张鸡黍》第二折）

碌碌 本义多石貌。汉马第伯《封禅仪记》："俯视溪谷，碌碌不可见丈尺。"本义属于视觉域，引申为形容烦忙劳苦貌。繁忙和辛苦是心理上的体验，这是由视觉域到心理域的转移。《元刊》中共出现 3 例：［鹧鸪天］半生碌碌忘丹桂，千里区区觅彩云。（《诸宫调风月紫云亭》第四折）［混江龙］叹人生碌碌，羡尘世苍苍。（《李太白贬夜郎》第一折）

---

① 赵艳芳：《认知语言学概论》，上海外语教育出版社 2001 年版，第 43 页。

（云）想古往今来，多少功臣名将，谁不出于贫寒碌碌之中。（《萧何月夜追韩信》第三折）

词的意义是建立在具体的日常经验基础上，对于人类来说，由生理感觉获得的经验通常要比来自心理感觉的经验更加具体直接，因此生理域与心理域之间的词义转移多数是由生理域到心理域。但是，既然二者存在相通之处，相反的词义转移也是存在的：

悄悄 《说文·心部》："悄，忧也"，引申有寂静无声或声音轻微的意思。"悄悄"本义形容忧伤貌，《诗·邶风·柏舟》："忧心悄悄，愠于群小。"引申用于形容声音很轻。"忧伤"本是心理感受，这是词义由心理域转移到听觉域。《元刊》中出现5次（含3次词缀），该义1例：［滚绣球］我则听得悄悄人说咱，元来是潇潇风弄竹。（《马丹阳三度任风子》第二折）

（二）基于转喻的词义引申

1. 因果引申

事物的联系是客观而普遍的，根据认知经验，一个结果出现，必然有其原因，有原因必然有相应的结果出现。这种联系在人们的头脑中多次反复出现，导致"作为原因的事物与作为结果的事物往往相通"[1]。但实际上这种相通不仅仅局限于事物之间，也可能是行为及它所引起的状态，因此，在词义引申时有两种可能。

一是用原因代替结果：

打拍 本义敲击。晋陶潜《搜神后记》卷二："有此者，便当以竹竿搅扰打拍之。"对人的敲打使其更加精神抖擞，因此引申为"振作"，《元刊》出现1次：［混江龙］比及揎断那唱叫，先索打拍那精神。（《诸宫调风月紫云亭》第一折）"打拍"由"敲击"义引申出"振作"义，是由因引申出果。

生分 本义"乖戾；忤逆"，《汉书·地理志下》："故俗刚强，多豪杰侵夺，薄恩礼，好生分。"清黄生《义府·生分》："生分，乖戾之意。谓心曲有彼此分界也。今俗语犹如此。"可见"生分"有"不一致""心别"之义，想法不一样，感情有隔膜，由此引申出"冷淡；疏远"的意思。《元刊》中出现6次（含2次做构词成分），例如：［甜水令］他道不

---

① 王宁：《训诂学原理》，中国国际出版社1996年版，第56页。

爱娘，替人偿命，生分忤逆，丑名儿万代人知。(《张千替杀妻》第四折)[商调集贤宾]更察详生分女落盗为非，不孝男趁波逐浪。(《张鼎智勘魔合罗》第三折)

二是用结果代替原因：

失误 本义指差错；过错。《汉书·梁平王刘襄传》："更审考清问，著不然之效，定失误之法，而反命于下吏。"引申指疏忽；耽误。《元刊》中出现2次：[幺篇]又没甚公事忙，心绪攘，若有大公事失误不惹灾殃？(《张鼎智勘魔合罗》第三折)[黄钟尾]若是你失误了军情，休想我肯担负。(《诸葛亮博望烧屯》第二折)由于"疏忽；耽误"的行为导致出现差错和过错，二者存在因果关系。

整理 本义整齐而有条理，汉王符《潜夫论·本训》："是故法令刑赏者，乃所以治民事而致整理尔，未足以兴大化而升太平也。"引申为"整顿，使有条理"。《元刊》中出现2次：[耍孩儿]不会做官看取旁州例，五刑之书整理。(《好酒赵元遇上皇》第三折)[鹊踏枝]再整理乾坤纪纲，恁时节有个商量。(《李太白贬夜郎》第一折)"整齐而有条理"是整顿的结果，这是由结果到原因的词义引申。

2. 正反引申

客观世界的联系是多种多样的，例如没有美就无所谓丑，没有给予就无所谓接受，相反相对的现象因为总是相互参照、相互比较而具有了某种联系，这其实也是一种相关性的联系。一个词表示两个相反相对的意义，形成是非同辞、美恶同辞、施受同辞、致使同辞等词汇现象。这种现象可以看作是客观事物之间相关性的曲折反映，是一个认知模型内两个相关认知范畴的过渡。

(1)是非同辞：本义与引申义或两个引申义分别表示是和否两种相对的意思。

比及 本义是及至、等到。《礼记·檀弓上》："太公封于营丘。比及五世，皆反葬于周。"引申为未及、未等到。该义在《元刊》中出现1次，例如：[迎仙客]比及下撒子，先浸了麻槌。(《张鼎智勘魔合罗》第四折)

(2)美恶同辞：通常认为"美恶"是指词义的褒贬而言，其实，词义的感情色彩是比较复杂的，并非仅仅包括褒、贬和中性。但是，词义作为人们对客观世界的认识，的确存在"美"——喜好、"恶"——厌恶的差别，因此我们借用"积极"和"消极"这样的词语来对词义色彩进行概括，前者是人们普遍喜欢、愿意接受的，后者是人们厌恶、不愿意接受或看到其出现的。

豪气　本义指"桀骜蛮横的习气"，晋陈寿《三国志》："氾曰：'陈元龙湖海之士，豪气不除'"，感情色彩趋向消极。引申指"豪迈的气概"，是夸奖褒赞之辞，具有积极色彩。该义在《元刊》中出现9次，例如：［蔓菁菜］对仗，三国英雄汉云长，端的豪气有三千丈！（《关大王独赴单刀会》第三折）［南吕一枝花］豪气凌云，心志如伊尹。（《泰华山陈抟高卧》第二折）

（3）施受同辞：由于动作的发出和接受之间是相关联的，有发出必然有接受，两者成对出现，因此词语中出现施受同辞的现象，也就是一个词语既表示动作的发出，又表示动作的接受。

受降　本义为接受敌人的投降，《后汉书·朱祐传》："大司马吴汉劾奏祐废诏受降，违将帅之任，帝不加罪。"引申为动作的发出，《元刊》中出现1次，［混江龙］得其民望，沛公戈戟入咸阳。子婴受降於轵道，霸王自刎在乌江，灭楚亡秦刘社稷，亏杀创业开基汉高皇。（《霍光鬼谏》第一折）由于秦王是在轵道向刘邦缴投降书，因此例句中出现的"受降"是投降的意思。

3. 偏义引申

词义是两个相反相对性质的概括或加合，引申义是沿着其中一个方向引申下去的结果。

夭寿　本义指"短命与长寿"，即"寿命"，汉王充《论衡·齐世》："形体同，则丑好齐；丑好齐，则夭寿适。"引申义偏指"短命，早死"，《元刊》中出现1次，［黄钟尾］我已过三十，不为夭寿。（《晋文公火烧介子推》第二折）

期程　本义指"时间和路程"，唐张说《蜀道后期》诗："客心争日月，来往预期程。"引申义偏指时间一个方面，即"时候"，《元刊》中出现1次：［幺篇］建武十三年八月期程，王新室有百万兵，困你在昆阳阵。（《严子陵垂钓七里滩》第三折）

弟兄　本义指"弟弟和哥哥"，《墨子·非儒上》："丧父母，三年其后，子三年，伯父、叔父、弟兄、庶子，其戚族人五月。"引申义或偏指弟弟。《元典章·吏部三·改正投下达鲁花赤》："太祖皇帝初起北方时节，哥哥、弟兄每商量定，取天下了呵，各分土地，共享富贵。"或偏指哥哥，《元刊》中出现1次：（正末慌接科。云：）是俺哥哥。将酒来。（唱：）［迎仙客］快排玉斝，捧金樽，元来是俺二十年布衣间亲弟兄。（《诸葛亮博望烧屯》第四折）

可见，偏义引申其实和正反引申相反，正反引申是由正向负引申，结果是词义的义列中出现两个性质相反相对的义位，而偏义引申则是在正负同辞的基础上，引申出或正或负的义位。

4. 特指引申

词义由一般泛指演变为个别特指，这是人们对客观事物认知范围的缩小产生的引申。

私情 本义指"私人的情感或情谊"，《管子·八观》："私情行而公法毁。"引申指男女间不正当的感情，词义概括的主体由所有人缩小为男女之间，而引申义概括的情况当为本义中的一种。该义在《元刊》中出现3次：［哨遍］那里是遮藏丑事护身符，子是张发露私情《乐章集》。（《李太白贬夜郎》第三折）［满庭芳］我跟前欲待私情暗约，那婆娘笑里暗藏刀。（《张千替杀妻》第三折）同折：［斗鹌鹑］我若背义忘恩，早和他私情暗约。

丈母 本义称父辈的妻子。北齐颜之推《颜氏家训·风操》："中外丈人之妇猥俗呼为丈母。"王利器《颜氏家训集解》引钱大昕《恒言录》三："是凡丈人行之妇，并称丈母也。"引申专指岳父之妻，即"岳母"，而"岳父之妻"也属于本义"父辈的妻子"中的一个。《元刊》中出现2次：［红芍药］丈人丈母狠心毒，司公做官胡突。（《好酒赵元遇上皇》第二折）［得胜令］见丈母十分怕，见丈人百事随。（《楚昭王疏者下船》第四折）

5. 泛指引申

与特指引申相反，泛指引申是词义由个别泛指演变为一般特指，是人们对客观事物认知范围的扩大产生的引申。

阴符 本义为古兵书名。《战国策·秦策一》："（苏秦）乃夜发书，陈箧数十，得《太公阴符》之谋，伏而诵之。"引申泛指兵书。本义和引申义所概括的事物属于个体与类的关系。该义在《元刊》中出现1次：［金盏儿］一个秉着机谋，一个仗着阴符；一个待施仁义，一个行跋扈。（《薛仁贵衣锦还乡》第一折）

万户侯 本义为汉代分封制度中的最高爵位，食邑万户。《战国策·齐策四》："有能得齐王头者，封万户侯。"引申后泛指高爵显位。该义在《元刊》中出现 1 次：［绵搭絮］臣趁着悲风淅淅，怨气哀哀，天公不管，地府难收。相伴着野草闲花满地愁，不能够敕赐封官万户侯。（《东窗事犯》第三折）

6. 部分与整体的引申

事物的实体与其部分之间存在关联，因此词义往往可以由表部分演变为表整体。

衣袂 本义指衣袖。《周礼·春官·司服》"齐服有玄端素端"，汉郑玄注："士之衣袂，皆二尺二寸。"引申指衣衫，衣袖是衣衫的一部分。该义在《元刊》中出现 2 次：［十二月］直到个天昏地黑，不肯更换衣袂。（《诈妮子调风月》第二折）同折［三煞］明日索一般供与他衣袂穿，一般过与他茶饭吃，到晚送得他被底成双睡。

刀兵 本义泛指兵器，《史记·刺客列传》："襄子如厕，心动，执问涂厕之刑人，则豫让，内持刀兵，曰：'为智伯报仇。'"引申指战事，而兵器是构成战事的要素之一。该义在《元刊》中出现 2 次：［赚煞］从今后罢刀兵，四海澄清，且放闲人看太平。（《泰华山陈抟高卧》第一折）［正宫端正好］再休夸桀纣起刀兵，谩说吴越相吞并，也不似这一场虎斗龙争！（《萧何月夜追韩信》第四折）

二　转化

触动词义演变的因素不仅仅有认知方面的，还有词语使用方面的。在词语的使用过程中，往往由于词语的语法功能发生变化导致词语由一个实词类演变为另一个实词类，从而产生新的意义。引申是意义上的变化，演变后意义改变而语法功能不变；转化则是语法上的变化，词义的基本意思不变。蒋绍愚①认为"转化"在古代汉语中是一种很能产的形成新义的手段，《元刊》中旧词语由转化而在近代产生新义的情况比较多。

名词——动词

相知 本义为互相了解，知心。《楚辞·九歌·少司命》："悲莫悲兮生别离，乐莫乐兮新相知。"《元刊》中指互相知心的朋友，由动词转化

---

① 蒋绍愚：《古汉语词汇纲要》，商务印书馆 2005 年版，第 227 页。

为名词。[油葫芦] 我谢神天便将羊儿赛，我待相知便把羔儿宰。(《散家财天赐老生儿》第一折)

保障 本义指起保护防卫作用的事物。《左传·定公十二年》："且成，孟氏之保障也；无成，是无孟氏也。"《元刊》中义为"保护、保卫"，由名词转化为动词。[上小楼] 一方之地，百万生灵，将咱倚仗。我便有尹铎才也怎生保障！(《死生交范张鸡黍》第四折)

名词——形容词

娉婷 本义形容姿态美好。汉辛延年《羽林郎》诗："不意金吾子，娉婷过我庐。"《元刊》中指"美人、佳人"，由形容词转化为名词。[圣药王] 我若到那户庭，见那娉婷，若是那女孩儿言语没实诚，俺这厮强风情。(《诈妮子调风月》第三折)

谗佞 本义指谗邪奸佞之人。《晏子春秋·谏上八》："景公信用谗佞赏无功，罚不辜。"《元刊》中义为"谗邪奸佞"，由名词转化为形容词。[混江龙] 忠正的市朝中斩首，谗佞的省府内安身。(《赵氏孤儿》第一折)

形容词——动词

眇小 本义指形貌矮小瘦弱，引申为微小。南朝宋鲍照《瓜步山楬文》："瓜步山者，亦江中渺小山也。"《元刊》中义为"减弱"，由形容词转化为动词。[哪吒令] 这酒曾散漫却云烟浩荡，这酒曾眇小了风雷势况，这酒曾混沌了乾坤气象。(《李太白贬夜郎》第一折)

通达 本义为通行，到达。《周礼·地官·掌节》："凡通达于天下者，必有节以传辅之，无节者，有几则不达。"《元刊》中义为"亨通显达"，由动词转化为形容词。[捣练子] 俺命运不通达，与人家推末推磨作生涯。(《薛仁贵衣锦还乡》第四折)

其他

其余 本义为剩下的、其他。《论语·雍也》："回也其心三月不违仁，其余则日月至焉而已矣。"《元刊》中义为"有余、有多"，由代词转化为动词。《诈妮子调风月》同折：[挂玉钩] 今年见吊客临，丧门聚；反阴覆阴，半载其余。

若如 本义表概数，义为若干。《晋书·礼志下》："夫妇所生若如人，姑姊妹则称先守某公之遗女若如人。"《元刊》中义为"像、如"，由数词转化为动词。[梅花酒] 他不若如单雄信，则我这鞭稳打死须定无

论。(《尉迟恭三夺槊》第三折)

三　虚化

虚化是词语发展演变过程中一种常见的现象,词语的词汇意义在演变过程中逐渐消失,直至变为只具有语法意义和功能。语法化研究认为,实词的虚化"一般是由于它经常出现在一些适于表现某种语法关系的位置上,从而引起词义的逐渐虚化,并进而实现句法地位的固定,转化为虚词"①,虚化与引申的不同在于新产生的意义与已有的本义之间不是词汇意义之间的联系。《元刊》中发生虚化的复字实词多数是动词和形容词,虚化形成的新义以副词和连词性的居多。副词虚化程度较弱,有的还保留一定程度的词汇意义,而连词、助词的虚化程度就比较强,词汇意义完全消失。

不免　本义为不能免除、不免除。《国语·晋语八》:"阳子行廉直于晋国,不免其身,其知不足称也。"《元刊》中也有"不免"做动词的用法,《辅成王周公摄政》第二折:(云:)臣钦依先君遗命,有所不免,忝当此位。虚化为副词"免不了",如:[滚绣球]不免的手攀明月来天阙,我子索袖挽清风入帝京,怎得消停!(《严子陵垂钓七里滩》第三折)

无过　本义没有过失。《左传·宣公二年》:"人谁无过,过而能改,善莫大焉。"《元刊》中也有作为动词的用法:[浪里来煞]则那离乡的屈死李德昌,命归在何处丧,我待交平人无过交盗贼偿。(《张鼎智勘魔合罗》第三折)虚化为范围副词"只不过",如:(正末云)原来是恁地!今日俺子父每能够团圆,无过谢我女儿一个。(《散家财天赐老生儿》第四折)

便是　本义为即是、就是。晋干宝《搜神记》卷十六:"客遂屈,乃作色曰:'鬼神,古今圣贤所共传,君何得独言无。即仆便是鬼。'"虚化为连词"即使、纵然"。[赚尾]哎!为甚恁这五陵人把俺这等嘿交易难成?你便是四付马上驼来也索两平。(《诸宫调风月紫云亭》第一折)又虚化为表示肯定语气的助词,用于句末。(外末上,开)老夫王员外便是,家住在汴梁西北角隐贤庄居住。(《小张屠焚儿救母》楔子)

---

①　解惠全:《谈实词的虚化》,见吴福祥《汉语语法化研究》,商务印书馆2005年版,第131页。

好好　本义为喜悦貌，《诗·小雅·巷伯》："骄人好好，劳人草草。"虚化为表情状的副词"尽力地、尽最大可能"，〔哪吒令〕对着众宰臣，诸卿相，咱则是好好商量。（《霍光鬼谏》第一折）

若是　本义如此，这样。《仪礼·有司彻》："司马在羊鼎之东，二手执桃匕枋以挹涪，注于疏匕，若是者三。"虚化为表假设关系的连词。〔梅花酒〕我若是去的迟，有他那歹婆娘使心机。（《岳孔目借铁拐李还魂》第三折）

一齐　本义为相等、均衡。《庄子·秋水》："万物一齐，孰短孰长?"虚化为副词，表示不同主体同时做一件事。〔小梁州〕风雹乱下一齐来，把农桑坏，冲不倒您富家宅。（《看钱奴买冤家债主》第二折）

大刚　"刚"同"纲"，本义为网的总绳。三国魏曹植《白鹤赋》："冀大纲之解结，得奋翅而远游。"虚化为表推测的语气副词，〔油葫芦〕大刚来妇女每常川有些没事狠，止不过人道村，至如那村字儿有甚辱家门?（《诈妮子调风月》第一折）。"大刚"犹言大概、多半，继而又演变为意义更加虚化的连词，如：〔紫花儿序〕便道东岳新添速报司，孔子言鬼神之事。大刚来把恶事休行，择善者从之。（《看钱奴买冤家债主》第四折）"大刚"表总括，以引出结论。

第二节　对现代汉语词义的启发和影响

词义是词具有的内容，随着人们认知视角的开阔及深化，一词有多个意义的现象比较普遍，"义位"概念正是在此背景下提出的词语意义单位。词汇系统随着社会的发展不断发生演变和变化，形式上此消彼长式的更替是表层的变化，其本质上是词语的义位在不断运动，发生着扩大、缩小、转移甚至消失的变化。与今天的现代汉语比较起来，《元刊》中近代新产生的词义也发生了一定的演变：一些时代特征突出的义位逐渐淡出词汇系统，进入潜隐层，而那些适应性强、生命力旺盛的义位则被承袭下来，在现代汉语中继续使用。考察《元刊》中的新义位在现代汉语中的使用情况能最大限度地揭示元刊杂剧词汇启下的功能。笔者以《元刊》的双字格新词语为例，3247 条双字格新词语的单、双义合计共 3513 个义位，其中在现代汉语中继续使用的义位 1462 个，约占总数的 41.62%，义位随词形而消失的 2051 个，约占总数的 58.38%。

一　义位的消失

随着人们认识的深入发展和所反映客观事物的消失，《元刊》中一些具有时代特色的意义随之消失，负载词义的新词语也逐渐退出日常交际领域，虽然在后代的特殊文献中还可能出现，但总体上呈现衰微之势，不用于日常交际。具体说来，义位的消失有以下两种情况。

（一）完全消失

> ［混江龙］急煎煎将**药婆**老娘寻，曲躬躬把土块砖头拜。（《散家财天赐老生儿》第一折）

"药婆"是用土制药方或以鬼神方式帮人治病的女性，随着医疗事业的发展和人们思想认识的进步，这种医巫合并的职业逐渐被正规医生所取代。

> （正旦上了，云）吁！灵春，思量杀我也！一股**鸾钗**半边镜，世间多少断肠人！（《诸宫调风月紫云亭》第三折）

"鸾钗"是鸾鸟形状的绾发工具，古代妇女常用的首饰之一。一直到清末，儒家的"身体发肤，受之父母"思想对古代普通人的生活都有很大影响，无论男女，除非出家，否则都不许剪发，钗类头饰因此非常流行和常用。现代社会中人们完全改变了这种思想和认识，女性短发已经不足为奇，钗类首饰随着社会历史的进步和人们思想观念的转变，已经退出日常生活的行列。同样，近代产生的男性束发工具"抹额"，也是同样的情况。

> ［收尾煞］把当的一周年下架休**赎解**，趱的五个月还钱本利也该。（《看钱奴买冤家债主》第二折）

"赎解"犹赎当，用钱赎回抵押在当铺里的物件。解，即典押、押当，宋元时期长江以北称"当铺"为"解库"。新中国成立以后，国家勒令当铺停止营业，因此相当长的一段时间内，典当行业退出历史的舞台，反映这类社会现象的词语也很少出现在人们的日常交际中，相应地，这些词语承载的词义也随之潜隐。

> ［混江龙］唤的个稳婆评脉，他道老儿欢喜是个厮儿胎。频频**加额**，暗暗伤怀。（《散家财天赐老生儿》第一折）

"加额"是近代时的祷祝仪式之一，双手交叠放置于额前，也表示欢欣庆幸。这种礼仪在中国当代社会已经消失。

以上词义的消失都是由于客观事物或主观认识的变化导致某些概念和现象永远退出历史舞台，属于语言外部的原因。承载这些词义的词语多是具有近代社会特色的新词语，反映当时的职业称谓，如：药婆、稳婆、老娘、巷长、团头、六儿；服饰器物，如：鸾钗、抹额、朝靴、油鼎、壶瓶；风俗文化，如：赎解、放解、加额、赛社、休书，等等。

（二）易位

义位的易位是指一个词语的意义跟另外一个词语形式相结合，原来的词语的意义消失了。就《元刊》中的词语而言，表现为近代的一些新词语在现代汉语中又有了新的说法，原有的词语形式已经退出了现代汉语的日常交际领域，但词义所反映的概念或现象仍然存在于现代社会中，只不过结合了新的形式。从词是形式和意义的结合体的角度来看，意义从原形式转移到新形式上去，原来的形式失去了意义也就不能成为词，这也可视为词义的消失。

> ［鬼三台］好事从天降，呆厮回头望，则拜你那恰回心的**伯娘**。（《散家财天赐老生儿》第三折）

"伯娘"指伯父的妻子。这个意义在现代汉语中表达为"伯母"。

> ［雁儿落］你而今病疾儿都**较痊**？（《闺怨佳人拜月亭》第四折）

"较痊"即病好。这个意义在现代汉语中表达为"痊愈"。

　　［醉扶归］你当初**口快**将他保，做的个胆大把身包。(《关大王独赴单刀会》第一折)

　　"口快"形容人有话藏不住，很快就说出来。这个意义在现代汉语中表达为"嘴快"。

　　［元和令］知得有情人不曾来**问肯**，便待要成眷姻。

　　"问肯"是男女双方订婚前的一种礼俗：男方向女方家庭请求结亲。现代汉语中说"求亲"。

　　与前面"义位完全消失"不同的是，导致义位从此形式转移到彼形式的原因多数在语言内部：构成词语的要素——字发生了历时性的演变。有的字被新的同义字代替：如"娘"—"母"，"口"—"嘴"，类似的词语还有："昏昼"—"日夜"，"富汉"—"富人"，"医人"—"医生"，"买转"—"买通"；有的字义在现代汉语中已经消失或不常用，如"较"在近代引申出的"痊愈"义，因此换用新的构词要素，类似的词语还有"顿脱"(顿：挣、甩)—"甩开"，"茶汤"(汤：热水)—"茶水"，"大郎"(郎：儿子)—"大儿子"，"赢勾"(赢：引诱、欺骗)—"勾引"。少数词语义位转移是受求新求异的社会心理等因素的影响，如"问肯"—"求亲"，"系腰"—"腰带"，"伴等"—"伙伴"，"红定"—"聘礼"。

　　词是形式与内容结合的产物，单义词的义位消失，那么该词也往往随之不见，多义词的一个义位消失，只是造成该词义位数量的改变。但是，少数近代单义新词语的词义消失后，该词并未彻底退出汉语词汇系统，在刻意复古的外部条件下，某些词语还会出现在现代汉语中。另外，有些词义虽然消失，但词形却保留并进入潜隐状态，一旦条件成熟，这些词语还会结合新的意义出现在现代汉语的日常交际和交流中。如"社长"，指一社之长。"社"为基层地方组织，元代时，每50家编为一社，由年老通晓农事的汉族地主担任社长，管理行政事务。现代社会中取消了"社"制，"社长"一词的意义随之消失，但现代汉语中"社长"这一词形却非常常见，主要用于称呼结尾为"社"的单位、组织的首要领导人或最高管理者，如供销社社长、出版社社长。随着现代社会对外开放与交流的不断加强，我们在日、韩文化中也频繁接触到"社长"一词，一般指公司的首脑人物，如董事长、经理等。相对于现代汉语中的"社长"而言，《元刊》中出现的近代新词语"社长"所承载的意义已经消失，二者没有直接的联系，现代义并非近代义的引申、转化或虚化。由于构成要素中某一个字的字义发生演变从而导致词义整体变化，我们认为是同形词现象而非词义演变。

二 义位的保留

（一） 直接沿用

一部分出现在《元刊》中的复字新词继续使用，现代汉语直接沿用了元刊杂剧中的形式和意义，有些甚至成为现代汉语的高频词。如：

姑姑 "姑姑"指姑母，父亲的姐妹，清俞樾《茶香室丛钞·姑姑》："今侄呼其姑曰姑姑。宋人已有此称。"现代汉语中仍用此义，《元刊》中出现1例：（带云）当时若不是女儿贤慧，将小梅藏在姑姑家里，怎能勾子父团圆？（《散家财天赐老生儿》第四折）

脑袋 "脑袋"指头，《元刊》中出现1例：〔油葫芦〕我但有些卧枕着床脑袋疼，他委实却也心内惊，他急慌的请医人诊了脉却笑容生。（《诸宫调风月紫云亭》第一折）

本钱 "本钱"是用以办事和营利、生息、赌博等的钱财，《元刊》中专指做生意的投入资金，如：〔隔尾〕但得本钱不折，上手来便撇。（《死生交范张鸡黍》第二折）

回去 "回去"是近代新产生的动作性动词，表示返回原处，如：（做怒住，出来气科。云）众军听我将令，则今日便回去！（《汉高皇濯足气英布》第二折）同时这一时期还出现了"回去"出现在动词之后做趋向动词的用法，《元刊》中后一用法尚不多见，如：（正末云）婆娘家到得那里，子三句言语，早走将回去。（《马丹阳三度任风子》第二折）现代汉语直接继承了这两个义位，"回去"做趋向动词的用法也更加普遍。

狠毒 "狠毒"形容凶狠毒辣，如：（做意了，唱）须是俺狠毒爷强匹配我成姻眷。（《闺怨佳人拜月亭》第四折）

许多近代新词语的形式和意义都直接保留在现代汉语中，从对《元刊》双字新词语的统计情况来看，与日常生活密切相关且词义色彩比较直白，既不过分鄙俗也不过分雅正的普通词语大多能够保留词义进入现代汉语中。例如上文所举的以"姑姑"为代表的亲属称谓，《元刊》中还出现了"叔叔""嫂嫂""妹妹""哥哥""姐姐""丈夫""两姨""双亲"；以"脑袋"为代表的身体器官词语："大腿""眼皮""眼睛""脑门""脊梁""舌头"；以"本钱"为代表的有关人们经济、文化生活的词语："利息""买卖""肉案""说亲""中秋""头七""出嫁"；以"回去"为代表的表示人类基本行为动作、情感意识的词语："起来""思忖""躲闪""害怕""放心""知道""奇怪"；以"狠毒"为代表的形容人或物基本性状的词语："英勇""痴呆""仔细""肥胖""暖和""冰凉""热闹"，另外还有一些近代时期由实词意义虚化形成的副词、连词等，如："至少""已经""十分""一直""虽然""宁可""可是"。因为这些词语与日常生活密切相关而常用，词义也因此保持了稳定性，词义色彩过于鄙俗或过分雅正的词语往往有浓厚的地域和时代色彩，语言外部的客观环境一旦改变，这些词语的意义即使保留下来，形式也会发生很大变化。

（二）保留后有发展

《元刊》中保留至现代汉语中的词义，其中一些通过引申、转化或虚化的方式发生演变。现代汉语在形式上继承了这些近代新词语的词形，内容上保留了词义的某些义素，与近代的义位具有一定的联系。例如：

阵势 在《元刊》中出现一个义位：军队作战的布置。［三煞］臣交樊哙去山尖顶上磨旗，作军中眼目，看阵势调遣军人。（《萧何月夜追韩信》第三折）现代汉语中意为"情势，场面"。两者比较，义位的中心义素［＋情况］没有改变，后者限定义素减少，义位在现代汉语中的义域扩大。

勾当 在《元刊》中出现两个义位：①事情。［隔尾］这场，勾当，不由我索君王行酝酿个谎。（《关张双赴西蜀梦》第二折）；②本领，能耐，［天下乐］舍弃了今番做一场，打骂恁孩儿，有甚勾当？（《好酒赵元遇上皇》第一折），后一义位在现代汉语中消失。现代汉语中"勾当"多指"坏事情"。义位的中心义素［＋事情］没有改变，后者增加了限定义素，因此义位在现代汉语中的义域缩小了。

红颜 在《元刊》中出现一个义位，指年轻人的红润脸色。［滚绣球］你被岁华淘渲得红颜少，世事培埋得白发多，即渐消磨。（《陈季卿悟道竹叶舟》第四折）现代汉语中意为"貌美的女子"。近代义位的中心义素是［＋脸色］，隐含义素有［＋健康］［＋美丽］，现代义位的中心义素是［＋人］，隐含义素不变，因此后者由容貌类义场转移到指人的义场。

须知　在《元刊》中出现一个义位：必须知道，应该知道。［后庭花］你子道关公心见小，您须知曹公心量高。（《关大王独赴单刀会》第一折）"须知"在现代汉语中意为"对所从事的活动必须知道的事项"，进而指用于通告或指导性文件的名称。近代义位与现代义位包含相同的义素，前者的中心义素完全转移到后者的义位中，差异在于两者的语法功能，近代义位是动词性的，现代义位是名词性的。"须知"正是通过语法功能的转化而使义位发生变化。

高低　在《元刊》中出现三个义位：①高高低低，或高或低。［滚绣球］俺便似野人般不知个远近高低。（《泰华山陈抟高卧》第三折）②高明低下，优劣。［耍孩儿］你记得共我摸斑鸠争上树，挎碌轴比高低。（《薛仁贵衣锦还乡》第三折）③尊卑贵贱。［滴滴金］一般宫殿，一般官职，问甚贵贱高低。（《楚昭王疏者下船》第四折）其中，前两个义位保留在现代汉语中，同时在义位①的基础上虚化出副词性的意义：无论如何。

综上，通过考察《元刊》中的近代双字新词语在现代汉语中的沿用和消亡情况，我们可知：首先，《元刊》所反映的近代新词语具有典型的时代特征，有将近六成的词语在现代汉语中不再使用，说明近、现代汉语词汇之间仍然存在着明显的差异，它们各自保持了独立的语言特征。其次，《元刊》中有四成多的新生词语被现代汉语继承下来，成为现代汉语词汇的一部分，说明这一时期产生的新词新义还是具有相当强的生命力，近代词汇在形式和内容上的特点一定程度上影响了现代汉语的造词、构词以及口语化风格。

第六章

《元刊杂剧三十种》的特殊词汇

词汇并非词的总汇，除此之外，还存在着一些词的等价物。这些等价物从形式上看具有定型性，意义上具有整体性，其最突出的特征是在功能上与词等价相当，与"词"有很多相似的性质，因此和"词"共同作为词汇成员。但这些等价物与词又有显著的不同，是由词与词组合而成的词组或句子，因此本书统称为"特殊词汇"。本章研究的对象"特殊词汇"，在其他学者的研究中也称为"熟语"，但正如武占坤①所言，"熟语"作为俄语外来词起初并不为人们所熟悉，它仅仅是为了研究方便而对"成语""谚语""俗语""歇后语""惯用语"等冠以的"族名"和总称。另外，在20世纪50年代的研究中，"熟语"一度被用为与"成语""歇后语"等单位并列的术语名称。在后来的研究中，各家对"熟语"类别的概括也不尽相同。类别跨度大是这类特殊词汇的特性之一，成语、谚语、惯用语、歇后语是各家分类中比较一致的类型，少数学者也有不同意见，如刘叔新（1984）认为将谚语作为语言的建筑材料单位、视为词汇成员是有问题的，因此不主张归为特殊词汇。此外，武占坤（2007）的分类中还有锦句类，王勤（2006）的分类中还有俗语类（与其他四类关系平行），周荐（2004）的分类中还有归于谚语类下的名言、格言、警句，等等。尽管各家对特殊词汇的分类和范围还存在一定的分歧，但其语义色彩的"雅""俗"对立是非常明显的，本章尝试从这两个方面对特殊词汇进行分类论述。

---

① 武占坤：《汉语熟语通论》，河北大学出版社2007年版，第1页。

第一节 雅语

温端政认为，在语汇系统里，除了俗语之外，还有来自书面语系统、构成上多文言成分的"雅语"。① "雅语"中的主要成员是成语，它是人们长期以来习用的、简洁精辟的定型词组或短句。成语区别于其他类特殊词汇的典型特征有两个②：一是形式上的——四字格是成语的典型格式；二是内容上的——语义色彩古朴、典雅。《元刊》中出现的成语共97条，这些成语的源头多数在古代的经书典籍中，语意典雅，凝固成固定短语的方式有三种：

一是直接引用，从原文中直接截取四字短语逐渐形成固定的组合。例如：

[梧叶儿] 正沧海鱼龙夜，趁西风雕鹗秋。一去不回头，这烦恼**天长地久**。（《死生交范张鸡黍》第三折）

"天长地久"语出《老子》："天长地久，天地所以能长且久者，以其不自生，故能长生。"原文中的"天长地久"是自由短语的组合，后文的"天地所以能长且久者"说明其结构和意义都还比较松散，至汉代时，该组合的结构逐渐凝固下来，意义也更加整体化，用以形容时间悠久，张衡《思玄赋》："天长地久岁不留，俟河之清祗怀忧。"

[折桂令] 疑猜我在钓鱼滩醉倒未回来。俺出家儿散诞心肠，**放浪形骸**。（《严子陵垂钓七里滩》第四折）

"放浪形骸"语出《晋书·王羲之传》："或因寄所托，放浪形骸之外。"原文中"放浪"与"形骸"本来处于不同层次的语言单位中，在语言组合关系的作用下，处于线形排列中的两个共现的词打破原有的组合关

---

① 温端正：《俗语研究与探索》，上海辞书出版社2005年版，第11页。
② 周荐：《论成语的经典性》，《南开学报》1997年第2期。

系从而结合为关系紧密的固定短语。《旧唐书·姚崇传》："优游园沼，放浪形骸，人生一代，斯亦足矣。"

《元刊》中这类成语数量最多，如："废寝忘食"语出北齐颜之推《颜氏家训·勉学》："元帝在江荆间，复所爱习，召置学生，亲为教授，废寝忘食，以夜继朝。""剪草除根"语出北齐魏收《为侯景叛移梁朝文》："若抽薪止沸，剪草除根……返国奸于司败，归侵地于玄武，非直恶之在今，天道人事，实弃无礼。""豁达大度"语出晋潘岳《西征赋》："观夫汉高之兴也，非徒聪明神武，豁达大度而已也。""率由旧章"语出《诗·大雅·假乐》："不愆不忘，率由旧章。""约法三章"语出《史记·高祖本纪》："与父老约，法三章耳：杀人者死，伤人及盗抵罪。"

以上四字成语从原文中截取出来后，意义是独立的，从字面义按照词义的引申规律可以推断出成语的意义，而有的四字成语的意义与原文的联系密切，其意义需要结合原文来理解，截取出来的四字成语通过借代的方式表达原文整体的意思。例如：

［滚绣球］斥銮驾却是应也不应？布衣人却是惊也不惊？更做道**一人有庆**！汉君王真恁地将銮驾别处无施呈。（《严子陵垂钓七里滩》第三折）

"一人有庆"语出《书·吕刑》："一人有庆，兆民赖之，其宁惟永。"孔传："天子有善，则兆民赖之，其乃安宁长久之道。""一人有庆"演变为固定短语后用为歌颂帝王德政之词，它的意义是原句整体意义的凝结。

［仙吕赏花时］愿陛下福齐天，九五数**飞龙在天**，昨日商今日周别换了一重天。（《辅成王周公摄政》楔子）

"飞龙在天"语出《易·乾》："九五，飞龙在天，利见大人。""九五"是易学中卦爻的第五位，处于天道正位，因而"飞龙在天"演变为固定语后用于比喻帝王在位。

另外，有些组合被截取出来后通过增加、减少或替换个别字成为新的四字固定短语，例如：

（正末上，云）主人宣命我两次三回，我不肯去。则做那**布衣之交**。（《严子陵垂钓七里滩》第三折）

"布衣之交"语出《战国策·齐策三》："卫君与文布衣交，请具车马皮币，愿君以此从卫君游。""布衣交"的词感强，增加了助词"之"后，短语的感觉更强，而且语义色彩也更加古朴典雅。如西汉司马迁《史记·廉颇蔺相如列传》："臣以为布衣之交尚不相欺，况大国乎！"

[哭皇天] 若做官后每日家行眠立盹，休，休！枉笑杀凌烟阁上人。早是疏慵愚钝，更**孤陋寡闻**。（《泰华山陈抟高卧》第二折）

"孤陋寡闻"语出《礼记·学记》："独学而无友，则孤陋而寡闻。""孤陋而寡闻"是联合结构的自由短语，去掉连词"而"后结构更加紧密、凝固。

[青哥儿] 休显得我言而、**言而无信**，你便是交人、交人评论。（《相国寺公孙汗衫记》第一折）

"言而无信"语出《穀梁传·僖公二十二年》："言之所以为言者，信也；言而不信，何以为言！"原文本为"言而不信"，"不"与"无"近义，都表示否定。

通常被增减的都是词汇意义较虚的字，如"之""而"，或者将不足四字的补足为四字格，或者将多于四字的凝缩为四字格，用于替换的也都是同义或近义字，与直接截取出来的四字组合区别不大，因此我们也将其归于第一类中。

二是从原文中抽取有代表性的关键字组合成新的固定短语。例如：

[折桂令] 他是不曾惯**傅粉施朱**，包髻不仰不合，堪画堪图。（《诈妮子调风月》第四折）

"傅粉施朱"语出战国宋玉《登徒子好色赋》"著粉则太白，施朱则太赤。""傅粉施朱"是抽取原文中两个小句中的关键字"著粉"和"施朱"组合成的新的固定短语，"傅"替换了同义字"著"。

　　［调笑令］弃儿救母绝嗣了我，为亲娘**暴虎冯河**。（《小张屠焚儿救母》第二折）

　　"暴虎冯河"语出《诗·小雅·小旻》："不敢暴虎，不敢冯河。""暴虎冯河"是抽取原文中两个小句中的关键字组合成的成语，比喻冒险行事。

　　三是根据语义创造新的固定组合。例如：

　　［六幺序］我觑的小可寻常，不由人豪气三千丈。登时交你**祸起萧墙**，不问五步间，敢血溅金阶上。（《霍光鬼谏》第一折）

　　"祸起萧墙"语出《论语·季氏》："吾恐季孙之忧不在颛臾，而在萧墙之内也。"，是根据原文的语义创造出的新组合。

　　周荐认为：四字格是成语的典型格式，根据对《中国成语大辞典》的统计，在所收的 17934 条成语中，四字格的成语有 17132 条，占总数的 95.53%。① 在比例极少的非四字格固定组合中，双字格作为词被排除在成语之外，其他多字格则"很有可能是成语，至少是有向成语转化的可能的前代他类熟语单位"②，其中语义典雅的八字组合如果是双四字格结构的，语感和形式上都与成语比较接近，而且有时可以缩略成四字格的形式出现。《元刊》中出现了 1 例八字格成语：

　　［鲍老儿］你心我知，**一言既出，驷马难追**。（《东窗事犯》第二折）。

　　"一言既出，驷马难追"语出《论语·颜渊》："驷不及舌"，是采用第三种方式，根据语义创造出的成语。又如：［柳青娘］是泼水在地怎收拾？哓的个黄甘甘脸儿如地皮，古语一言既出，方信驷马难追。（《张鼎

－－－－－－－－－－

　　① 周荐：《汉语词汇结构论》，上海辞书出版社 2004 年版，第 249 页。
　　② 同上书，第 242 页。

智勘魔合罗》第四折）

《元刊》中八字成语以完整形式出现得少，多数以四字半句的形式出现，例如"一言既出，驷马难追"还出现了"一言既出"的形式：［醉太平］他子待一鞭行色催人去，我怎肯满身花影倩人扶？一言既出。（《李太白贬夜郎》第二折）"差之毫厘，谬以千里"只出现"差之毫厘"形式：［上小楼］若赵元，说得来，差之毫厘，情愿便命归泉世。（《好酒赵元遇上皇》第三折）［幺篇］小的每，若说的，差之毫厘，我便是死无那葬身之地。（《薛仁贵衣锦还乡》第三折）

《元刊》中还出现了少量由四个以上的字构成的固定组合。例如：

五字格：

［倘秀才］本待用贤去不肖，**举枉错诸直**，更是不宜。（《泰华山陈抟高卧》第三折）

"举枉错诸直"语出《论语·为政》："举枉错诸直，则民不服。"意为起用奸邪者而罢黜正直者，"错"通"措"，弃置、搁置，"诸"是虚词，在后来的使用中逐渐省略，形成四字格成语"举枉措直"，如唐元稹《翰林承旨学士记》："以君父之遇若如是，而犹举枉措直可乎哉？"

六字格：

［赚煞］（正末唱）**割鸡焉用牛刀**。打听波女妖娆，有一日平步青霄，不信鸿鹄同燕雀。（《萧何月夜追韩信》第一折）

"割鸡焉用牛刀"语出《论语·阳货》："子之武城，闻弦歌之声。夫子莞尔而笑，曰：'割鸡焉用牛刀。'"比喻办小事情用不着花大气力。

其他：

［倘秀才］陛下说君子周而不比，贫道呵小人穷斯滥矣。俺须索**志于道，依于仁，据于德**。（《泰华山陈抟高卧》第三折）

"志于道，依于仁，据于德"语出《论语·述而》："子曰：'志于道，据于德，依于仁，游于艺。'"《元刊》在使用时有改动。

与成语相比，相同之处在于这些固定组合源自早期的文言典籍，语义古朴典雅，语法也一定程度反映了当时的语言特征，与唐代以来的近代汉语有很大不同；不同之处在于这些固定组合在形式上是五字或五字以上。周荐师在谈及俗语中谚语的分类时曾说："名言、格言和警句很难作为独立的熟语类存在，它们中语意俚俗的那部分只是谚语的下位单位。"①（重点号为笔者所加）可见，名言、格言和警句并非全都是语意俚俗的，也应该存在与"俗语"相对的"雅言"部分。例如，"名言"是出自名人之口的话，《论语》以语录的形式记载了孔子的大量语言，即便在当时是口语性的、通俗性的，但到元代也已演变为色彩典雅的固定组合，以固定的形式出现在文人的文章作品中。上文中的"臣事君以忠，君使臣以礼"和"志于道，依于仁，据于德"就属于这种情况，笔者认为视为特殊词汇的雅语部分比较合适，《元刊》中这样的词语有 15 条左右。

第二节　俗语

俗语是词汇系统中俚俗的语句，与雅语相对。作为一种为广大人民群众所喜闻乐见的语言文化现象，俗语渊源久远，早在先秦典籍中就有俗语的大量记载，其时称为"谚"或"语"。《礼记·大学》："故谚有之曰：'人莫知其子之恶，莫知其苗之硕。'"郑玄注："谚，俗语也。"《孟子·梁惠王上》："齐语曰：'深耕而疾之，以待时雨。'"东晋范宁《春秋谷梁传集解》："语，谚言也"。东汉许慎《说文·言部》："谚，传也。"清代段玉裁注："传言者，古语也。凡经传所称之谚，无非前代故训，而宋人作注，乃以俗语俗论当之。""谚"或"语"来自民间，因此前面常常加上"鄙""常""俚""野"而成为"鄙谚""常语""俚语""野谚"等名称。"俗语"一词的出现则在西汉时期，刘向《说苑·贵德》："故俗语云：'画地作牢，议不可入，刻木为吏，期不可对。'"东汉以后，"俗语"一词广泛见于训诂学家对经书所做的注解中，另外，史书、笔记、诗词以及小说、戏曲中也常可见俗语及"俗语"一词。可见俗语虽俗，但仍然为许多经典著作所引用，说明俗语不仅有着广泛的民间基础，而且

---

① 周荐：《汉语词汇结构论》，上海辞书出版社 2004 年版，第 333 页。

也具有深厚的文化内涵、特殊的表现力和顽强的生命力。俗语在语言学、文化学等各方面的价值使得古人在很早就对俗语（包括俗语词）进行专门的收集、整理和研究。其中，最早的是东汉时期服虔的《通俗文》，其后南朝时期有刘霁的《释俗语》八卷，李少通的《俗语难字》一卷，然而这些书多已亡佚，只能从其他书著中窥见雪鸿泥爪，证明它们曾经存在过。近代以来收录俗语的辞书保存至今的数量多且比较完整，唐代有《俗务要名林》、李义山《杂纂》，宋代有洪迈《俗说》、无名氏《释常谈》、龚熙正《续释常谈》、周守忠《古今谚》，明代有杨慎《俗言》、陈士元《俚言解》等。清代，随着训诂学的兴起，俗语的收集和考释工作得到比较快的发展，出现了一批具有辞书性质的俗语专著，其中比较有代表性的是：易本烺的《常谈搜》、翟灏的《通俗编》以及钱大昕的《恒言录》。① 易本烺《常谈搜》四卷，其最大特点是将所收条目按雅、俗两类编排，俗类 682 条，雅类 666 条；翟灏《通俗编》三十八卷，收条数量多，共收俗语五千余条，复字单位占全书收条的 91.8%；钱大昕《恒言录》六卷，收条数量虽然只有七百多条，但所收俗语常言来源广泛，涉及经史、诸子、字书、诗词、笔记、杂纂等多种文体的著作，疏证详细。这三本俗语类工具书代表了近代学者对俗语整理和研究的最高水平，对俗语的语义色彩、词汇性质和范围类型都有深刻的认识，尤其是翟灏《通俗编》中复字单位远远超过单字条目，与前代俗语类工具书兼研究俗字字体的收条标准有很大不同，体现了清代学者词语观的初步形成，是"自唐至清千余年间收条较为完备和科学的一部词语类工具书"②。清代学者的整理和研究工作为后代的俗语研究奠定了基础，同时也促使俗语以更加旺盛的生命力走向成熟。俗语虽然是口语化色彩极强的词汇成员，但东汉以后，"俗语"一词也出现在训诂学家对经书所做的注解中，另外，史书、笔记、诗词以及小说、戏曲中也常见俗语及"俗语"一词。可见俗语虽俗，但仍为许多经典著作所引用，说明俗语不仅有着广泛的民间基础，而且也具有深厚的文化内涵、特殊的表现力和顽强的生命力，值得我们进行深入的研究。

俗语作为一种源于民间、属于百姓的口头语言现象，发展至今已不是

① 周荐：《汉语词汇结构论》，上海辞书出版社 2004 年版，第 37—38、218—219 页。

② 同上书，第 38 页。

一个生僻的专业术语，普通的老百姓也能大概说出几条俗语，或者解释这个概念。然而，越是这样的概念就越难进行科学的定义。《二十世纪的汉语俗语研究》是现代的俗语研究集大成者，书中列举了14家对于俗语的不同界定和认识，并提出①：俗语是流行于民间的通俗语句，包括谚语、歇后语、惯用语和俗成语。俗语最大的特点是语意色彩的"俗"，不同学者将其理解为"通俗""俗常"，等等。本章采用周荐提出的"俗白"②解。辞书中对"俗"的解释概括起来有四：①风俗；②大众化的，通行习见的；③趣味不高的；④与"出家"相对。"白"则有"白话"的意思，作动词讲是"说"，作名词，与"文言"相对，是口语的产物，另外，"白"还引申有"易懂"的意思，如"文中全是大白话"。"俗白"更全面地诠释了"俗语"的特征。俗语就是词汇系统中源于民间创造的语意俗白的固定短语。俗语包括谚语、惯用语和歇后语，这已经逐渐成为学界共识，但是根据俗语在语言中的具体使用情况，又可以有不同角度的分类。

从出现的形式上看，《元刊杂剧三十种》里的俗语呈现以下三种情况：

1. 有标记的，以"常言""古语""古人言"作为显性标记，直接引出下文的俗语。例如：

［哭皇天］常言道：**相逐百步，尚有徘徊**。（《闺怨佳人拜月亭》第二折）

［柳青娘］唬的个黄甘甘脸儿如地皮，古语**一言既出，方信驷马难追**。（《张鼎智勘魔合罗》第四折）

［调笑令］病未可，不须我，古人言，**儿女最情多**。（《小张屠焚儿救母》第二折）

2. 有标记的，用连词、副词或动词作为俗语出现的隐性标记。例如：

［倘秀才］却不道**壁间还有伴，窗外岂无人**，你待要怎生？（《张

---

① 温端政、周荐：《二十世纪的汉语俗语研究》，书海出版社2000年版，第273页。
② 周荐：《词汇学词典学研究》，商务印书馆2004年版，第256页。

千替杀妻》第二折)

　　[乌夜啼] 你也不言语，不答应，却不**但行好事，莫问前程**。(《汉高皇濯足气英布》第二折)

　　[金盏儿] 岂不闻**亲的子是亲，疏的到头疏**。(《薛仁贵衣锦还乡》第一折)

　　[金盏儿] 正是**成人不自在，自在不成人**。(《赵氏孤儿》第一折)

　　[幺篇] 他道**二十有志人先爱，若是三十立身人都待，但到四十无子人不拜**。(《散家财天赐老生儿》第一折)

3. 无标记的，在行文中直接说出俗语。例如：

　　[阿古令] 子得和丈夫一处对舞，便是燕燕**花生满路**。(《诈妮子调风月》第四折)

　　[调笑令] (唱) 慌向丹墀内俯伏呼万岁，臣**死无葬身之地**。(《辅成王周公摄政》第三折)

　　[二煞] 看了书中有女颜如玉，**路上行人口胜碑**。(《李太白贬夜郎》第三折)

　　[啄木儿煞] **人间私语，天闻若雷**。劝君休将神天昧。(《张鼎智勘魔合罗》第四折)

从内容上看，《元刊杂剧三十种》中俗语的功能分为以下几类：

1. 劝诫类。包括劝行和告诫两个方面。例如：

出嫁从夫　出嫁为人妻的妇女要服从丈夫，是古代女子恪守的道德规范之一。[满庭芳] 儿呵，你舍命投江救主，妻呵，你抵多少出嫁从夫! (《楚昭王疏者下船》第三折)

早为官早立身　早一天做官早一天立足安身，奉劝人们用功读书以考取功名。[天下乐] 有一日马额下缨似火，头直上伞如云，哥哥，早为官早立身。(《相国寺公孙汗衫记》第一折)

有仇不报枉相逢，见义不为非为勇，言而无信成何用　奉劝人们要恩怨分明、见义勇为以及言而有信。[菩萨梁州] 有仇不报枉相逢，见义不为非为勇，言而无信成何用。你不索把我陪奉，大丈夫何愁一命终，况兼

我白发蓬松。(《赵氏孤儿》第二折)

避者不做　如果是要避讳他人的事情就不要去做，意在告诫人们不要做不光明磊落的事情。[滚绣球]休怕畏，我也不恍惚，常言道避者不做。(《马丹阳三度任风子》第二折)

贫不忧愁富不骄　贫穷时不忧愁，富贵时不骄横，意在告诫人们无论处于什么样的生活状态时都要保持良好的心态。[倘秀才]你却甚贫不忧愁富不骄？(外末云了)(正末唱)做经商寻资本，依本分教村学，便了。(《散家财天赐老生儿》第二折)

得时人休笑失时人　顺境中的人不要嘲笑逆境中的人。[赚尾]他待学灵辄般报恩，你便似庞涓般挟恨，我劝你个得时人休笑失时人！(《相国寺公孙汗衫记》第一折)

2. 总结经验类。例如：

人急偎亲　谓人到危急时则想投靠亲友，以便有所倚恃。[二煞]终有个人急偎亲，否极生泰。(《看钱奴买冤家债主》第二折)

丑妇家中宝　丑陋的妻子有利于安家乐业，因为丑陋的妻子往往安分守己，不易招惹是非。[得胜令]你若求妻，(云)常言道丑妇家中宝，休贪他人才精精细细，伶伶俐俐，能言快语，不中。(《张千替杀妻》第四折)

从来将相出寒门　有出息的人往往出身贫寒卑微。[十二月](等净云了)你休笑这做元帅的原是庶人，道丞相也是个黎民。[尧民歌]我从来将相出寒门，(驾云了)咱正是一朝天子一朝臣。(《萧何月夜追韩信》第三折)

浪包娄养汉倒赔钱　意思是淫荡的女人反倒拿钱贴补私通的情夫。"浪包娄"是晋词，这种称呼在今天的方言中仍然可见，省称"浪包儿"。[尾声]你倚仗着有金有钱，欺负俺哥哥无亲无眷，不曾见浪包娄养汉倒赔钱。(《张千替杀妻》第一折)

种谷得谷，种麻收麻　也作"种瓜得瓜，种豆得豆"，清纪昀《阅微草堂笔记·滦阳消夏录四》："夫种瓜得瓜，种豆得豆，因果之相偿也。"又作"种瓜得瓜，种李得李"，清翟灏《通俗编·草木》引《涅槃经》："种瓜得瓜，种李得李。"比喻做了什么样的事情，就会得到什么样的结果。《元刊》中指拜神求佛也不能改变已经确定的结果，所做只是徒劳无功。如：[紫花儿序]我问甚玉杯筊下下，惹大个东泰岳爷爷，他闲管您肚皮里娃娃？却不种谷得谷，种麻收麻！

3. 直陈描述类。例如：

贵人多忘　用于讥诮显贵者不念旧交，亦嘲人健忘。〔幺篇〕问姓名，是故人，别来无恙。也是我却为官，贵人多忘。（《死生交范张鸡黍》第四折）〔后庭花〕陛下试参详，更做道贵人多忘，咱数年间有倚仗。（《尉迟恭三夺槊》第一折）

碗内拿蒸饼　形容很容易，有把握。〔乌夜啼〕觑楚江山似火上弄冬凌，汉乾坤如碗内拿蒸饼。（《汉高皇濯足气英布》第二折）

人不知，鬼不觉　形容处事隐秘，无人知晓。〔雁儿落〕人不知，鬼不觉，马也，你空叫，咱空闹。（《马丹阳三度任风子》第四折）

驴粪球儿外面光　形容人徒有光鲜的外表，实际上一无是处。〔圣葫芦〕你子是驴粪球儿外面光，卖弄星斗焕文章。（《看钱奴买冤家债主》第三折）

风高学放火，月黑做强贼　趁着风大放火，趁着天黑做强盗，指做坏事、做坏人。〔金盏儿〕你也待风高学放火，月黑做强贼。（《闺怨佳人拜月亭》第一折）

"俗语不能长篇大论，而是简明凝练的；也不是自由组合的语句，而是约定俗成、具有定型性的特点。"①《元刊》中俗语的结构大都比较简单，采用简明凝练的短语或短句。例如：

〔紫花儿序〕你好优游，百万貔貅，手段似天力扯牛，眼睁睁的见死不救，望人急偎亲，颠倒**火上浇油**。（《楚昭王疏者下船》第二折）

（正末做惨科，背云）我若拿将这汉见楚王去，这汉是文字官，不曾问一句，敢说一堆**老婆舌头**！（《汉高皇濯足气英布》第一折）

〔二煞〕（正末唱）**绿豆皮姐姐**疾忙退，（等外末、旦云了）（正末唱）**没梁斗哥哥**你枉了提。（《马丹阳三度任风子》第三折）

以上都是短语，在《元刊》中不单独出现，只做句子中的成分，这样的俗语有46条。另外还有些俗语在《元刊》中是以句子的形式单独出

_____

① 温端政：《中国俗语大词典·前言》，上海辞书出版社1989年版，第3页。

现，或与标记语同时出现，这样的俗语有 264 条。

　　［青哥儿］常言道："**孝顺心是人间海上方**。"（《小张屠焚儿救母》第一折）

　　（正末带枷上，开）"**太平不用旧将军**"，信有之。（《东窗事犯》第一折）

　　［收江南］若是儿家，女家，有争差，有碗来大紫金瓜，我其实怕他，**大奶子休唬小娃娃**！（《薛仁贵衣锦还乡》第四折）

以上俗语都是以单句形式（或分句形式）在《元刊》中出现的。

　　［醉春风］"**缚虎则易，纵虎则难**。"太师，（唱）这言语单道着你！你！（《东窗事犯》第二折）

　　［醉中天］（带云）**天有昼夜阴晴，人有旦夕祸福**！（《好酒赵元遇上皇》第一折）

　　［寄生草］那孩儿难逃遁，屠岸贾有议论。**谗臣便有谗臣弄，仇人自有仇人恨，儿孙自有儿孙分**。（《赵氏孤儿》第一折）

以上是以简单的复句形式出现。

　　［调笑令］这厮短命，没前程，做得个"**轻人还自轻**"，横死口里栽排定。（《诈妮子调风月》第三折）

　　［油葫芦］勇虎驱纵彻黄金辔，果然道"**心急马行迟**"。（《关张双赴西蜀梦》第一折）

　　［尾］大刚来"**主人有福牙推胜**"，不似这调风月媒人背厅。（《诈妮子调风月》第三折）

以上是以复句的紧缩形式出现。

通过上文的考察，我们发现：《元刊》中的俗语合计 310 条，其中以句子形式出现的俗语数量超过了短语形式，说明俗语的典型形式是多字构成的句子。《元刊》中没有出现两层以上关系复杂的复句，对于承载复杂意义的组合，总是通过紧缩的方式使其成为言简意丰的表达形式，从而大大增强了俗语的简明性和凝练性。

第三节　特殊词汇的特点

《元刊杂剧三十种》一书十一万字有余，特殊词汇中的主要由成语构成的雅语约有112条，俗语约有310条，俗语的数量远远超过雅语。《元刊》的语言通俗，主要原因之一就是使用了大量通俗易懂的俗语在里面。作为专书中的特殊词汇，元刊杂剧中的雅语和俗语有其独特的性质。

1. 类型单一集中。《元刊》中雅语的类型以成语为主。雅语都是具有历史渊源的书面语言，通过文献典籍的记录流传下来，因此和元代当时普通人的日常生活、语言有一定的距离。从语义内容上看，一是反映历史事实的成语，根据史实概括而成，如：约法三章、怀沙自投、鼎峙三分、鼎足三分、得陇望蜀、朝梁暮晋；二是关于民间故事或寓言的成语，如：高山流水、抱侄携男、扶轮报恩、举案齐眉、六月飞霜、一梦华胥、井底鸣蛙、充饥画饼；三是概括诗文名句的成语，其含义深刻凝练，如：傅粉施朱、孤陋寡闻、吊民伐罪、从新革故、昏定晨省、乐以忘忧、祸起萧墙、论道经邦。

俗语的类型主要是谚语和惯用语，歇后语前引后注的形式不适合戏剧表达，因此只出现了2条。无论是谚语、惯用语还是歇后语，无一不植根于广大人民群众的日常生活。

源于衣、食方面：衣无遮体衣，食无充口食；风流不在着衣多；碗内拿蒸饼；一醉解千愁；推台不换盏；贪杯惜醉人；细米干柴不漏房；急喉咙健唳是人中宝；眉下没眼筋，口边有饿纹。

源于居、行方面：无铺也末无盖；瓦罐终须不离井边；家富小儿娇；事不欺心睡自安；顺水推船；心急马行迟；别时容易见时难；船到江心补漏迟；惯曾出外偏怜客；大家南北，各自东西。

源于自然现象：雪上加霜；火上弄冬凌；世事云千变；水底捞明月；水火不同炉；长江后浪催前浪；一年春尽一年春；天有昼夜阴晴，人有旦夕祸福。

源于动植物：冥鸿惜毛翎；龙归浅水虾蟆笑；秋草人情日日疏；曲杈儿岁寒成松柏；严霜偏杀枯根草；凤凰至，灵芝长；禽有禽言，兽有兽语;灵椿一株老,丹桂五枝芳;五更朝马动,三唱晓鸡声;马有垂韁之报,狗有展草之恩;一鸡死后一鸡鸣,只有后辈无前辈;人贫人富无多限,花落花开能有几。

源于宗教信仰:冤冤相报;病人冲太岁;小鬼见钟馗;前缘前世报;天公不管,地府难收;行善得善,行恶得恶;前生厮少负,今日填还去。

源于人际关系:天子重贤臣;丑妇家中宝;美女戾其夫;贱媳妇责媒人;男儿未济妇人嫌;得时人休笑失时人;亲上成亲好对门;主人有福牙推胜;人有子方知不孝娘;媳妇儿先恶了翁婆;一夜夫妻百夜恩;父贤子不孝,子孝父不达;家不和邻里欺,人贫贱也亲子离。

源于认识修养:出嫁从夫;人贫志短;男儿当自强;重色轻君子;君子断其初;家贫显孝子;才上分明大丈夫;贫不忧愁富不骄;武官粗鲁文官狡;识人如鉴,用人无疑;恨小非君子,无毒不丈夫;学士道循良,苍生有指望;三寸气在千般用,一日无常万事休。

源于商业:东行不知西行利、坏衣饭如杀父母、悬羊头卖犬肉。

源于农业:耕牛为主遭鞭杖;种谷得谷,种麻收麻。

其他:避者不做、千则千休、一不做二不该。

俗语的语义内容就是俗语所表达的信息,有些俗语的意义从字面上就能看出来,如"美女戾其夫""男儿未济妇人嫌""识人如鉴,用人无疑",这样的俗语是单层意义的。而有些俗语的实际意义并非字面所传达的,如:"老婆舌头"是形容人长于花言巧语,搬弄是非;"火上弄冬凌"是形容事情很容易成功;"软地上吃交"是形容在很有把握的地方出现失误。这些俗语在字面意义背后还存在着另外一层意义,因此意义具有双层性,表层义是深层义阐发的基础。从上文的归类中可以看出,无论是单层意义的俗语,还是双层意义的俗语,其意义都是从日常生活中衣、食、住、行的各个领域出发,观照人类社会的物质文化和精神文化的各个层面。总的来说,《元刊》中反映思想文化和家庭生活的俗语多,尤其是以修身处世、治家为官为内容的谚语和惯用语数量比较多,而反映农业和经济生活的少,这也是元代农业和商业不甚发达的社会状况在语言和文化上的客观反映。

2. 结构定型具有相对性。俗语是特殊词汇的一种,意义的整体性和结构的固定是词汇单位的基本特性,但俗语的定型性是相对的,不但弱于词,也弱于雅语在结构上的固定性。就《元刊》中的雅语而言,为适应杂剧语言通俗性的要求，其主要构成成员——成语也在结构形式上做了改变，向俗化发展。俗语结构的定型性本身就比较弱，部分成语也因俗化在一定程度上改变了结构形式，这使得《元刊》中的特殊词汇在结构定型这一性质上显示出更大的相对性，换而言之，本书中的特殊词汇结构形式变化多样，体现了元代口语灵活生动，富于表现力。

俗语结构相对固定的特点体现在成分替换、省略以及可插入其他成分三个方面上。

（1）替换。替换是指用字或字组替换了固定短语或句子中的某些成分，替换与被替换成分之间可能是同义、近义、类义甚至是反义的关系。以"养小防备老"为例，这句俗语在《元刊》中共出现 5 次，其完整形式见《看钱奴买冤家债主》第三折：［高过煞］这养小防备老，栽树要阴凉。属于五五相对，前附后喻的逆序格式：养育后代与栽种树木的目的一样，后者是为了遮阴之所，前者是为了老有所养。"小"是后代的意思，在封建时代特指男性后代，因此也作"养子防备老""养儿来防备老"。如：［梅花酒］程婴！你可甚养子防备老？（《赵氏孤儿》第三折）［朝天子］母亲！你指望养儿来防备老。（《张千替杀妻》第三折）"小""子""儿"是同义字，但俗语成分的替换不限于同义字，只要不改变原俗语的整体意思即可。如"一战功成四海枯"也作"一战功成万骨枯"，"船到江心补漏迟"也作"船到江心补漏难"，"严霜偏杀枯根草"也作"严霜偏杀无根草"，"太平不用旧将军"也作"太平只许将军定"。除了同义、类义的替换，还有相反意义的替换，如《诈妮子调风月》第一折：［幺篇］交人道"眼里无珍一世贫"，意思是说不识货惜福一辈子都不会过上好生活。同剧中还说"眼里有珍"，意思同"眼里无珍一世贫"正好相反：［赚煞］过今春，先交我不系腰裙，便是半簸箕头钱扑个复纯。交人道"眼里有珍"，你可休"言而无信"。又如宋欧阳修《归田录》载："俚谚云：'赵老送灯台——一去永不来'"，《元刊》中用相反意义的字组替换了原歇后语言中的注释部分：［柳叶儿］只想你送灯台，一去了却早回来。（《薛仁贵衣锦还乡》第二折）

（2）省略。《元刊》中的俗语，无论是单句形式的俗语还是双句结构的，有时并不以完整的形式出现。以上下句相对的形式出现的简单复句，有时会省略上句或下句，而以半句的形式出现在文中。例如，"养小防备老，栽树要阴凉"在《散家财天赐老生儿》杂剧第二折中只出现了"养小防备老"部分:[呆古朵]则是问天博换一个儿,却指望养小防备老。通常,有比有附的俗语在省略时多略去打比方的部分而保留意义所附的部分,这样俗语的意义更加直接明了,如"江山易改,本性难移"是前比后附结构的俗语,在《元刊》中只出现了"本性难移"部分。对于上下两句结构关系相同的复句,则往往根据文中需要省略取舍,如"有家难奔,有国难投"根据具体语境或省略前半部分,或省略后半部分:[滚绣球]嫂嫂!不争你这般呵送的我有家难奔,平白里更待要燕尔新婚。(《张千替杀妻》第二折)[剔银灯]臣昨日做了个夜度昭关伍员,不若如有国难投孙膑。(《萧何月夜追韩信》第三折)以单句形式出现的俗语,其省略的是对语义影响不大的成分,保留承载俗语主要意义的成分,如"五陵豪气三千丈"也可以只说"豪气三千丈","长江后浪推前浪"只说"后浪推前浪"。

(3)插入字或字组。词与短语的区别之一就是组成单位之间是否可以插入别的成分,词的结构成分之间关系紧密,一般不能插入其他成分,而自由短语则相反。固定短语在这一点上与词类似,比如成语,"陈雷胶漆""率由旧章""文质彬彬"就很难在结构中插入其他成分,如果插入了其他成分,就打破了该成语长久以来形成的四字结构,不能称其为成语。俗语的结构不像成语那样严格定型,在俗语结构中插入字或字组的现象非常常见。例如:[朝天子]母亲!你指望养儿来防备老。(《张千替杀妻》第三折)"养儿来防备老"是俗语"养儿防备老"插入了动词"来"。又如:[三煞]大古里家不和邻里欺,人贫贱也亲子离。(《李太白贬夜郎》第三折)"家不和邻里欺,人贫贱亲子离"本为六六相对的复句式俗语,宁希元校本将原文中的语气词"也"删除,以使俗语在文中看上去结构整齐。俗语对结构的定型性和整齐性要求得并不是那么严格,也就没有必要对原文删改。又如俗语"推台换盏"用于形容宴席上互相敬酒,《元刊》在这个俗语中插入了否定动词"不",意思不变:[滚绣球]推台不换盏,高歌自打手。(《关大王独赴单刀会》第二折)

通常而言,成语对格式要求比较严格,一经固定下来很少发生变化。元刊杂剧虽然是文人的创作,但却是活跃在民间的文学形式,因此其语言中的成语在形式上也顺应杂剧整体的语言风格发生俗化。成语结构形式的改变主要有两种方式:一是插入字或字组,打破成语的四字格典型结构。四字格源于上古时期的《诗经》,成语以四字格为典型格式,可以从形式上增加典雅古朴的色彩。《元刊》的语言通过增加字或字组打破了成语的这种固定格式，从而削弱了成语的书面语性质，使其更加贴近口语，适合杂剧的表演与吟唱。例如：成语"祸起萧墙"语出《论语·季氏》，《元刊》在成语中插入了介词"在"：［游四门］则怕不知祸起在萧墙！（《东窗事犯》第一折）。"一言既出，驷马难追"语出《论语·颜渊》，《元刊》在成语中插入了字组"方信"：［柳青娘］古语一言既出，方信驷马难追。（《张鼎智勘魔合罗》第四折）二是调换成语内部成分的顺序。例如，"剪草除根"语出北齐魏收《为侯景叛移梁朝文》："若抽薪止沸，剪草除根，壶首囊头，叉手械足，返国奸于司败，归侵地于玄武，非直恶之在。"《元刊》中作"除根剪草"：［呆古朵］往常我好贿贪财，今日却除根剪草。（《散家财天赐老生儿》第二折）又如：成语"安家乐业"语出《汉书·谷永传》："薄收赋税，毋殚民财，使天下黎元咸安家乐业。"《元刊》中作"乐业安家"：［滚绣球］陛下开仓赈济穷百姓，敢不自然乐业安家不趁求。（《霍光鬼谏》第三折）

3. 修辞方式多样。特殊词汇是由多字组成的固定短语和句子构成，通常多字单位不易为人们记忆和使用，但《元刊》中的雅语和俗语绝大多数为现代人熟知，为人们广泛使用。这些特殊词汇之所以具有如此强大的生命力，还在于其形象、生动、活泼的表现风格，这与语言所运用的丰富多彩的修辞艺术是分不开的。《元刊》的特殊词汇，尤其是俗语，大量运用了比喻、对偶、对比等多种修辞手法。

比喻，是俗语最常用的修辞手法。通过打比方，一方面使语言更加生动形象，富有趣味，另一方面也使道理更加具体化、熟悉化，变得更浅显易懂。"不管叙述还是说理，不管是抒情还是描写，比喻在特定的语境中均可发挥其独特的修辞功能。"①《元刊》中的俗语对比喻的运用非常娴熟，有明喻、暗喻、借喻三种类型。明喻的本体、喻体都出现，同时还出现了比喻词"似""如"等。例如："侯门深似海"，"侯门"借指显贵人家，把侯门比作大海，二者性质相似前者门禁森严，后者深不可测。又如"坏衣饭如杀父母"，把坏衣饭比作杀父母，说明前一行为的恶劣性质与后者等同。暗喻或者只出现本体和喻体，或者出现比喻词"是"。例如："秋草人情日日疏"，把人情比作秋草，随着时间的推移越来越疏远，又

---

① 王勤：《汉语熟语论》，山东教育出版社2006年版，第481页。

如"花发多风雨，人生足别离"，把人生中经历的离别比作花草经历的风雨，说明都很多，并且不可预期。"舌是斩身刀"，"舌"借指口中说出的话，把话语比作斩身刀，说明祸从口出的道理。另外还有"好儿好女眼前花""人贫人富无多限，花落花开能有几""口是祸之门""急喉咙健唉是人中宝""孝顺心是人间海上方"等。借喻是只出现喻体的比喻，例如"真龙出世假龙藏"，真龙喻指真命天子，假龙则相反。又如"蜘蛛网内求官位"，"蜘蛛网"喻指关系复杂、危机四伏的官场。类似的还有"墙上泥皮""严霜偏杀枯根草""蜗牛角上争名利"等。

对偶，是应用于简单复句形式上的修辞手法。对偶也称对仗，常见于诗词韵文等书面语文体中。俗语运用对偶，形式看上去整齐匀称，与《元刊》中的散句搭配使用，整散交错，富于形式美和音律美。严格对偶的俗语，前后两个分句在形式上字数相等、结构相同、词性相对，音律上平仄相对，意义上相同、相近或相反。例如："悬羊头，卖犬肉""禽有禽言，兽有兽语""父贤子不孝，子孝父不达""人生一世心都爱，谁为三般事不迷"等。有些俗语的对仗并不十分工整，例如"一家生女，百家求问""马向群中觑，人居贫内亲""养小防备老，栽树要阴凉"，但大体上前后句字数相等，结构相似。

对比，也是俗语中常用的修辞格。这类俗语将意义相反或相对的两个分句组合在一起，运用正反对照的方式说明事理。例如："钱心重，情分少""缚虎则易，纵虎则难""杀人可恕，情理难容""马向群中觑，人居贫内亲"。正反对比形成的反差，使得语义显豁明朗。

另外，其他修辞格，如夸张、比拟、排比等在俗语中也有体现：

> 智无四两，肉重千斤（夸张）
>
> 龙归浅水虾蟆笑（比拟）
>
> 谗臣便有谗臣弄，仇人自有仇人恨，儿孙自有儿孙分（排比）

总之，特殊词汇使用的修辞手法，使抽象的概念、事理变得具体、直观，使枯燥的说教变得形象、生动，体现了元代杂剧作者们高超的语言驾驭技巧和元刊杂剧口语化、大众化的语言风格。

结　语

　　自 20 世纪中期语言学科建立以来，学界对汉语言的研究日益精湛和丰富，不但注重整体推进，而且也注重对各个横断面的深入，成绩斐然。但如果将汉语的近代层面研究与上古、中古以及现代汉语研究比较，词汇研究与语音、语法研究比较，我们不得不承认近代汉语词汇方面的研究仍然是一个薄弱环节。这从本书写作过程中的相关资料搜集也可以窥见一二：古代汉语尤其中古汉语的专类、专书词汇研究成果要远远丰富于近代汉语。尽管如此，近代汉语研究成果也不能被忽略，近几十年来近代白话语词的考释和专书、专类词典的编纂就是近代汉语词汇研究中突出的表现，为深化和拓展近代汉语词汇研究夯实了坚固的基础。学界中不断有学者倡导重视汉语词汇的断代研究，并强调以专书研究为基本出发点，逐一厘清专书所代表的不同时代的词汇情况，描写词汇的面貌，总结词语的发展演变规律。这种由点到面、由静及动的研究思想启发了笔者的写作思路。因此，本书选择《元刊杂剧三十种》中的语言作为反映元代社会的"同时语料"，尝试以专书词汇的描写、分析和阐释揭示元代社会的词汇面貌，进而展示近代词汇面貌的一角。在借鉴前修时贤的大量有关断代、专书、白话词汇研究成果的基础上，本书以现代语言学理论为指导，全面描写《元刊杂剧三十种》一书中的词汇的宏观及微观面貌，阐释元代语言出现的词语现象，揭示词语从上古—中古—近代—现代汉语的发展和演变规律。对于词语的发展研究，不但追溯词语的本源，而且跟踪词语在现代汉语中的发展，侧重考察近代到现代的演变是本书的研究特色之一。

　　通过对《元刊杂剧三十种》一书复字词汇的爬梳和考察，我们得出如下认识：

　　第一，词汇类聚丰富。《元刊》的语言作为元代社会的"共时语料"，真实可信，该书作者多元，加之杂剧以其自身题材广泛、便于演出的特点，使得该书语言内容丰富，口语色彩较强，贴近元代普通民众的日常生活。从历时平面上看，《元刊》中既有承古词语，也有近代新生词语，从共时平面上看，除常用的普通词语外，还有个性鲜明的口语词语、宗教词语和外来词语。

第二，外来词语以伴随佛教文化而来的梵源外来词为主。过去的研究通常将源于蒙、满等少数民族的外来词数量众多统称为元杂剧的特点。本书的研究首先区分了元刊杂剧和明刊杂剧，不同时期的文学作品体现了不同历史时代的语言面貌。《元刊》中通过部分或完全音译方式产生的梵源外来词有30个，而借自女真等少数民族的外来词只有8个。元刊杂剧的词汇和明刊杂剧词汇在外来词语这一词汇聚合上有很大差异，说明在元代的前中期，作为统治阶级使用的蒙古族词语尚未进入社会中下层民众的日常生活，普通民众的日常语言受到前一朝代的影响更大一些。另外，从共时平面来看，元代社会中伴随佛教文化而来的梵源外来词以及由此衍生的具有异文化色彩的词语在杂剧语言中大量存在，相比之下，由于政治原因带来的外来词语却寥寥无几，一定程度上说明文化因素对语言的影响是潜移默化的，其作用之久远、影响之强度都要超过政治因素。

第三，词语生成能力增强，结构类型和关系丰富。作为《元刊》词语强势构词格式的双字格反映出元代时构词法已经发展完备，既有承袭自古代的单纯式、重叠式、联合式、偏正式、支配式、补充式、附加式结构，又有新生的陈述式、递续式、意合式结构类型。各类结构内部的语法语义关系十分丰富，体现了近代时期人们日益严密精确的思维发展。从近代时期开始，双字格在词构中占强势地位的倾向以及各结构类型生成能力的不平衡性特点一直保持到现代汉语中。《元刊》中的三字格和四字格数量上远远不及双字格，其结构类型和关系以双字格的类型和关系为基础，但由于构词语素增加也就更加复杂。历时地看，三字格较之于中古时期不仅在数量上增加，内容上也更加接近日常生活。《元刊》中四字格的骈俪化是一大突出特点，新造的骈俪四字词语数量众多，随着骈俪格式的频繁使用，一些格式又逐步固化成为能产的待嵌格式。

第四，词汇系统承古纳新，富有活力。词语是形式和内容的统一，在承古纳新的运动和演变过程中，体现为新旧能指和所指的结合。新能指与新所指、新能指与旧所指、旧能指与新所指的结合使得词语演变过程中产生了新的词汇成员，在这个过程中一些旧能指、旧所指或二者的结合逐步消亡。《元刊》承袭古代的旧词语 2751 个，新词语 5383 个，后者数量庞大，远远超过了《元刊》所继承的旧词语。这说明：一方面，元代词语继承旧质，保持了词语稳定传承；另一方面，新质有突破性的增长，体现了近代词语崭新的面貌和向前发展的趋势。由于双字格在近代和现代汉语中都处于强势地位，笔者详细考察了《元刊》中 3247 条双字新词语的 3513 个义位在现代汉语中的使用及演变情况，其中继续使用的义位 1462 个，约占总数的 41.62%，义位随词形而消失的 2051 个，约占总数的 58.38%。考察结果表明，近、现代汉语词汇之间仍然存在着明显的差异，它们各自保持了独立的语言特征，而元刊杂剧中有四成多的新生词语被现代汉语继承下来，说明这一时期产生的新词新义具有相当强的生命力，近代词汇在形式和内容上的特点一定程度上影响了现代汉语的造语、构词以及口语化风格。正是在上述的继承性发展和突破性演变之间，近代汉语词汇起到了连接古代与现代汉语的纽带作用。

第五，口语色彩浓厚。词汇包括词和固定语两种单位，固定语虽然很难像词那样分析结构和关系，但对于丰富语言表达，体现语言风格色彩的功能与词相同，本书中称其为"特殊词汇"。形式上，《元刊》中大量的词通过语音儿化、重叠、多音化和书写文字的不定形来体现俏皮、非正式性；特殊词汇则通过替换、省略、插入字或字组的手段破坏固定短语结构的整体性和定型性。内容上，《元刊》中多用于表达日常生活中常见常用概念的词语，上至国家政治、下至亲属称谓，都是元代社会各个阶层的人经常使用或容易接受的词语；特殊词汇主要通过打比方、对比、夸张等修辞手段使语义生动形象，通俗易懂。总而言之，《元刊》一书的词汇口语性较强，是能够体现元代语言特点的近代白话材料。

前人在相关词汇和汉语史方面的研究为本课题的开展打下了坚实的基础，本书的研究和写作也力求做到客观描写，全面展开，深入分析，但是仍然存在一些不足之处：首先，笔者的知识结构在训诂和音韵方面仍有很大欠缺，一定程度上影响了对《元刊》文字的甄别校正，各家校本意见又不尽统一，对于笔者无法辨别的文字词句，只能暂时存疑，留待以后资料充足时解决。其次，理论方面的研究还不够深入，有的仅仅停留在沿袭成说的层面。另外，受研究条件所限，部分国外研究成果未能进入本书参考资料之列，这可能在一定程度上滞后了本研究的起点。

参考文献

一　论文及著作类

[1] 曹炜:《现代汉语词汇研究》,北京大学出版社 2004 年版。

[2] 陈明娥:《敦煌变文词汇计量研究》,百花洲文艺出版社 2006 年版。

[3] 陈明娥:《从四字格看〈朱子语类〉的语言特点及对后世的影响》,《阜阳师范学院学报》(社会科学版) 2009 年第 6 期。

[4] 陈卫兰:《〈儿女英雄传〉复音虚词研究》,《齐齐哈尔师范学院学报》1998 年第 3 期。

[5] 陈秀兰:《敦煌变文词汇研究》,四川民族出版社 2002 年版。

[6] 程湘清:《汉语史专书复音词研究(增订本)》,商务印书馆 2008 年版。

[7] 褚福侠:《元曲词缀研究》,博士学位论文,山东大学,2007 年。

[8] 邓绍基:《关于元杂剧版本探究》,《中国社会科学院研究生学院学报》2006 年第 1 期。

[9] 董秀芳:《词汇化:汉语双音词的衍生和发展》,四川民族出版社 2002 年版。

[10] 董秀芳:《汉语的词库与词法》,北京大学出版社 2004 年版。

[11] 董秀芳:《汉语词缀的性质与汉语词法特点》,《汉语学习》2005 年第 6 期。

[12] 冯天瑜:《汉译佛教词语的确立》,《湖北大学学报》(哲学社会科学版) 2003 年第 2 期。

[13] 冯天瑜:《新语探源——中西日文化互动与近代汉字术语生成》,中华书局 2004 年版。

[14] 符淮青:《现代汉语词汇》,北京大学出版社 1985 年版。

[15] 傅来兮:《关于"赛卢医"的考释及其它》,《延安大学学报》(社会科学版) 2000 年第 3 期。

[16] 顾学颉:《元明杂剧》,上海古籍出版社 1979 年版。

[17] 顾之川:《明代汉语词汇研究》,河南大学出版社 2000 年版。

[18] 郭绍虞:《汉语语法修辞新探》,商务印书馆 1979 年版。

[19] 郭锡良:《汉语史论文集》,商务印书馆 1997 年版。

［20］郭作飞：《〈张协状元〉词汇研究》，博士学位论文，四川大学，2007 年。

［21］韩陈其：《汉语词缀新论》，《扬州大学学报》（人文社会科学版）2002 年第
4 期。

［22］韩陈其：《同义对称结构四字格所映射的词化现象》，《汉语学习》2008 年第
1 期。

［23］韩登庸：《元杂剧中的少数民族语词》，《内蒙古师范大学学报》（哲学社会科学
版）1983 年第 1 期。

［24］何乐士：《汉语语法史断代专书比较研究》，河南大学出版社 2007 年版。

［25］胡明扬：《近代汉语的上下限和分期问题》，见胡竹安《近代汉语研究》，商务
印书馆 1992 年版。

［26］黄征：《汉语俗语词研究的几个理论问题》，《杭州大学学报》1992 年第 2 期。

［27］贾彦德：《汉语语义学》，北京大学出版社 1992 年版。

［28］江巨荣：《元杂剧"常言""俗语"谈》，《复旦学报》（社会科学版）1983 年
第 6 期。

［29］江蓝生：《变形重叠与元杂剧中的四字格状态形容词》，见江蓝生《近代汉语研
究新论》，商务印书馆 2008 年版。

［30］江蓝生：《古代白话说略》，见江蓝生《著名中年语言学家自选集·江蓝生卷》，
安徽教育出版社 2002 年版。

［31］蒋冀骋、吴福祥：《近代汉语纲要》，湖南教育出版社 1997 年版。

［32］蒋绍愚：《唐诗语言研究》，中州古籍出版社 1990 年版。

［33］蒋绍愚：《近代汉语词汇研究》，见蒋绍愚《蒋绍愚自选集》，河南教育出版社
1994 年版。

［34］蒋绍愚：《近代汉语研究概要》，北京大学出版社 2005 年版。

［35］蒋绍愚：《古汉语词汇纲要》，商务印书馆 2005 年版。

［36］李倩：《词义演变理论的理论基础和研究取向》，《华南师范大学学报》2006 年
第 2 期。

［37］李崇兴：《〈元典章·刑部〉的语料价值》，《语言研究》2000 年第 3 期。

［38］李如龙：《关注汉语口语词汇与书面语词汇的研究》，《陕西师范大学学报》（哲
学社会科学版）2007 年第 2 期。

［39］李小平：《附加式后缀从上古到魏晋六朝的嬗变》，《河北科技大学学报》2004
年第 3 期。

［40］李宗江：《汉语常用词演变研究》，汉语大词典出版社 1999 年版。

［41］梁伍镇：《论元代汉语〈老乞大〉的语言特点》，《民族语文》2000 年第 6 期。

［42］梁晓虹：《论梵汉合璧造新词》，《福建师范大学学报》（哲学社会科学版）1986
年第 4 期。

[43] 梁晓虹：《简论佛教对汉语的影响》，《汉语学习》1992 年第 6 期。

[44] 梁晓虹：《佛教词语的构造与汉语词汇的发展》，北京语言学院出版社 1994
年版。

[45] 梁晓虹、徐时仪、陈五云：《佛经音义与汉语词汇研究》，商务印书馆 2005
年版。

[46] 刘坚、曹广顺：《建国以来近代汉语研究综述》，《语言建设》1989 年第 6 期。

[47] 刘叔新：《固定语及其类别》，见刘叔新《词汇学和词典学问题研究》，天津人
民出版社 1984 年版。

[48] 刘叔新：《汉语描写词汇学》，商务印书馆 2005 年版。

[49] 陆澹安：《戏曲词语汇释》，上海古籍出版社 1981 年版。

[50] 王宁：《训诂学原理》，中国国际出版社 1996 年版。

[51] 罗常培：《语言与文化》，语文出版社 1989 年版。

[52] 马真：《先秦复音词初探》，《北京大学学报》（哲学社会科学版）1980 年第 5
期、1981 年第 1 期。

[53] 毛远明：《〈左传〉词汇研究》，西南师范大学出版社 1999 年版。

[54] 梅祖麟：《从语言史看几本元杂剧宾白的写作时期》，见北京大学中文系《语言
学论丛》编委会编《语言学论丛（第十三辑）》，商务印书馆 1984 年版。

[55] 苗怀明：《二十世纪〈元刊杂剧三十种〉的发现、整理与研究》，《中国戏曲学
院学报》2004 年第 1 期。

[56] 闵祥顺：《〈朱子语类辑略〉中复音词的构词法》，《兰州大学学报》（社会科学
版）1987 年第 4 期。

[57] 宁希元：《元刊杂剧三十种新校》，兰州大学出版社 1988 年版。

[58] 钱伟：《从重要说白看明本元杂剧的可靠性问题——以〈单刀会〉为中心》，
《复旦学报》（社会科学版）2006 年第 1 期。

[59] 邵文利：《古汉语词义引申方式新论》，《山东大学学报》2003 年第 2 期。

[60] 史有为：《外来词研究回顾与思考》，《语文建设》1991 年第 11 期。

[61] 宋玉柱：《应该把构词法与构形法区别开来》，《思维与智慧》1986 年第 5 期。

[62] 苏新春等：《汉语词汇计量研究》，厦门大学出版社 2001 年版。

[63] 孙锦标：《通俗常言疏证·自序》，见［日］长泽规矩也《明清俗语辞书集成》，
上海古籍出版社 1989 年版。

[64] 孙楷第：《也是园古今杂剧考》，上杂出版社 1953 年版。

[65] 唐韵：《〈元曲选〉中"兀的"及其句式——兼与〈新校元刊杂剧三十种〉比
较》，《古汉语研究》2005 年第 1 期。

[66] 汪维辉：《东汉—隋常用词演变研究》，南京大学出版社 2000 年版。

[67] 汪维辉：《汉语词汇史新探》，上海人民出版社 2007 年版。

［68］ 王力：《汉语史稿》，中华书局 1980 年版。

［69］ 王勤：《汉语熟语论》，山东教育出版社 2006 年版。

［70］ 王锳：《近代汉语词汇语法散论》，商务印书馆 2004 年版。

［71］ 王锳：《近代汉语词汇研究与中古汉语》，《贵州大学学报》（社会科学版）2003 年第 4 期。

［72］ 王克仲：《是词缀还是助词》，《古汉语研究》2003 年第 2 期。

［73］ 王绍新，施光亨：《〈天工开物〉术语研究》，见程湘清《宋元明汉语研究》，山东教育出版社 1992 年版。

［74］ 王小莘：《〈高僧传〉词汇研究》，见北京大学中文系《语言学论丛》编委会编《语言学论丛（第二十二辑）》，商务印书馆 1999 年版。

［75］ 王云路：《中古诗歌附加式双音词举例》，《中国语文》1999 年第 5 期。

［76］ 王云路：《从〈唐五代语言词典〉看附加式构词法在中近古汉语中的地位》，《古汉语研究》2001 年第 2 期。

［77］ 王云路：《百年中古汉语词汇研究概述》，《古汉语研究》2002 年第 4 期。

［78］ 王云路：《中古常用词研究漫谈》，见王云路《词汇训诂论稿》，北京语言文化大学出版社 2002 年版。

［79］ 王学奇：《宋元明清戏曲中的少数民族语》，《唐山师范学院学报》2001 年第 1、3、4、6 期。

［80］ 王学奇：《评〈新校元刊杂剧三十种〉》，《河北师范大学学报》（哲学社会科学版）2004 年第 5 期。

［81］ 王永炳：《元剧曲中的蒙古语及其汉语音译问题》，《民族文学研究》2003 年第 1 期。

［82］ 魏达纯：《近代汉语简论》，广东高等教育出版社 2004 年版。

［83］ 温端政：《俗语研究与探索》，上海辞书出版社 2005 年版。

［84］ 吴传飞：《论汉语外来词分类的层级性》，《语文建设》1999 年第 4 期。

［85］ 吴庆禧：《元杂剧元刊本到明刊本宾白之演变》，《艺术百家》2001 年第 4 期。

［86］ 吴小如：《〈元刊杂剧三十种新校〉题记》，《兰州大学学报》（社会科学版）1988 年第 2 期。

［87］ 武占坤：《汉语熟语通论》，河北大学出版社 2007 年版。

［88］ 夏凤梅：《〈老乞大〉四种版本词汇比较研究》，博士学位论文，浙江大学，2005 年。

［89］ 肖贤彬：《四字格"XXAA"的历时演变》，《语言教学与研究》2005 年第 3 期。

［90］ 解惠全：《谈实词的虚化》，见吴福祥《汉语语法化研究》，商务印书馆 2005 年版。

［91］ 徐沁君：《新校元刊杂剧三十种》，中华书局 1980 年版。

［92］ 徐沁君：《元人杂剧的珍本——谈〈元刊杂剧三十种〉》，《文史知识》1982 年第 9 期。

［93］ 徐时仪：《古白话词汇研究论稿》，上海教育出版社 2000 年版。

［94］ 徐时仪：《戏剧文献整理与词语研究的百年回顾》，《喀什师范学院学报》（社会科学版）2001 年第 1 期。

［95］ 徐时仪：《汉语白话发展史》，北京大学出版社 2007 年版。

［96］ 徐朝华：《上古汉语词汇史》，商务印书馆 2003 年版。

［97］ 许巧云：《〈元刊杂剧三十种〉及其校勘释例》，《西南民族大学学报》（人文社会科学版）2009 年第 3 期。

［98］ 许子汉：《戏曲"关目"义涵之探讨》，《东华人文学报》2000 年第 7 期。

［99］ 薛丽华，郭贵荣：《俗语说略》，《学术交流》2002 年第 4 期。

［100］ 杨爱姣：《近代汉语三音词研究》，武汉大学出版社 2005 年版。

［101］ 杨同军：《灌注了佛教词义的道家词语试析》，《宗教学研究》2007 年第 3 期。

［102］ 杨锡彭：《汉语外来词研究》，上海人民出版社 2007 年版。

［103］ 姚殿芳，潘兆明：《说"四字格"》，《新疆大学学报》（哲学社会科学版）1985 年第 4 期。

［104］ 叶正渤：《上古汉语词汇研究》，中央文献出版社 2007 年版。

［105］ 尹斌庸、方世增：《词频统计的新概念和新方法》1994 年第 2 期。

［106］ 尹戴忠：《近二十年汉语词义引申研究综述》，《湘潭师范学院学报》（哲学社会科学版）2006 年第 1 期。

［107］ 曾昭聪：《明清俗语辞书研究的回顾与展望》，《辞书研究》2009 年第 4 期。

［108］ 曾晓鹰：《说"词缀"》，《贵州教育学院学报》1996 年第 1 期。

［109］ 张相：《诗词曲语辞汇释》，中华书局 2001 年版。

［110］ 张福德：《谈词义引申中的义素遗传和突破》，《中国人民大学学报》1997 年第 2 期。

［111］ 张联荣：《词义引申中的遗传因素》，《北京大学学报》（哲学社会科学版）1992 年第 4 期。

［112］ 张联荣：《近代汉语词汇研究中的推源问题》，《北京大学学报》（哲学社会科学版）1995 年第 5 期。

［113］ 张能甫：《〈旧唐书〉词汇研究》，巴蜀书社 2002 年版。

［114］ 张双棣：《〈吕氏春秋〉词汇研究》，山东教育出版社 1989 年版。

［115］ 张永言：《词汇学简论》，华中工学院出版社 1982 年版。

［116］ 章芳：《曲白相生合为美——〈合汗衫〉元本与臧本异同论》，《戏剧文学》2007 年第 8 期。

［117］ 赵大明：《也谈词义的同步引申》，《语文研究》1998 年第 1 期。

［118］赵克勤:《古代汉语词汇学》,中州书画社 1980 年版。

［119］赵艳芳:《认知语言学概论》,上海外语教育出版社 2001 年版。

［120］李荣编译:《北京口语语法》,开明书店 1952 年版。

［121］甄炜旎:《〈元刊杂剧三十种〉与李开先旧藏之关系》,《中国典籍与文化》
2008 年第 1 期。

［122］郑骞:《校订元刊杂剧三十种》,世界书局 1962 年版。

［123］郑振铎:《古本戏曲丛刊四集》,商务印书馆 1958 年版。

［124］郑振铎:《郑振铎古典文学论文集》,上海古籍出版社 1984 年版。

［125］中国佛教文化研究所:《俗语佛源》,天津人民出版社 2008 年版。

［126］周荐:《论成语的经典性》,《南开学报》(哲学社会科学版)1997 年第 2 期。

［127］周荐:《汉语词汇结构论》,上海辞书出版社 2004 年版。

［128］周荐:《词汇学词典学研究》,商务印书馆 2004 年版。

［129］周荐:《论词汇单位及其长度》,《语言教学与研究》2006 年第 1 期。

［130］周荐,杨世铁:《汉语词汇研究百年史》,外语教学与研究出版社 2006 年版。

［131］周生亚:《〈世说新语〉中的复音词》,《吉林大学社会科学学报》1982 年第
2 期。

［132］朱德熙:《语法讲义》,商务印书馆 1982 年版。

［133］朱光荣:《略论元杂剧的校勘》,《贵州师范大学学报》(社会科学版)1997 年
第 4 期。

［134］朱庆之:《佛典与中古汉语词汇研究》,文津出版社 1992 年版。

［135］祝敏彻:《〈朱子语类〉中成语与结构的关系》,《湖北大学学报》(哲学社会
科学版)1990 年第 2 期。

［136］祝敏彻:《论复音词与结构的关系》,见祝敏彻《祝敏彻汉语史论文集》,中华
书局 2007 年版。

［137］祝敏彻:《简论汉语复音词构词法的历史发展》,见祝敏彻《祝敏彻汉语史论
文集》,中华书局 2007 年版。

［138］祖生利:《〈景德传灯录〉的三种复音词研究》,《古汉语研究》1996 年第
4 期。

［139］[瑞士] Ferdinand de Saussure:《普通语言学教程》,高名凯译,商务印书馆
2002 年版。

［140］[英] John I. Saeed:《语义学》,外语教学与研究出版社 2000 年版。

［141］[日] 太田辰夫:《中国语历史文法》,蒋绍愚、徐昌华译,北京大学出版社
2003 年版。

［142］[日] 青木正儿:《元人杂剧概说》,隋树森译,中国戏剧出版社 1957 年版。

二　辞书及其他检索工具

[1] 北京爱如生数字化技术研究中心：《中国基本古籍库》（V5.0），黄山书社 2007 年版。

[2] 方龄贵：《元明戏曲中的蒙古语》，汉语大词典出版社 1991 年版。

[3] 顾学颉、王学奇：《元曲释词》（一），中国社会科学出版社 1983 年版。

[4] 顾学颉、王学奇：《元曲释词》（二），中国社会科学出版社 1984 年版。

[5] 顾学颉、王学奇：《元曲释词》（三），中国社会科学出版社 1988 年版。

[6] 顾学颉、王学奇：《元曲释词》（四），中国社会科学出版社 1990 年版。

[7] 何克抗、李大魁：《现代汉语三千常用词表》，北京师范大学出版社 1987 年版。

[8] 李崇兴、黄树先、邵则遂：《元语言词典》，上海教育出版社 1998 年版。

[9] 吕叔湘：《现代汉语词典（第五版）》，商务印书馆 2005 年版。

[10] 罗竹风：《汉语大词典》（光盘 2.0 版），汉语大词典出版社 1998 年版。

[11] 任继愈：《佛教大辞典》，江苏古籍出版社 2002 年版。

[12] 王锳：《诗词曲语辞例释（增订本）》，中华书局 1986 年版。

[13] 温端政：《中国俗语大词典》，上海辞书出版社 1989 年版。

[14] 徐嘉瑞：《金元戏曲方言考》，商务印书馆 1948 年版。

[15] 徐中舒：《汉语大字典》（八卷本光盘），湖北辞书出版社、四川辞书出版社 1990 年版。

[16] 中华电子佛典协会：《CBETA 电子佛典集成》（V3.6），中华电子佛典协会 2007 年版。

[17] 朱居易：《元剧俗语方言例释》，商务印书馆 1956 年版。

后 记

书稿是在我的博士论文的基础上修改、加工而成。

书稿的完成，首先感谢我的博士导师周荐教授，先生在我的学生生涯中一直给予我悉心的指导和帮助，帮助我解决学业和生活、工作中的难题。先生渊博的学识、新颖的思想、敏锐独到的见解和高屋建瓴的学术眼光不但拓宽了我的思路，而且对我今后的学习和工作都产生了至关重要的影响，是我受益终身的财富。

感谢南开大学文学院所有传授我知识的老师，尤其是阿错教授、马庆株教授、王红旗教授、杨琳教授和曾晓渝教授，几位老师对我的论文提出了中肯的意见和建议，在此向各位老师表示深深的谢意。

2006年，我硕士毕业，来到南开大学攻读博士学位，而今博士毕业已满五年，在这九年中，我的硕士导师夏中华教授一直在关注我的成长，一如我在他身边攻读硕士一样。先生总是鼓励我，给我信心和方向，在此真诚地对我敬爱的夏老师说一声："谢谢！"

最后，我要深深感谢我挚爱的亲人，他们的支持和理解是我求学和工作中最大的动力源泉。长我育我，顾我复我，而我无以为报，但愿自己在学业和工作中取得的这一点点成绩，能使父母亲人感到欣慰！

曲丽玮

2016年2月1日